珞珈博雅文库
经典导引系列

诗艺情缘

《红楼梦》导引

王怀义　著

商务印书馆
The Commercial Press

商务印书馆（上海）有限公司 出品
The Commercial Press （Shanghai） Co.Ltd

作者简介

　　王怀义，安徽凤台人，现任武汉大学文学院教授、博士生导师。首届冯其庸红学论著奖获得者，武汉大学第四届人文社会科学优秀青年学者，国家万人计划青年拔尖人才。主要从事文艺学美学理论、中国古典美学、中国艺术史和《红楼梦》研究；主持"《红楼梦》文本图像渊源考论"等国家社科基金项目3项、国家社科基金重大项目子课题1项。主要学术著作有《红楼梦诗学精神》《中国审美意识通史·秦汉卷》《中国史前神话意象》《道境与诗艺》《〈红楼梦〉文本图像渊源考论》等；在《文学评论》《文艺研究》等刊物发表论文六十余篇，相关科研成果获得教育部第八届高等学校科学研究优秀成果奖二等奖等。

总　序

刘勰曾在《文心雕龙》中认为，"三极彝训，其书言经"；刘知几在《史通》中提出，"自圣贤述作，是曰经典"。经典是人类思想的精华，是人类进步的阶梯，具有原创性、权威性、普适性、恒久性等特征。经典对人类意义重大：一方面，不同民族、国家、文化的经典造就各异的文明生态；另一方面，阅读、研究经典乃人类文明自我传承与相互理解的重要方式。

1942 年，朱自清在《经典常谈》的序言中写道"在中等以上的教育里，经典训练应该是一个必要的项目"，可见经典在教育过程中的作用与价值。对通识教育而言，经典更是重中之重。所有的学生，不论院系或专业均理应接受与经典研读相关的训练。武汉大学为本科学生开设的两门通识教育基础课"人文社科经典导引"和"自然科学经典导引"，其基本内容就是"以关键词为核心的跨学科经典阅读"。这不仅是两大导引课程的基本理念，而且已然成为中国大学通识教育的基本共识。

然而，当今世界的经典阅读却充满挑战。社会娱乐和大众文化不仅带来反智主义，而且 AI 智能和电子媒介还使"浏览"代替"阅读"。在学术领域，经典的经典性同样面临诸多压力：经典到底是百代不迁的不刊之论，还是各种权力的书写建构？面对这个问题，最佳的途径就是回到经典、亲近经典、深入经典。

平心而论，阅读经典并非易事。经典往往是古典。古今语言文字的差别、社会历史的差异形成天然的障碍，经典文本的"衍生层"即历代阐释也乱花迷眼，令人莫衷一是。因此，打造经典的"导引之门"就十分关键。古汉语的"导"与"道"乃同一个字的分化，其繁体写作"導"，其本义是"道路"；古汉语的"引"，《说文解字》解释为"开弓也"，可理解为一种张力弥满的状态。"引"具有双向性，"开弓"既是向内的蓄力，又是向外的预备。所谓"经典导引"，一方面是开启一条通向经典的道路，另一方面则是发掘经典的引力，并引领、深化这种发掘。

尽管经典导引十分关键，但要写好经典导引却不容易。毋庸讳言，坊间可见的经典导引类图书，虽数量可观，但质量良莠不齐。我们这套丛书，依托的是作为武汉大学通识教育金牌课程的"两大导引"，导读的是两大导引课程中精选的中西方经典，且以"成人"为宗旨，以"关键词"为方法，以学术为根基，以思想为内核，力求达到立德树人、凝心铸魂的效果。

这套"经典导引系列"丛书有着鲜明特色。一是撰述理念前沿，著作体例清晰。本丛书以通识教育为基本立足点，展现经典的深层意蕴，彰显经典对人类生活的永恒意义。二是撰述作者优秀，著作质量上乘。本丛书作者均为武汉大学等名校教师，对所撰述的经典大多沉潜经年、用力甚深；且有着丰富的通识教育讲授经验，深具通识教育实践之智慧，故能精准发掘经典之"成人"意蕴与精华。三是文字简明晓畅，兼具思想性、学术性和审美性。本丛书既不取学术著作的艰深晦涩，亦不采白话口语的不耐咀嚼，而是力求雅俗共赏，以简洁言艰深，化晦涩为晓畅。与此同时，"经典导引系列"力求避免"教材体"的说教腔和千篇一律，而是充分彰显作者的学术个性。作者们或风趣幽默或文采富丽，或严谨深刻或言简意赅，著作既具可读性又富感染力，足以让受众在"悦"读中领会经典。

"双百工程"是武汉大学通识教育的重要出版工程，计划编撰出版一百种通识课程教材和一百种通识经典导引。前者已经出版四十余种，后者则刚启动，即"经典导引系列"第一辑共十种，包括《论语》《史记》《文心雕龙》《六祖坛经》《红楼梦》《理想国》《斐多》《审美教育书简》《国富论》《正义论》的导读。后期还将纳入更多两大导引课程中的相关经典，以及域外经典和导引汉译，即对海外相关经典和经典导读的迻译。如此，本丛书有望成为具有品牌性、集成性效应的经典导引书系。

经典是人类思想和灵魂的重要源泉，阅读经典是提升社会文化素质的重要途径。严羽在《沧浪诗话》中说"入门须正，立志须高"，"经典导引系列"既是阅读经典的"正门"，亦有助于养成读者的"高志"。

武汉大学副校长、法学院教授

周叶中

| 目 录 |

引　言
开辟鸿蒙，谁为情种？

近年来，人们学习中国传统文化的热情比较高涨，这方面的书籍受到人们的喜爱。大家都注意到，中国是诗的国度，诗意的精神是中华优秀传统文化的核心精神。学习传统诗词，除了诗词作品，还要注意那些在诗意精神的基础上而产生的其他的文化和文学艺术形式，中国的园林、绘画、戏曲、建筑，都是与传统诗词精神紧密相关的。

对于小说来说，情况也是这样。我们时常可以看到，那些通俗话本、武侠小说等，在故事叙述紧张和关键的时刻，会突然进出"有诗为证"的字样：这里，诗成为人们表达所思所想的重要手段；似乎不使用诗，便不足以把事件的重要性表达出来。中国古代的四大名著、唐宋传奇小说，以及明清时期的经典著作如《儒林外史》《聊斋志异》《阅微草堂笔记》《孽海花》《老残游记》等，都需要诗的眼光才能读懂。

在这些作品中，《红楼梦》是最典型、最有代表性的。晚清学者王伯沆曾说，《红楼梦》是诗化的小说，具有浓重的书卷气和文人情趣，具有深沉的历史意识和丰富的审美内涵，乃"幽奇圆妙之作，百读不厌之文"，点出了《红楼梦》的诗意特质。读《红楼梦》需要诗意的眼光，而要更深入、更全面地理解中国古代的诗词，也需要阅读《红楼梦》，领略它们是如何融入小说文本当中的，中国人的"诗意"是如何在生活中体现的。

《红楼梦》中的诗词作品，一直是大家喜爱的。多愁善感的少男少女们，大多会背诵其中的一些诗作；而老牌的文艺青年，也会吟咏其中的诗词，不仅会有新的感受，而且还会回忆起自己的青春时光。不仅如此，一些资深的"红粉"（《红楼梦》的超级粉丝），还能大段大段地背诵出书中那些优美动人的段落，这些被人吟诵、赞叹的散文化的叙述，就是体现诗意的地方，它们也是《红楼梦》的精髓所在。

这方面的研究比较多，不仅文章有很多，而且专著也不少，如中国红楼梦学会副会长蔡义江先生的《红楼梦诗词曲赋鉴赏》、台湾大学中文系欧丽娟教授的《诗论红楼梦》、中国艺术研究院孙伟科教授的《〈红楼梦〉与诗性智慧》等书，都是这方面研究的代表作。这些成果从不同角度、不同层面对《红楼梦》的诗性特征进行了分析。《红楼梦》之所以能让不同的人，在不同的人生情境中反复阅读而兴味盎然，原因在于它本身就是诗化的文本，处处具有诗的意味和境界，可以让人反复品味。本书主张从诗艺的角度进入《红楼梦》，概括起来，不外以下三方面的原因：

其一，从表现形式上看，《红楼梦》中确实有很多诗词曲赋，而且这些诗词曲赋还很符合书中人物的性格特征，并与小说情节紧密地结合在一起，诗词作品被小说化，小说也被诗词化。其二，曹雪芹本身是诗人，除了创作书中的诗词作品外，他还借小说人物之口表达了他对中国古代诗歌、诗人以及诗歌创作和批评的一些观点，有自己的特色，应该予以总结。尤其是书中女主人公林黛玉，更可谓是中国文学史上最著名的女诗人之一：她的诗作如《葬花吟》《题帕三绝》《桃花行》等，喜爱《红楼梦》的读者多能背诵；她的生命和精神是纯粹的诗化的生命，引起后人无限感慨。其三，从思想意蕴上看，曹雪芹在创作《红楼梦》时还化用了中国历代许多优秀诗句及其意境，对之进行了创造性的再加工，形成了《红楼梦》独特的意象体系和情节结构，使文本特别富有诗意，进而提升了全书的艺术境界。

因此，本书所谓"诗艺"，基本上是指这三个方面的问题。关于第一个方面的问题，蔡义江先生的《红楼梦诗词曲赋鉴赏》等著作已经讲得很充分、很全面了，本书没有在这方面下功夫，而是重点从后两个方面入手展开的，分析曹雪芹是如何将诗意的手法泛化为小说文本，进而升华其主题、深化其思想的。

《红楼梦》中大量诗化的论述，虽然是散文文本，但是给读者带来的感受却具有浓厚的诗意；读《红楼梦》就像读诗一样，耐人寻味。这让我想起境遍佛声谈读《红楼梦》的体会的文字：

　　　　杜门伏案，绝似故纸之蠹鱼；开券焚香，恍同禅门之老衲。左太冲户牖墙壁，悉著笔砚；苏子瞻嬉笑怒骂，皆成文章。凡风花雪月之辰，皆笔酣墨舞之会。无如檐雨淋铃，残

图 1　汪悌斋：《红楼梦粉本》之《秋爽斋偶结海棠社》

灯照影，一事无成，百忧咸集，茶余酒罢，火冷香消，不有消遣，何申雅怀？因读《红楼》，信笔札记，借祛长夜之恶魔，用消千秋之热血，偶借穷愁日月，小作冷淡生涯。一编在手，万念俱寂。①

对《红楼梦》的读者来说，像作者这样"偶一展阅，信笔云云，颇其遐思"的人，恐怕无法计数，这也道出了天下《红楼梦》读

①　境遍佛声：《读红楼梦札记》，载一粟编：《红楼梦资料汇编》，中华书局1964年版。

者的心声——读《红楼梦》就像读诗。《红楼梦》里有很多诗，曹雪芹对诗也有很多讨论，而林黛玉更是著名的女诗人，离开诗的维度，《红楼梦》是不可阅读的，林黛玉的精神世界是无法进入的。上图是晚清学者兼艺术家汪惕斋所绘的《红楼梦粉本》画册中的一幅，呈现的正是贾宝玉与诸位姐妹在探春秋爽斋结社吟诗的场景：他们或倚栏沉思，陷入自我的诗意之中；或已完成构思，正在提笔写作；有人则已完成创作，正在吟哦欣赏之中；只有宝玉到处游荡观摩，自己的诗还没有着落，难怪最后又是他"落第"了。这幅画让我们似乎也进入了那个充满诗情画意的大观园中。

朱光潜在《诗论》中说，诗人将生活中的"一微点"在直觉中加以永恒化而在无数的心灵中复现，虽复现而不落陈腐，这就是诗。《红楼梦》的阅读也是这样，所谓"常读常新"，就是如此。朱光潜还说，诗与非诗的区别，并不是形式上的押韵与否，而是看文本的境界，司马迁的《史记》、柳宗元的游记散文，其实都是诗。这样看来，《红楼梦》中很多散文化的描写，如"黛玉葬花""宝钗扑蝶""凹晶馆月夜联句"等，其实都是诗，需要诗的眼光才能领略其中的美。

同时，《红楼梦》的诗意还来自对往事的回忆，而回忆的魅力是无穷的。正像作者开篇指出的，《红楼梦》本是作者抚今追昔的产物，不可避免带有浓厚的怀旧、思念、忏悔的情感基质。而在人类的所有情感体验中，回忆先天带有审美属性——时间与往事迫在眉睫而不可究竟，如同梦境之展现，鲜活切身却无法再次实现。古往今来的《红楼梦》读者，无不在这个逝去的情感世界中寻找温馨的往事、心灵的慰藉。这样，阅读《红楼梦》其实就是在阅读自己的生命情感历程，这或许正是《红楼梦》带给读者无限魅力的原因所在。然而，作者又并非无节制地怅叹往事，他同时把传统中国人尤其是文人关于闺阁生活的诗意、雅趣，与自我生命历程中的典型事件、场景、情境融合在一起，使整个文本体现出独特的意趣，它们同时也就具有了那种因时间流逝而产生的忧伤的情感属性。离开这种属性，《红楼梦》也不再是《红楼梦》。

喜欢读《红楼梦》的人，大都有这样的感受：随着时间和阅历的增长，每一次重新进入《红楼梦》，都会感觉到很亲切，都会有很多收获，《红楼梦》似乎和自己一起成长。通过诗艺进入《红楼梦》的精神世界、体味宝黛爱情故事中的复杂纠葛以及人情冷暖的变迁，是一条捷径。我们的探寻之旅就从这里开始。

第一章
《红楼梦》：诗化的小说

　　阅读本书，第一个疑问或许是，《红楼梦》不是小说吗？为什么要用诗的方式去言说它？《红楼梦》属于诗吗？如果是，它在何种程度上是？《红楼梦》中有很多诗歌作品，同时还有很多关于诗歌创作和欣赏的讨论，这些言论是不是《红楼梦》属于诗的关键所在？因此，《红楼梦》在何种程度上是"诗的"，首先需要我们给出一个界定。从诗歌与小说融合发展的过程看，诗学精神对小说文本的渗透使小说文本具有更大的包容性，也提升了小说文本的审美价值。就《红楼梦》的文本状况看，诗学精神已融入书中的各个方面，是全书精神意蕴形成的重要基础，也是形成《红楼梦》意象世界的情感基础和美学基础。阅读《红楼梦》，应该注意其诗学精神的包容性和涵通性，从其意象构成、戏曲活动、诗歌创作乃至梦境指迷等各个方面来领略其丰赡深邃的诗意精神。这里从纪事（小说、散文）与诗的关系说起。

一、"触事兴咏":《红楼梦》的诗性特质

在古希腊时期，亚里士多德在《论诗术》(又译《诗学》)里论述了诗与纪事(戏剧、史诗)的区别:"纪事家与诗人的差别，不在于言述时用抑或不用韵文——希罗多德的著述兴许也可能被改成诗行，恐怕仍旧是某种纪事，依还是不依诗行没什么差别。毋宁说，两者的差别在于，一言述曾经发生的事情，一言述可以期待发生的事情。"[①]亚里士多德是从他的哲学观出发来发表这番言论的。在他看来，诗是描述可能发生的事情，纪事是描述已经发生的事情，由此诗所描述的事情带有更多的普遍性，纪事所描述的事情则带有更多的个别性。刘小枫对此解释说:"纪事通过曾经有过的个别来展示一般(从个别到一般)，诗作则从一般出发来编织个别，与具体个人的偶然性情有别。就展示一般而言，诗作编织的个别故事比纪事依据的个别事件更少受到限制，因为这个个别是按'普遍性'编织出来的。纪事作品中展露的人物性情恰恰因为太特别、太实在，观者不会想到与自己有什么相干。戏剧中出现的人物性情虽然也是个别的，却既'看似如此'又'必然如此'，从而让人感到自己也可能就是如此这般性情。"[②]

从这些论述可以看到:第一，形式上的用韵与否不是诗与纪事的根本差别，只是在表现一般性上诗比纪事具有更大的灵

---

① 刘小枫:《重启古典诗学》，华夏出版社 2006 年版，第 26 页。
② 刘小枫:《重启古典诗学》，华夏出版社 2006 年版，第 33 页。

活性；第二，诗与纪事都可以表现"哲学意味"，但诗比纪事"更富有哲学意味"。这指出了诗与纪事的相同点和不同点。亚里士多德所做的对诗与纪事进行区别的工作，更多地是指出了诗与纪事可能存在的共同点以及相互转化的可能性。从形式上看，诗与纪事不具有本质区别，因为如果纪事也按照可然律或必然律的原则进行创作并取得成功，则纪事作品也可以成为诗。从这个角度看，《红楼梦》无疑是标准的诗了！

在中国，朱光潜先生也按照这样的思路讨论过诗与散文的差异性和一致性。朱光潜曾对以是否有韵来区分诗与散文的做法及其带来的荒谬性提出过批评，他说："如凭空洞的形式，则《百家姓》、医方脉决以及冬烘学究的试帖诗之类可列于诗，而散文名著，如《史记》、柳子厚的山水杂记、《红楼梦》、柏拉图的《对话集》、《新旧约》之类，虽无音律而有诗的风味的作品，反被摒于诗的范围以外。这种说法显然是不攻自破的。"① 就因为从韵律、风格和情理等角度来区分诗与散文都是不合适的，所以朱光潜又说："凡是有纯文学价值的作品都是诗，无论它是否具有诗的形式。我们常说柏拉图的《对话集》、《旧约》、六朝人的书信、柳子厚的山水杂记、明人的小品文、《红楼梦》之类散文作品都是诗，就因为它们都是纯文学。"② 可见，从形式角度来区

① 朱光潜：《诗论》，载《朱光潜全集》第 3 卷，安徽教育出版社 1987 年版，第 106 页。
② 朱光潜：《诗论》，载《朱光潜全集》第 3 卷，安徽教育出版社 1987 年版，第 111 页。

分诗与散文也是没有多大意义的。

那么，诗到底具有怎样的品格呢？亚里士多德的观点初步揭示出：诗比纪事具有更多的哲学意味，能够揭示更多必然性。这虽揭示了诗的某种特点，但也把诗哲学化了，而且还贬低了诗的地位。因为就解释的普遍性和表现哲理的角度看，哲学显然要高于诗，这不是诗的本性。朱光潜说："诗的境界是理想境界，是从时间与空间中执着一微点而加以永恒化与普遍化。它可以在无数心灵中继续复现，虽复现而却不落于陈腐，因为它能够在每个欣赏者的当时当境的特殊性格与情趣中吸取新鲜生命。诗的境界在刹那中见终古，在微尘中显大千，在有限中寓无限。"[①] 因此，就写作方式而言，诗必须要对浑整的社会生活和人生事相进行剪裁和选择，必然渗透着诗人本身的性格与情趣，因而也就带有鲜明的个别性和独特性。

诗用鲜明的情感性、个别性和独特性来表现普遍性和必然性，才让诗与哲学区别开来。与哲学揭示的普遍性不同，诗的普遍性是极端个性化的，而且还会随着欣赏者心境和时空的变化而发生着恒新恒异的变动。人们常说"一千个人眼中有一千个哈姆雷特""一千个人眼中有一千个林黛玉"等等，所表达的也是这个意思。《红楼梦》的诗性魅力就来自这种永恒的、新鲜的情趣。吴世昌先生说："我以为《红楼梦》中散文往往有诗意，故

---

① 朱光潜:《诗论》，载《朱光潜全集》第 3 卷，安徽教育出版社 1987 年版，第 50 页。

事往往有诗意，即在于雪芹运用前人诗材为素材，再在上面用别的诗加以雕绘。'绘事后素'，而雪芹所采用的'素'和'绘'既来自前人之诗，化旧诗为新的散文，故其所传者是诗的精神，而不仅是指大观园中姑娘们的逢场作戏的吟咏。"①这个表述指出了《红楼梦》作为小说而具有诗性的根源。

　　在中国，诗歌与纪事之间的融合有个演变过程，考察这个过程也会为我们进入《红楼梦》的诗意境界提供方便。总体上看，在中国，纪事与诗歌之间的关系经历了两个发展阶段：第一个阶段是以礼乐为核心，诗歌与纪事一样，都是礼乐思想的载体。"诗缘情"观念兴起后，经历了魏晋山水诗、唐传奇和宋元小说的过渡阶段后，诗歌与纪事的关系开始进入第二个阶段。以情感为核心的小说创作观为诗歌与小说的交流和融合奠定了基础，此后，诗歌作品和诗学精神便成为中国小说创作思维的重要组成部分。将纪事与诗歌结合在一起来论说道理的传统，在《左传》《论语》等著作中就已形成，此后《墨子》《孟子》等也都承续了这个传统，《韩诗外传》则是个典型的例子。《韩诗外传》为西汉学者韩婴所撰，其体例与《说苑》《列女传》等相似，都是先讲一个故事，然后引《诗》为证，这在精神意蕴上实现了诗与事的统一。由此可见，诗与事都可以承述礼教、究达万物。这个传统贯穿了整个中国古代诗学的历史，《列女传》大量引用古诗是这个传统的突出表现。这个传统突出了诗歌与纪事之间的联系，其纽带是礼乐思想。

---

① 吴世昌：《〈石头记疏证〉小引》，《读书》1981 年第 11 期。

　　"诗缘情"观念兴起后，礼乐思想对诗歌的束缚渐次减弱，个体的情感体验在诗中的地位获得了合理性，诗与事也渐渐疏远了。唐代传奇兴起后，作者的主观情意和思想意识在纪事中的作用凸显。就如鲁迅所说，唐传奇"大归则究在文采和意想"，由此而成为"唐代特绝之作"[①]，而元稹《莺莺传》等传奇作品已融入了大量诗作。而且，将诗和传奇作品在一起创作，在唐代士子中间还形成了一个传统，这在某种程度上加快了诗歌与小说文本相融合的进程。宋元话本小说和后来的拟话本小说也多有诗词点缀，但这些诗词与小说文本之间的关系多是偶然性联系，在这一点上，它们反而不及《莺莺传》。相比较来看，《金瓶梅》中大量诗词曲赋的运用是一大进步，为诗词等融入小说情节提供了范例。更为重要的是，《金瓶梅》的出现带来了小说观念的变化，"情"开始在纪事散文中占据核心位置，诗歌与小说获得了同一性。清初西湖钓史《续金瓶梅集序》云：

　　　　小说始于唐宋，广于元，其体不一。田夫野老能与经史并传者，大抵皆情之所留也。情生，则文附焉，不论其藻与俚也。《金瓶梅》旧本言情之书也。情至则易流于败检而荡性。今人观其显，不知其隐；见其放，不知其止。喜其夸，不知其所刺。……今天下小说如林，独推三大奇书，曰《水浒传》、《西游》、《金瓶梅》者，何以称夫？《西游》阐心

---

① 鲁迅：《中国小说史略》，人民文学出版社2006年版，第71页。

而证道于魔，《水浒》戒侠而崇义于盗，《金瓶梅》惩淫而炫情于色。[1]

这段话中最值得注意的是作者明确提出"情生，则文附焉，不论其藻与俚也""《金瓶梅》旧本言情之书"等观点，这样，"情"就成为连接正统经传与野史小说的根本性标准，辞藻的高雅俚俗与否尚在其次。明代谢肇淛此前就已提出"凡为小说及杂剧戏文，须是虚实相半"，"亦要情景造极而止，不必问其有无"[2]的观点。正是这样一种强调情景兼容的创作主张在小说领域的发展、成熟，使得小说与诗歌之间的界限不再那么明显：诗歌可以名正言顺地融进小说，小说也可以正大光明地引用诗歌；借小说传诗，甚至成为明清之际才子佳人小说的一个创作传统；诗学中的意象、境界和神韵等核心概念以及情景交融、虚实相生、境生象外等诗学精神也开始指导着小说家的创作。而且，一些具有中国传统诗学精神和审美情趣的艺术形式如诗词曲赋、园林绘画乃至佛道等宗教思想都已融入人们的日常生活之中，同样也开始进入小说，使小说具有浓厚的诗学雅趣。作者甚至还可以在小说中表达自己的诗学思想，建构自己的诗学理论。《聊斋志异》《阅微草堂笔记》等作品中就已有很多借鬼怪故事畅谈

---

① 西湖钓史：《续金瓶梅集序》，载黄霖、韩同文选注：《中国历代小说论著选》，江西人民出版社 2000 年版，第 326 页。

② 谢肇淛：《五杂组》，载黄霖、韩同文选注：《中国历代小说论著选》，江西人民出版社 2000 年版，第 168 页。

诗学的例子,《红楼梦》中大量诗词的运用和对诗学问题的探讨,是这一传统的典型代表,也是集大成者。

诗话在推进诗与小说的融合方面作用很大。成于唐光启二年(886)的孟棨《本事诗》,其以事记诗、以诗言事的创作思路开创了诗话纪事的先河。书中所记"人面桃花""破镜重圆"和"灵隐续诗"等诗歌逸事,颇具人文情趣和诗歌意境,是诗歌与纪事两者完美结合的好例子。孟棨创作《本事诗》的思路是明确的,其理论基础就是人生中的情感体验。无论是诗歌还是纪事,它们所包含的人生境遇中或惆怅或悲思的情感体验古今皆同。他说:"诗者,情动于中而形于言,故怨思悲愁,常多感慨;抒怀佳作,讽刺雅言,著于群书。虽盈厨溢阁,其间触事兴咏,尤所钟情。"①孟棨所提出的"触事兴咏,尤所钟情"的观点,指出了诗歌与纪事之间的一致性:两者均立足于个体的人生际遇和情感体验,情因事起,辞以情发。孟棨之后,晚唐处士范摅所撰、成书于僖宗年间的《云溪友议》,也延续了《本事诗》以纪事谈诗的方式。这两本书影响很大,对于中国诗话传统的形成有着重要而积极的意义,而南宋计有功的《唐诗纪事》则进一步加强了诗歌与纪事之间一致性关联。明代学者孔天胤在《重刻唐诗纪事序》中明确而深刻地论述了诗歌与纪事之间的同一性关系。孔天胤明确指出了诗、事、情、辞等四者之间的密

---

① 孟棨:《本事诗序》,载《唐五代笔记小说大观》,丁如明、李宗为、李学颖等校点,上海古籍出版社1999年版,第1237页。

切联系，提出了"得事则可以识情，得情则可以达辞""情事合一"[1]等观点。他还以此为视点，批评了宋人鄙薄辞章以格调声律为品裁、只知言理而不及事的做法，并提出了"既不晓事，又安识所谓道情者"的观点。孔天胤的主张是对此前以情感为纽带的诗歌与纪事关系的总结，在中国诗话发展史上具有极为重要的意义，对中国古典小说的创作也有一定的影响。

因此，诗话的盛行影响着人们的小说创作观念，也逐渐消除了诗歌与日常生活事件之间的两极对立，二者在情感同质的基础上获得了一致性。宋人周紫芝《竹坡诗话》中有一段记述颇有代表性：

> 余倾年游蒋山，夜上宝公塔，时天已昏黑，而月犹未出，前临大江，下视佛屋峥嵘，时闻风铃，铿然有声。忽记杜少陵诗"夜深殿突兀，风动金琅珰"，恍然如己语也。又尝独行山谷间，古木夹道交阴。惟闻子规相应木间，乃知"两边山木合，终日子规啼"之为佳句也。又暑中濒溪，与客纳凉，时夕阳在山，蝉声满树，观二人洗马于溪中。曰，此少陵所谓"晚凉看洗马，森木乱鸣蝉"者也。[2]

---

[1] 孔天胤：《重刻唐诗纪事序》，载计有功辑撰：《唐诗纪事》，上海古籍出版社2008年版，第2页。

[2] 周紫芝：《竹坡诗话》，载何文焕辑：《历代诗话》，中华书局2004年版，第343页。

作者记述的三次生活事件与杜诗意象完美地融合在一起，诗歌意象使日常生活超越了自身的单一性而富有诗意，日常生活事件又使作者对诗歌意象有着前所未有的情感体验，两者之间构成了一种双向交流结构："夜上宝公塔，时天已昏黑，而月犹未出，前临大江，下视佛屋峥嵘，时闻风铃，铿然有声""尝独行山谷间，古木夹道交阴。惟闻子规相应木间""暑中濒溪，与客纳凉，时夕阳在山，蝉声满树，观二人洗马于溪中"。这是作者日常生活中的诗性体验，同时，作者本身所积淀的诗歌意象又与其当下的审美体验相呼应，由此形成了当下情感与以往诗歌意象之间的转换与交流，并加深了主体当下的情感体验，也使诗歌意象越发灵动有趣，给人以全新的感觉。这体现出诗、事之间相互转化交流的关系。

两宋以降的诗话创作在明清两代达到了高潮。受此风气影响，文人小说兴起后，作者也都爱在他们的作品中穿插诗歌作品，并讨论诗学、艺术等问题。鲁迅《中国小说史略》第二十五篇《清之以小说见才学者》就指出了有清一代以小说谈文论艺的创作潮流。鲁迅指出，这类小说作者的知识很广博，但是在小说中连篇累牍炫耀自己的才学，反而影响了小说的艺术力量。在小说中谈诗论艺而不见牵强造作、影响文采者，《红楼梦》是最好的代表。蔡义江先生在《红楼梦诗词曲赋鉴赏》一书中专列"《红楼梦》中的诗论选评"一节，并为每一小节文字拟了恰当的标题。对于《红楼梦》中的这些诗论，蔡义江说："只要不把《红楼梦》中的诗论，不加区别地、简单地等同于曹雪芹自己的诗论，而是有分析、有鉴别地去看它，那么，从这些经过艺术加工而变得个性化、通俗化了的诗论中，仍是可以看出曹雪芹在诗歌方面的某些见解来。"① 因此，《红楼梦》中的这些谈诗、论诗活动，是红楼儿女们日常生活的组成部分，也是她们志趣的外化和体现，在某种程度上也反映出曹雪芹本人的诗学取向和创作主张。

二、"以花为骨，以水为魂"：《红楼梦》的主导意象

我们将中国古典诗歌与小说放在一起进行比较、欣赏，发现它们在精神意蕴、审美情趣方面的联系，就是在这样的艺术历程中展开的。诗歌是意象的艺术，欣赏诗，要从诗中独特的意象入手，进入到诗的思想、境界；欣赏《红楼梦》也是这样，我们可以从《红楼梦》中的主要意象入手，进入《红楼梦》的情节、境界和人物的内心世界。在《红楼梦》中，"花意象"和"水意象"是全书的主导意象，是我们进入《红楼梦》的通道。曹雪芹在《红楼梦》中每以花喻人，创作了一种"花的诗学"，抽花名签的游戏，将这种隐喻表达得淋漓尽致。《红楼梦》女主人公林黛玉原是灵河畔的一株绛珠仙草，幸得神瑛侍者日以甘露灌溉，既受天地精华，复得雨露滋养，终于脱却草胎木质，修成女体，她是众花之神的化身。与花对应的其他诸意象则有落花、仙草以及其他与花有关的物事等。在书中，花意象与水意象及其与此对应的

---

① 蔡义江:《红楼梦诗词曲赋鉴赏》，中华书局 2001 年版，第 459—460 页。

其他诸意象贯穿《红楼梦》的始终，构成了一个和谐而严密的体系。周汝昌先生在《曹雪芹新传》里说："他的主题是'花落水流红'，他自创的新词是'沁芳'，此二字是全书的点睛之笔。"①这个判断也可说明花意象与水意象是《红楼梦》意象构成的最基本、最主要的元素。水意象和花意象是整部《红楼梦》的主导意象，其他诸多意象都在这两种主导意象的规范下发挥着它们各自的作用；而且，水意象和花意象与其他意象交织在一起，组成浑然整体，使整部《红楼梦》具有强烈的整一性。我们将《红楼梦》意象体系的这种架构方式，概括为"以花为骨，以水为魂"，这是曹雪芹将诗学精神泛化为小说文本的基本手段。下图是清代画家孙温耗费三十余年时间创作的《红楼梦图》中的一幅，呈现的是

图 2　孙温:《红楼梦图》之《宝黛共读〈西厢记〉》

---

① 周汝昌:《曹雪芹新传》，外文出版社 1997 年版，第 330 页。

贾宝玉和林黛玉在春花烂漫时节在沁芳闸边共读《西厢记》的场景。"沁芳"二字由水意象与花意象融合而成，是曹雪芹的独创。

中国传统哲学向来践行"天人合一"的理念。天既可指富有神秘色彩的生命之天，也可指自然万物。对天象、物象的关注促使了《易经》的诞生，《易经》又使此观念更加繁盛地流传。这种观念反映在文学创作上，则形成了创作主体与客体和谐统一的关系，自然万物的变化往往引起作者身心的呼应。这种对自然万物进行关注而引发主体情感体验的思维传统至今如是。在自然万物中，人们对象征美好的鲜花倍加青睐；而当人生寂寞愁闷时，由己及物，落花又多进入人们的思考界域，成为抒发自我悲慨愁绪的对象；即使是表达一种对永恒生命的哲理式感悟，也可以借花朵以发抒。

到了《红楼梦》，仍不脱这个传统：《红楼梦》的凄美色调又使它每每与落花结缘，其欢快色彩又使人花同艳，其伟大的艺术构思又使花意象具有多重功能。在《红楼梦》里，有许多篇幅都对花意象进行了集中描绘，如第二十七回"埋香冢飞燕泣残红"、第三十七"秋爽斋偶结海棠社"、三十八回"林潇湘魁夺菊花诗"、第四十九回"琉璃世界白雪红梅"、第六十二回"憨湘云醉眠芍药裀"、第六十三回"寿怡红群芳开夜宴"、第七十回"林黛玉重建桃花社"等等，可谓精彩纷呈，美不胜收。在众多描写中，"黛玉葬花"这一诗化的行为历来为人称颂：

　　　　宝玉一回头，却是林黛玉来了，肩上担着花锄，锄上挂着花囊，手内拿着花帚。宝玉笑道："好，好，来把这个花扫起来，撂在那水里。我才撂了好些在那里呢。"林黛玉道："撂在水里不好。你看这里的水干净，只一流出去，有人家的地方脏的臭的混倒，仍旧把花遭塌了。那畸角上我有一个花冢，如今把他扫了，装在这绢袋里，拿土埋上，日久不过随土化了，岂不干净。"①

黛玉葬花是一种诗化行为。黛玉对落花的埋葬，不仅是对落花的悲悼，更是对她自身的哀怜。"一年三百六十日，风刀霜剑严相逼。"黛玉把花安葬，对落花与黛玉而言都是一种家的回归，这同样也是此二者品格特质的显现。"一抔净土掩风流"，是的，黛玉对落花的哀怜和对自己的感伤是贾宝玉永远都无法体验到的。贾宝玉所追求的只是对落花的一种虚浮的承载，林黛玉追求的则是"质本洁来还洁去"的高洁本质的复归。《葬花吟》是整部《红楼梦》的哀音，又是《红楼梦》中众女子悲剧命运的谶词。作者借贾宝玉的亲身体验，写出了《葬花吟》中所蕴含的人生况味。

　　宝玉受到《葬花吟》的触发，先思及黛玉后至宝钗、香菱、袭人等人，又推至他人、自己，此处的花园楼阁，此后又归于何处呢？贾宝玉所思考的这一问题，也正是作者曹雪芹所思考的问题。事实告诉我们，不论是作为小说人物的贾宝玉，还是作为作

---

① 曹雪芹：《红楼梦》，人民文学出版社 2008 年版，第 315 页。

者的曹雪芹，都找不到这一问题的答案。因此，"逃大造，出尘网"只能是宝玉的唯一选择。这段形而上的内心独白与老子《道德经》的"道生一，一生二，二生三，三生万物"有异曲同工之妙，同样是在以静制动的基点上思考了包括人类在内的宇宙的奥妙。贾宝玉的"一而二，二而三，反复推求了去"的思考胎动，也是以此在为基点，思考万事万物的最终归属。当他从"鲜花着锦，烈火烹油"的世俗生活中脱离出来复归其宝玉的灵性时，他的这一思考便构成了整部《红楼梦》的哲学基础。

　　这种思考是得不出答案的，其意义和作用只能在思索的过程中生成。社会在前进，新的问题又促使他们进行新的思索。此时的贾宝玉，迷惘而无助。在他所看到、所亲历的诸多物事中，在欲望与权力的舞台上，上演的只是国王与奴隶、富翁与乞丐莫名其妙的无限静默而又暗含激流的沉寂之戏。在"万人皆醉我独醒"的社会里，贾宝玉的忧患与焦虑所折射出的历史使命感的空缺显得虚无缥缈。因此，林黛玉的葬花与贾宝玉的思索共同熔铸了一把锐利无比的批判之剑。令人可悲的是，这把剑因为它的锐利而容易折断。林黛玉除了死亡，贾宝玉除了出家，似乎没有其他的路可走，由此可以看出贾宝玉这一思索所包含内容的深度与广度，所以鲁迅说："悲凉之雾，遍被华林，然呼吸而领会之者，独宝玉而已。"[1] 然而，宝玉的思索是因黛玉的葬花而引起的，他的这一番思索黛玉自然早已思索过了。呼吸而领

---

[1] 鲁迅:《中国小说史略》，人民文学出版社 2006 年版，第 237 页。

悟遍被华林的悲凉之雾的不只是贾宝玉，还有林黛玉。

通过上面的分析，可以发现，曹雪芹赋予落花意象的内涵十分丰厚，其高度直接指向了人类精神领域的最深处和人生理念的最高层。曹雪芹还借用对落花的描写创设出了优美的红楼情境，其典型则推"湘云醉卧"一节：

> 正说着，只见一个小丫头笑嘻嘻的走来："姑娘们快瞧云姑娘去，吃醉了图凉快，在山子后头一块青板石凳上睡着了。"众人听说，都笑道："快别吵嚷。"说着，都走来看时，果见湘云卧于山石僻处一个石凳子上，业经香梦沉酣，四面芍药花飞了一身，满头脸衣襟上皆是红香散乱，手中的扇子在地下，也半被落花埋了，一群蜂蝶闹穰穰的围着他，又用鲛帕包了一包芍药花瓣枕着。众人看了，又是爱，又是笑，忙上来推唤挽扶。湘云口内犹作睡语说酒令，唧唧嘟嘟说："泉香而酒洌，玉碗盛来琥珀光，直饮到梅梢月上，醉扶归，却为宜会亲友。"[①]

这段描写，芍药花飞落若雪，湘云醉卧憨态，无不跃然纸上。其外在的娱悦与内在的悲悯相合无间，又得情感之真，不是诗的情感又是什么呢？王国维在《元剧之文章》中说："何以谓之有意境？曰：写情则沁人心脾，写景则在人耳目，述事则如其口出

---

① 曹雪芹：《红楼梦》，人民文学出版社 2008 年版，第 855 页。

也。古诗词之佳者，无不如是。元曲亦然。"① 王国维有关意境的三个标准用之于评述古诗词佳，评元曲佳，评《红楼梦》更佳。其名著《红楼梦评论》借用叔本华悲剧理论，阐发出《红楼梦》的悲剧特质。即使用他自己的意境说来解释《红楼梦》，同样能够揭示出《红楼梦》的诗意特质。湘云醉卧与黛玉葬花不同，一个是幽香清雅的境界，一个是哀怨深沉的境界，两者都要归功于落花的映衬。一个红香散乱的芍药花裀把湘云衬托的清雅天真、纯洁可爱，在这一优美雅致的境界中，可以感受到美的愉悦。如果把这种愉悦与黛玉葬花对照来看，愉悦愈强烈，则后文我们愈能感到"湘江水逝楚云飞"的悲哀，此处境界因此而笼罩一层凄冷的色彩。这也是"花谢花飞花满天"的情境，"红消香断"又有谁能够品味出其中蕴含的悲楚和人生的无奈？飞花与人共存时，人因此也就着上了飞花的色彩；飞花因人的心灵的疲倦，也显得憔悴不堪而"无语怨东风"。人与花互文，花与人共生，二者完美地融为一体，生成诗的境界。

《红楼梦》第十三回写秦可卿逝世，脂砚斋说《红楼梦》"深得《金瓶》壸奥"；在第十六、十八等回，脂砚斋又把《红楼梦》和《金瓶梅》相提并论。这似乎向我们暗示：要把《红楼梦》和《金瓶梅》对比来看。《金瓶梅》与《红楼梦》在章法、笔法和情节设计等方面相似之处很多，这里只比较两书中都存在的"花园"。《金瓶梅》中的花园与大观园有诸多相同之处，如两个园子

---

① 王国维:《宋元戏曲史》，上海古籍出版社 1998 年版，第 99 页。

在书中安排的位置相同，都是书中故事发生的主要场所，都是经过嫁接改造而成等。在相异的方面，有一点值得我们注意：在景物布置方面，大观园有清洁的活水流动，《金瓶梅》中则无。因此，《红楼梦》满蕴了灵气，《金瓶梅》则污秽不堪；由此，大观园成了贾宝玉与众女儿心灵诗意栖居的场所，而《金瓶梅》中的花园则成了西门庆及其妻妾泄欲的场所。所以，"水"意象理应成为我们进入《红楼梦》的又一个突破口。

《红楼梦》中的水意象有流水、眼泪、雨水、灵河等，它是大观园众女儿高洁心灵与情爱的象征。曹雪芹对水有特别的喜好：大观园里的结构布置，处处少不了水的存在，使园中诸多景致增添了绵远的韵味；而且大观园里的水处处勾连，永远流动，没有一处是死水。这也是曹雪芹独具匠心的地方，他用时时流动的活水来比喻园中人物的永远纯洁、满蕴灵气。脂砚斋指出了水在大观园中的重要性："写出水源，要紧之极。近之画家着意于山，若不讲水。又造园囿者，惟知弄莽憨顽石，雍笨冢，辄谓之景，皆不知水为先着。此园大概一描，处处未尝离水，盖又未写明水之从来，今总补出，精细之至。"[1]朱熹《观书有感》："问渠哪得清如许？为有源头活水来。"这"源头活水"亦为雪芹所用。

这象征了大观园灵动韵味的源头活水原是从宁府会芳园引入的。会芳园在大观园造成后，被宝玉取名为"沁芳"，花与水

---

① 　陈庆浩编著：《新编石头记脂砚斋评语辑校（增订本）》，中国友谊出版社 1987 年版，第 307 页。

在大观园的第一个要紧之处结合在一起。沁芳过后，乃是潇湘馆，园中其他处的水也都是经潇湘馆流过去，到怡红院而止。作者通过贾政带领众宾客游览新建成的大观园的描写呈现了这一精巧的设计，《红楼梦》第十七回写道：

> 于是出亭过池，一山一石，一花一木，莫不着意观览。忽抬头看见前面一带粉垣，里面数楹修舍，有千百竿翠竹遮映。众人都道："好个所在！"……后院墙下忽开一隙，得泉一派，开沟仅尺许，灌入墙内，绕阶缘屋至前院，盘旋松竹下而出。①

这里先写的是潇湘馆的水。这股泉水曲折而下至稻香村，过荼蘼架，入木香棚，越牡丹亭，度芍药圃，入蔷薇院，出芭蕉坞，盘旋曲折，到达了"蓼汀花溆"：

> 只见水上落花愈多，其水愈清，溶溶荡荡，曲折萦纡。池边两行垂柳，杂着桃杏，遮天蔽日，真无一些尘土。②

这里，落花与流水互文，共同生成了没有一丝尘土的纯洁之境。这泉水在这里又穿墙而过，经蘅芜苑，过天仙宝境，几经曲折，

---

① 曹雪芹：《红楼梦》，人民文学出版社 2008 年版，第 221 页。
② 曹雪芹：《红楼梦》，人民文学出版社 2008 年版，第 226 页。

到达了怡红院：

> 转过花障，则见青溪前阻。众人诧异："这股水又是从
> 何而来？"贾珍遥指道："原从那闸起流至那洞口，从东北山
> 坳里引到那村庄里，又开一道岔口，引到西南上，共总流
> 到这里，仍旧合在一处，从那墙下出去。"众人听了，都道：
> "神妙之极！"①

这股泉水从沁芳闸流经各处，到怡红院汇总，显然是曹雪芹苦
心经营的结果。庚辰本在此处批曰："于怡红院总一园之首，是
书中大立意。""于怡红院总一园之首"的"总"字在这里才可以
完全看出的它的含义，也可以看出怡红院在大观园中的地位及
贾宝玉在《红楼梦》中的地位，以及流水意象在整部《红楼梦》
中的地位。这股泉水在沁芳闸乃清纯之水，经潇湘馆到"蓼汀花
溆"，愈发清澈；到怡红院，从墙下流出大观园后，就是不干净
的了。林黛玉就曾说过："你看这里的水干净，只一流出去，有
人家的地方脏的臭的混倒，仍旧把花遭塌了。"通过对这股清泉
追踪摄迹的描述，有一个现象须注意：流水往往与落花放在一
起，如"沁芳"二字就是花与水融合而成，"蓼汀花溆"又直言
"水上落花愈多，其水愈清"，其名称也是花与水的融合。曹雪芹
把落花与流水放在一起描写，具有深厚的文学渊源。

---

① 曹雪芹:《红楼梦》，人民文学出版社 2008 年版，第 231—232 页。

《红楼梦》第二十三回"西厢记妙词通戏语，牡丹亭艳曲警芳心"写林黛玉听曲时的感触可解释这个问题：

> 这里林黛玉见宝玉去了……只听墙内笛韵悠扬，歌声婉转。……偶然两句吹到耳内，明明白白，一字不落，唱道是："原来姹紫嫣红开遍，似这般都付与断井颓垣。"林黛玉听了，倒也十分感慨缠绵，便止住步侧耳细听，又听唱道是："良辰美景奈何天，赏心乐事谁家院。"……又侧耳时，只听唱："则为你如花美眷，似水流年……"林黛玉听了这两句，不觉心动神摇。又听道"你在幽闺自怜"等句，亦发如醉如痴，站立不住，便一蹲身坐在一块山子石上，细嚼"如花美眷，似水流年"八个字的滋味。忽又想起前日见古人诗中有"水流花谢两无情"之句，再又有词中有"流水落花春去也，天上人间"之句，又兼方才所见《西厢记》中"花落水流红，闲情万种"之句，都一时想起来，凑聚在一处。仔细忖度，不觉心痛神痴，眼中落泪。①

这段文字清楚地交代了"流水落花"的渊源，林黛玉的"都一时想起来，凑聚在一处"正道出了作者曹雪芹艺术构思的部分经历。《红楼梦》此处营造的"流水落花"之境耐人寻味，余国藩说："对黛玉而言，'落花'和'流水'重复出现所聚照者，正是时日

① 曹雪芹:《红楼梦》，人民文学出版社 2008 年版，第 316—317 页。

的推移之速。崔涂的诗吟就于旅次，而李煜的词填妥于亡国幽居之际。两人各自的遭遇，无疑都加深了黛玉的孤离之感。由于此故，崔诗和李词的主题一旦合而为一，显示的便是一个令人不得不为之唏嘘的吊诡：只有像眼前的崔涂、李煜和林黛玉这种'有情人'，才能认清时间'无情'、人世无常和世事无住这些现实。"①

　　当然，曹雪芹在仔细玩味古人"流水落花"的诗句时，在借用其境界的基础上，又赋予了更为深沉的内容。前文已经说过，与流水对应的还有眼泪，因了这个缘故，曹雪芹又将泪水与落花放在一起，使《红楼梦》中众女儿的悲剧意蕴浓重了很多。林黛玉《桃花行》：

> 侍女金盆进水来，香泉影蘸胭脂冷。
>
> 胭脂鲜艳何相类，花之颜色人之泪；
>
> 若将人泪比桃花，泪自长流花自媚。
>
> 泪眼观花泪易干，泪干春尽花憔悴。②

香泉影中胭脂凄冷，鲜艳的胭脂又有什么可以相比的呢？那也只有桃花的颜色与人的眼泪了。然而人的眼泪与桃花共在时，桃花易谢，人泪易干，那鲜艳的胭脂也不知归于何处了。蔡义江

---

① 余国藩：《〈红楼梦〉、〈西游记〉与其他：余国藩论学文选》，李奭学编译，生活·读书·新知三联书店 2006 年版，第 162 页。

② 曹雪芹：《红楼梦》，人民文学出版社 2008 年版，第 967 页。

说："《桃花行》则专为命薄如桃花的林黛玉的夭亡，预作象征性的写照。"[①] 其实，《红楼梦》中的众女子哪个不命薄如桃花呢？因之，《桃花行》则又可看作是《红楼梦》中众女子悲剧命运的写照。所谓"落花有意，流水无情"，这番有意与无情正是她们心灵之纯洁与世事之肮脏矛盾的外化与显现；那落花乱坠的迷乱与感伤，那流水无情的无语东流，表达了她们一如李煜般的深愁；"孤标傲世偕谁隐"的心灵追求，将如落花一般地化为尘土，将如流水一般地流逝于虚无。

因此，眼泪与流水，落花与情爱正是一对互相解释的文本。如同葬花一样，林黛玉的泪水正是她心里爱情期望的虚无无根的焦虑恐惧心理的表现。在她的生命期待中，她只能看到落花与流水，她也只有葬花与流泪了。如果把林黛玉看作大观园众女子高洁品格的化身，那么，落花与流水便只能是她们唯一的生命归宿。落花与流水这对人文景观正是这样向我们昭示出整部《红楼梦》的悲剧色彩，有学者说："眼泪和流水互文，道出一种绵绵不断的悲怀和诗意十足的畏惧；情爱和落花对照，推出一种至死不渝的风骨和衰亡没落的崇高。死亡以眼泪和流水为意象，灵魂以情爱和落花为现身。一场以泪相伴的爱情，一脉流水落花的气韵，合成一种在死亡面前的审美观照。"[②]

---

① 蔡义江：《红楼梦诗词曲赋鉴赏》，中华书局 2001 年版，第 349 页。
② 李劼：《历史文化的全息图像——论〈红楼梦〉》，东方出版中心 1995 年版，第 33 页。

三、"山水清音"：《红楼梦》中的意象化情境

明清时期，人们对水与花的欣赏不仅没有随时间的流淌而淡化，反而还形成一股势头不小的潮流。袁中道《游太和记》："予旧闻之中郎云，太和琼台一道，叠雪轰雷，游人乃云'此山诎水'，殊可笑。予拉游侣，请先观水，为山灵解嘲。乃行涧中。两山夹立处，雨点披麻斧劈诸皴，无不备具，洒墨错锈，花草烂斑，怪石万种，林立水上，与水相遭，呈奇献巧。"袁宏道《瓶史·清赏》："夫赏花有地有时，不得其时而漫然命客，皆为唐突。寒花宜初雪，宜雪霁，宜新月，宜暖房。温花宜晴日，宜轻寒，宜华堂。暑花宜雨后，宜快风，宜佳木荫，宜竹下，宜水阁。……若不论风日，不择佳地，神气散缓，了不相属，此与妓舍酒馆中花何异哉？"[①]这种对山水花草倍加青睐、亲近自然的风尚无疑与当时"主情"的创作潮流相吻合，因为两者都提倡发自然之情、本真之情。这样的美学潮流流传到曹雪芹时代，他不能不受到影响，甚至是很大的影响。因此，《红楼梦》对花与水两种意象的叠合运用，是曹雪芹在受时代影响并继承传统的基础上加上了更多创造的结果。

对花与水的赏析，为我们理解《红楼梦》的诗意特质提供了捷径。然而，《红楼梦》的特质尽管是诗的，而它的表现形式却始终是小说的，因此，情节仍然是构成《红楼梦》叙事模式的基

---

① 　袁宏道：《袁中郎随笔》，载《袁中郎全集》，世界书局 1935 年版，第 22 页。

础结构单位，这些结构单位同样是构成《红楼梦》诗意特质的材料。《红楼梦》中的情节及其表现形式蕴含了诗意的精髓，具体而言，就是指书中所描绘的许多典型情境是诗意的，我们在这里称之为"意象化情境"。

所谓"意象化情境"，即指作者在创作过程中创造的以意象为依托而又超出意象范畴的人生的典型情境。这人生中的典型情境，大都是作者的人生体验在书中主人公身上的外现，在一定程度上体现出现实人生的普遍诗性特质。具体言之，意象化情境在叙事文学中以主人公对自然万物产生联想思索的体验为基本场景。一些诗性的叙事作品往往能够从古往今来的优秀抒情作品（如诗词等）中截取典型的人生片断，根据叙事文学可以肆意渲染的特点，赋予诗词中这种情境以更加丰厚的内容。意象化情境属于文学形象的至境形态之一，与典型环境、审美意象和意境具有诸多重叠的内涵。意象化情境是具有普遍性质的人生片断，因而具有典型环境所具有的典型性；意象化情境乃是抒情主人公在行动过程中面对自然万物产生思索联想的场景，意象成为他们思接千载的物质载体，其核心依托物即为意象；此外，意象化情境又是抒情主人公借自然物象以深思的人生典型场景。因此，它具有文学意境情景交融、虚实相生、韵味无穷的特征。

然而，意象化情境又与上述三者具有较大差别，并非是三者的机械叠合。首先，意象化情境往往是以抒情主人公对人生、社会的哲理式思考为内容，具有较为强烈的形而上的特征。其次，审美意象指以表达审美情趣为目的，以变动性和隐喻性为其基本特征而达到人类审美理想境界的表意之象，仍然不脱"象"的范畴；意象化情境却是把上面所说的人生中的典型场景以审美意象为依托而生成的叙事性结构，是意象化的叙事场景。最后，意境主要是指抒情型作品中呈现的那种情景交融、虚实相生的形象系统及其所诱发和开拓的审美想象空间，而意象化情境则特指叙事型作品中表达人生感悟的叙事场景，其本身所具有的"情节化"特征，与意境的"抒情化"特征具有形式上和本质上的差别。因此，所谓"意象化情境"，简言之，即小说情节的意象化。宗白华在解释中国艺术家何以不纯客观、机械式地模仿写造时说道："艺术意境不是一个单层的平面的自然的再现，而是一个境界层深的创构。从直观感相的模写，活跃生命的传达，到最高灵境的启示，可以有三层次。"[1]同此，意象化情境也不是叙事文学作家对现实生活的机械地模仿写造，不是一个单层、平面、自然的摄像，而是一个满蕴哲理式领悟的立体、深层的，经过作家反复锤炼的，富于诗意灵境的叙事场景。这样的过程是一个意象化的过程。

例如，"黛玉葬花"的经典情境可能来自唐伯虎的艺术实践，同时曹雪芹的爷爷曹寅曾自号"西堂扫花行者"，对此俞平伯等人已做了细致的梳理。下面，我们就从《红楼梦》中选取几个典型例子解释之。《红楼梦》第二十七回"滴翠亭杨妃戏彩蝶"写道：

---

[1]　宗白华:《美学散步》，上海人民出版社1981年版，第74页。

　　刚要寻别的姊妹去，忽见前面一双玉色蝴蝶，大如团扇，一上一下迎风翩跹，十分有趣。宝钗意欲扑了来玩耍，遂向袖中取出扇子来，向草地下来扑。只见那一双蝴蝶忽起忽落，来来往往，穿花度柳，将欲过河去了。倒引的宝钗蹑手蹑脚的，一直跟到池中滴翠亭上，香汗淋漓，娇喘细细。①

蝴蝶意象渊源久远，意蕴丰厚。《庄子·齐物论》："昔者庄周梦为胡蝶，栩栩然胡蝶也，自喻适志与！不知周也。俄然觉，则蘧蘧然周也。不知周之梦为胡蝶与，胡蝶之梦为周与？周与胡蝶，则必有分矣。此之谓'物化'。"②庄子借梦为蝴蝶而引发的思考表达了他"万物与我为一"的思想，蝴蝶在这里成了万物的幻象。中国四大传说中的梁祝故事，其结尾也是梁山伯与祝英台死后化蝴蝶而双宿双飞，蝴蝶在这里又成了情爱的象征。宝钗戏蝶的场景与《齐物论》中的梦一样，都是借主人公与蝴蝶的浑融表达一种诗性的感悟。与庄子的物化之意不同，宝钗戏蝶则以追逐喻人生，蝴蝶则成了一切欲望的化身。因此，薛宝钗的人生追求便如同书中所描写的那样，虽累得"香汗淋漓，娇喘细细"却终究是扑空了一场。

　　当然，抛却这深刻的寓意不谈，单就其艺术描写的层面来看，这段文字写宝钗形象不乏天真稚爱，少却了其以往独有的

---

① 曹雪芹：《红楼梦》，人民文学出版社 2008 年版，第 363 页。
② 陈鼓应：《庄子今注今译》，中华书局 1983 年版，第 92 页。

老气横秋的气味。试想一下，在一个百花盛开、柳荫覆地的小道上，一个满含灵韵气质的青春少女手执团扇，追逐一双色彩斑斓的蝴蝶，这场景同样不乏优美的诗意。

　　《红楼梦》中这类意象化情境的例子很多，前举黛玉葬花、湘云醉卧、宝玉听葬花词等几处都是经典的例子。这些情节都是作者独创的优美的诗境，这样的诗境在叙事文学中是不多见的。不仅如此，曹雪芹除了自己的独创之外，往往还从前人诗词中汲取营养，把诗境直接泛化到小说文本之中，并在泛化过程中增添新的意蕴。《红楼梦》第二十五回，写宝玉病后出房寻觅红玉：

　　　　宝玉便趿了鞋晃出了房门，只装着看花儿，这里瞧瞧，那里望望，一抬头，只见西南角上游廊底下栏杆上似有一个人倚在那里，却恨面前有一株海棠花遮着，看不真切。只得又转了一步，仔细一看，可不是昨儿那个丫头在那里出神。①

这段话实写宝玉出门寻红玉，借宝玉之眼虚写红玉在海棠花下出神，这虚写的境况颇值得人玩味。实写的部分道出宝玉的遗憾之情，虚写的部分道出了红玉的满腹心事，海棠花因之也着上了愁闷的颜色。脂砚斋在此处批道："余所谓此书之妙皆从诗词句中泛出者，皆系此等笔墨也。试问观者，此非'隔花人远天

①　曹雪芹：《红楼梦》，人民文学出版社 2008 年版，第 334—335 页。

涯近'乎？"①"隔花人远天涯近"是苏轼的句子，其内在的含义在这里似乎表达得更为确切而深刻实在了。

再如小说第五十八回，写宝玉病后去看黛玉，路上看到山石之后一大棵杏树，花已尽落，叶稠阴翠，上面已结了豆子大小的许多小杏：

> 宝玉因想道："能病了几天，竟把杏花辜负了！不觉已到'绿叶成荫子满枝'了！"因此仰望杏子不舍。又想起邢岫烟已择了夫婿一事，虽说男女大事，不可不行，但未免又少了一个好女儿。不过两年，便也要"绿叶成荫子满枝"了。再过几日，这杏树子落枝空，再几年，岫烟未免乌发如银，红颜似槁了，因此不免伤心，只管对杏流泪叹息。②

这个场景是从杜牧"绿叶成阴子满枝"一句诗化出，被作者注入了深刻的怅恨意识。《唐诗纪事》卷五十六："牧佐宣城幕，游湖州，刺史崔君张水戏，使州人毕观，令牧间行阅奇丽，得垂髫者十余岁。后十四年，牧刺湖州，其人已嫁生子矣。乃怅而为诗曰：自是寻春去校迟，不须惆怅怨芳时。狂风落尽深红色，绿叶成阴子满枝。"③在贾宝玉对杏花莺啼、以物伤人的惆怅感怀中，

---

① 陈庆浩编著：《新编石头记脂砚斋评语辑校（增订本）》，中国友谊出版社1987年版，第454页。

② 曹雪芹：《红楼梦》，人民文学出版社2008年版，第800页。

③ 计有功辑撰：《唐诗纪事》，上海古籍出版社2008年版，第849页。

这里的思索便包含了他对美好事物的留恋以及这种留恋在"子落枝空"观照下的衰败与感伤的色调。

这与王国维自沉昆明湖的那个前夜具有历史血脉的呼应。在内心追求的瞬息衰败与精神依托的严重空缺的双重审视下，"再几年，岫烟未免乌发如银，红颜似槁了"，在贾宝玉眼中是以好女儿为代表的所有美好事物与人生理想的消亡与破灭。王国维说："《红楼梦》一书，实示此生活、此苦痛之由于自造，又示其解脱之道不可不由自己求之者也。"[①]然而，这时的贾宝玉围于处境，他还找不到解脱的道路，但这番焦虑和思索却在他的思想里生根了，是他后来复归幻境的基础。

四、"万川之月，处处皆圆"：《红楼梦》的悲剧诗学

可以看到，《红楼梦》中的意象构成既营造了《红楼梦》的悲剧氛围，又在一定程度上消解了《红楼梦》的悲剧色彩。作者在对自然物象关注的基础上，萌发出的思索，其指向带有超越的功能。《红楼梦》中的意象选择，营造了红楼意境，服务了主题，其内涵是人生哲理的思考，具有较强烈的形而上的色彩。显然，这与悲剧作品需要引发人们恐惧、怜悯的情感以达到心灵

---

① 王国维：《红楼梦评论》，载一粟编：《红楼梦资料汇编》，中华书局1964年版，第251页。

净化提升的目的不同。

如果说悲剧的这一功能是充满世俗化的感性关怀的话，那么《红楼梦》的意象构成则是情感化的心灵陶冶和哲理化的理性沉思。《红楼梦》意象构成的这个特点使《红楼梦》的悲剧色彩在某种程度上被淡化，这对研究中国悲剧的叙事模式有一定启发。人们一般认为：就大多数作品而言，中国悲剧的结局往往是富于浪漫的奇特想象的大团圆，具有悲中见喜、悲喜交融的审美情趣以及相信正义必将战邪恶的乐观主义人生态度。对这一叙事模式的解释有以下五个方面：1. 对地理环境的从开拓到停滞的趋势弱化了中华民族的进取性、斗争性；2. 农业生产方式造成中国人安土重迁、执恋故土的情感，削弱了本民族的冒险性和进取性；3. 中国传统的宗法伦理规范对民族悲剧精神的逐渐淡化起着强烈的腐蚀作用；4. 中国古典人生哲学对民族悲剧精神起着消极的作用；5. 严酷的封建专制政体对民族悲剧精神具有压制作用。[①]

这五个方面对中国悲剧叙述模式的解析全面而深刻，下面我们则从意象理论的角度、从创作论的方面再做尝试性的解析。为了完成这一任务，我们又必须对意象理论的渊源及其流变做一个粗线条的勾勒。从审美意象产生的文化背景看，对"象"的描述，最早应为史前神话中关于舜和象的斗争的描写，这里的

[①] 邱紫华:《悲剧精神与民族意识》，华中师范大学出版社 2000 年版，第 328—346 页。

"象"是指自然中的大象。然而大象到底是什么样子，人们却很难见到，《韩非子·解老》："人希见生象也，而得死象之骨，案其图以想其生也，故诸人之所以意想者皆谓之象也。"[①] 这里的解释，为后来"得意忘言""得意忘象"的美学传统奠定了基础。在一定程度上，后来者关于象的言论也大都带有意想、超越的成分，由此中国尚象思维传统也在神话学的基础上得到确证。《易经》与《老子》对"象"的关注使意象符号系统在中国文化中明确定位。

　　因之，中国人对"象"的感悟能力和构象能力获得了充分的发展，隐喻象征的暗示功能发挥得淋漓尽致，带有浓厚的诗性色彩。儒道两家在尚象思维上的融合，到秦汉时代则衍化出"天—地—神—人"大一统的文化模式，从而成为支配国人在政治、文学、艺术等各方面思维运作的准则。到魏晋时代，人们审美意识的自觉，"山水清音"审美观的形成，使主客体在这一活动方式中实现了同态对应。东汉后期开始的佛法东渐至唐宋时禅宗哲学的兴盛完备，终而在南宋时期使以往的意象成为妙悟的载体。后来王士禛的神韵说、王国维的境界说等，都不同程度地沾染了超越观念的因素。

　　在中国艺术家的心目中，一切自然对象都是流动不居的生命形态，艺术家、作家在对自然万象的审美过程中达到精神超越的目的。关于这种"观物取象"审美过程中的超越功能，朱良

---

① 　王先慎：《韩非子集解》，钟哲点校，中华书局1998年版，第148页。

志教授说："中国人常常把生活和审美结合在一起，艺术构思的过程也就是自我实现的过程。宇宙精神的觅致和审美意象的获得是并行不悖的。他们力求在洒然自适的情境中契合欢畅之宇宙精神，大自然的一切……都可激越着活泼泼的主体性灵。……从而在鸢飞鱼跃的情境中迭入森罗万象之中，尽情地吮吸自然的真谛，领略无上的美感。"①同时，这种超越"就是在内心归复本明的状态下，建立一种适宜的物我之间的关系。光明澄澈的境界，是自我性灵的栖所，也为万物提供一个居所：在这境界中，提升了自己的性灵，也让万物浸被光辉，却除一切物我冲突之处，将物提升到和人相互照应、相互契合的境界，使物成为光明境界中的物"，"意象在光亮中化生"②。

　　这种在对自然物象观照过程中达到精神超越的状态，叔本华在其《作为意志和表象的世界》一书中，似乎也有同样的认识，但其超越的方式、目的却有本质的不同。叔本华引用加尔德隆的两句诗说道：

> 人的最大罪恶
>
> 　就是：他诞生了。

悲剧正是向人类揭示这条真理。叔本华把作为意志的世界与作

---

① 朱良志：《中国艺术的生命精神》，安徽教育出版社 1995 年版，第 358 页。
② 朱良志：《中国艺术的生命精神》，安徽教育出版社 1995 年版，第 359 页。

为表象的世界相对立，意志的世界是受个性原则支配的世界，所以必然产生冲突和苦难。我们只有一条路可以逃避意志所固有的痛苦，那就是逃到表象的世界去，叔本华说："于是在悲剧中我们看到，在漫长的冲突和苦难之后，最高尚的人都最终放弃自己一向急切追求的目标，永远弃绝人生的一切享受，或者自在而欣然地放弃生命本身。"[①]叔本华所引用的加尔德隆的两句诗向我们说明，人生的悲剧在于人出生到这个世上，所以人生悲剧是不可避免的。他所认为的逃到表象世界去——"自在而欣然地放弃生命本身"的观点，与西方悲剧中的彻头彻尾的叙述模式具有同等对应关系，即使是亚里士多德所倡导的悲剧陶冶说也是与这种叙述模式相对应的。

　　与此不同的是，中国意象理论中的超越功能，凭借意象理论贯穿整个中国文学的发展过程，对中国悲剧作品的悲剧性起到一定的消解作用：一方面它使许多悲剧的结尾以意象符号的形态出现，另一方面它又使中国悲剧作品呈现出怨而不怒、哀而不伤又缠绵悱恻的美学风貌。关于中国悲剧结尾以意象符号形态出现的例子，多不胜数，下面简要举几个例子说明之。《孔雀东南飞》可算是一部悲剧性较彻底的作品，然而在刘兰芝"举身赴清池"、焦仲卿"自挂东南枝"后，却有这样一段描写：

---

① 　朱光潜：《悲剧心理学》，载《朱光潜全集》第2卷，安徽教育出版社1987年版，第348页。

> 两家求合葬，合葬华山傍。东西植松柏，左右种梧桐。
> 枝枝相覆盖，叶叶相交通。中有双飞鸟，自名为鸳鸯。
> 仰头相向鸣，夜夜达五更。行人驻足听，寡妇起彷徨。
> 多谢后世人，戒之慎勿忘。

刘兰芝夫妇死后化为鸳鸯，两者坟墓上的松柏、梧桐也枝枝覆盖、叶叶交通，达到了象征性的合璧。这样的结局安排，还有很多，如梁祝死后化蝶双宿双飞、韩凭夫妇死后化为连理枝等，其他如男女主人公死后化为常青树、花草等的结局安排就更多了。在这种模式里，雀鸟、花草意象实现了它们的超越功能，安抚了人们的痛苦情绪；另有一些悲剧是人物在死后变成鬼神复仇而取得胜利、乞求外力干预而造成和解的结局模式，从而使人们不平衡的心理得到些许安慰和补偿。当然，这种超越少了些形而上的关注，增加了许多世俗的成分。

这种审美心理的出现、形成和发展，与中华民族"尚圆"的思维传统有密切关系。因为圆既是生命的源泉，也是流动不息的生命境界。浑化圆融的境界，是艺术体验的终极境界。这种境界追求的来源是对自然中圆形物象的关注，其中日、月最先进入人们思考的领域：每天早晨，东方的一轮红日把光明带到了世间；而当夕阳西下后，世界又归于黑暗，月亮在黑暗的世界里成了人们抗拒黑暗的有力的自然之象。因为太阳与月亮都是圆形的，所以人类对光明与生命的追求，首先便是对圆形的崇拜。叔本华说："大自然的真正象征普遍都是圆圈，因为圆圈是代表周而复始的图形，而周而复始事实上就是自然界中至为普遍的形式。"[①] 宋陈淳《北溪字义》云："总而言之，只是浑沦一个理，亦只是一个太极；分而言之，则天地万物各具此理，又各有一太极，又都浑沦无缺失处。"又云："譬如一大块水银恁地圆，散而为万万小块，个个皆圆。合万万小块复为一大块，依旧又恁地圆。陈几叟'月落万川，处处皆圆'之譬，亦正如此。"[②]"月落万川，处处皆圆"，万川之月实乃一月，而一月又为万川之月；知一月而知万川之月，知万川之一月，亦知全月。月落万川如此，"日映万川"亦复如是。由此，圆润律动的生命之圆便无处不在，无时不有。以此观之，古俗中的太阳崇拜和月神崇拜其本质都是对婉转流动的生命之圆的崇拜，古代哲学中的"道""一""太极"等概念亦可作如是观。于是，圆形意象便自然而然地积淀在人们的内心深处，成为中华民族的集体无意识；反映在悲剧创作上，便出现了诸多大团圆的结构模式和意象化的结构模式。

　　这种带有哲理性的、审美性的、悲剧性的文本，就是诗化的文本。

---

① 　叔本华：《叔本华美学随笔》，韦启昌译，上海人民出版社 2009 年版，第 221 页。

② 　陈淳：《北溪字义》，中华书局 1983 年版，第 45—46 页。

第二章
《红楼梦》中的诗与诗评

　　曹雪芹是小说家，同时也是天才的诗人。根据敦诚等友人的回忆记录，我们知道，曹雪芹生平为人豪爽好饮，颇有阮籍、刘伶等人孤傲清高、愤世嫉俗的心态和品格，他的诗作也多是新奇别致、晓畅洗练的作品。这样一位有着奇异文思和才情的诗人，在他的著作中并不张扬自己的诗才，而是按头制帽。书中所有诗作均与人物和情节结合在一起，既能突出人物的性格特征和精神情趣，也能推动全书情节的展开和发展，成为读者解读《红楼梦》的一把钥匙。

一、"传诗之意"：曹雪芹的诗化笔墨

　　脂砚斋在《红楼梦》第一首诗作（"未卜三生愿，频添一段愁"）之后批道："这是第一首诗。后文香奁闺情皆不落空。余谓

图 3　曹雪芹:《种芹人曹霑画册》其六及题诗

雪芹撰此书中，亦为传诗之意。"[1] 以小说传诗，是中国小说创作
的一个传统，元稹《莺莺传》是个典型的例子。明清之际的才子
佳人小说承续了这个传统，也在书中加入大量诗词以表达男女
间的私情密意。但这些诗词却多游离于全书情节之外，所以曹
雪芹在第一回就对这种现象加以批判。但要说曹雪芹毫无传诗
之意，恐怕也不符合实际情况。从曹雪芹留下的断简残句来看，
他的诗作与《红楼梦》的诗学旨趣还是相通的。近期，贵州省博
物馆藏的一套画册引起了大家的注意，经过鉴定，认为这套画
册是曹雪芹的作品。其中，有一首诗落款"种芹人曹霑并题"，
因而被人们认为是曹雪芹所作——"冷雨寒烟卧碧尘，秋田蔓底

① 陈庆浩编著:《新编石头记脂砚斋评语辑校（增订本）》，中国友谊出版社
1987 年版，第 25 页。

摘来新。披图空羡东门味，渴死许多烦热人。"此前，吴世昌先生根据脂批、《四松堂集》和《红楼梦新证》等材料，辑录了十句曹雪芹的诗句，现胪列如下：

一、万境都如梦境看。（第一回）

二、旧事凄凉不可闻。（第二回）

三、世路难行钱做马。（第四回）

四、家常爱着旧衣裳。（第七回）

五、好知青冢骷髅骨，就是红楼掩面人。（第十二回）

六、葬花亭里埋花人。（第二十三回）

七、宁使香魂随土化。（第二十三回）

八、一鸟不鸣山更幽。（第三十七回）

九、白傅诗灵应喜甚，定教蛮素鬼排场。（《四松堂集》卷五）

十、钟情贵到痴。（《红楼梦新证》）[1]

当然，这些诗句是否是曹雪芹的，现在还有不同意见，我们且从其思想命意方面看看它们与《红楼梦》的关系。第一句与《红楼梦》的主导思想相一致；第二句是曹雪芹对以往生活的痛苦回忆；第三句是曹雪芹中年时现实生活的写照；第四句既是作者生活中的细节描绘，也与《红楼梦》的怀旧精神密切相关，可与《牡丹

---

① 吴世昌：《红楼探源》，北京出版社 2000 年版，第 222 页。

亭》"赏春香还是旧罗裙" 对比来看；第五句曾被脂砚斋用于《红楼梦》的评点，只不过这句诗可能是俗语，因为它还曾出现在唐寅的诗集中，因而不能被认为是曹雪芹的诗句；第六、七句既纪念了祖父曹寅，也是黛玉葬花情节的诗意表述；第八句，曹雪芹一反王籍 "鸟鸣山更幽" 之句，赋予其以别样的含义；第九句是曹雪芹评价敦诚《琵琶行传奇》的诗句，从中也可窥见曹雪芹诗风的一斑；第十句也深合《红楼梦》言情的精神和旨趣。

可见，曹雪芹诗歌创作的意趣和情感取向，在某种程度上都保存在了《红楼梦》中。此外，《红楼梦》中有很多地方论及了诗歌的创作和欣赏，这些言论在一定程度上也可反映出曹雪芹的诗学观。如果把这些资料加以收集，详细厘定、阐释，编一册《悼红轩诗话》估计是没有问题的。林冠夫先生的《红楼诗话》是个好例子，蔡义江先生的《红楼梦诗词曲赋鉴赏》也在这方面做出了榜样。

《红楼梦》中的情节和意境与中国古典诗词曲赋的意境之间颇有密切的联系，曹雪芹对这些意境的化用和再创造，形成了《红楼梦》独特的诗歌意境和意象世界；曹雪芹有时也化用一些自己的诗作，以此设计情节。这是曹雪芹独特的将情节意象化、诗意化的写作方式。周汝昌在《红楼梦艺术》中说："读《红楼梦》，当然是 '看小说'，但实际更是赏诗。没有诗的眼光与 '心光' 是读不了的。所谓诗，不是指那显眼的形式……是指全书的主要表现手法是诗的，所现之情与境也是诗的。"① 这样意象化、诗意化

---

① 周汝昌：《红楼梦艺术》，人民文学出版社 1995 年版，第 87 页。

的情节，书中例子很多，如"黛玉葬花""宝钗扑蝶"和"湘云醉卧"等，都是典型的例子。这些情节受到历来阅者的点评和赞誉。

下面谈一个不为大家注意的例子。《红楼梦》第二十六回写宝玉来到潇湘馆：

> 只见凤尾森森，龙吟细细。举目望门上一看，只见匾上写着"潇湘馆"三字。宝玉信步走入，只见湘帘垂地，悄无人声。走至窗前，觉得一缕幽香从碧纱窗中暗暗透出。宝玉便将脸贴在纱窗上，往里看时，耳内忽听得细细的长叹了一声道："每日家情思睡昏昏。"宝玉听了，不觉心内痒将起来，再看时，只见黛玉在床上伸懒腰。宝玉在窗外笑道："为甚么'每日家情思睡昏昏'？"一面说，一面掀帘子进来了。林黛玉自觉忘情，不觉红了脸，拿袖子遮了脸，翻身向里装睡着了。①

这段文字化用了《西厢记》中崔莺莺春日中辗转不眠的描写，也反映出林黛玉此时的心情。此处来源于《西厢记·寺警》一折【油葫芦】："翠被生寒压绣裀，休将兰麝熏；便将兰麝熏尽，我不解自温存。分明锦囊佳句来勾引，为何玉堂人物难亲近？这些时坐又不安，立又不稳，登临又不快，闲行又困。镇日价情思睡昏昏。""坐又不安，立又不稳，登临又不快，闲行又困"，写出

---

① 曹雪芹:《红楼梦》，人民文学出版社 2008 年版，第 354—355 页。

了莺莺当时说不清、道不明，剪不断、理还乱的情思，睡不着又睡，睡了又睡不着，整个心思无个停放处。所以金圣叹在此处评道："红娘请之睡，则不可睡；及至无可奈何，则仍睡。只一'睡'字中间有如许袅娜，如许跌宕，写情种真是情种，写小姐亦真是小姐。"① 曹雪芹虽然借用了此处场景，但其意境却比《西厢记》更为细腻、温馨。其看似无意间的淡淡闲笔，把潇湘馆的幽静淡雅、林黛玉的幽雅情思活活画出，所以脂砚斋说："先用'凤尾森森，龙吟细细'八字，'一缕幽香从碧纱窗中暗暗透出'、'细细的长叹一声'等句，方引出'每日家情思睡昏昏'仙音妙音来，非纯化功夫之笔不能，可见行文之难。"又说："二玉这回文字，作者亦在无意上写来，所谓'信手拈来无不是'是也。"② 而且，如果将潇湘馆此处"凤尾森森，龙吟细细"的温馨优雅之境与后来"落叶萧萧，寒烟漠漠"的凄凉景致相对看，则更可增加此处情景温馨香艳而哀痛缠绵的情致。

　　在这段文字之后，宝玉又引用《西厢记》的文辞说："好丫头，'若共你多情小姐同鸳帐，怎舍得叠被铺床？'"正印证了"分明锦囊佳句来勾引"一句，而且这种做法早在二十三回就已出现。这是宝黛二人情感进一步交流、发展和深化的契机。此外，第十九回"意绵绵静日玉生香"一节与《西厢记·寺警》【天下

---

① 金圣叹：《金圣叹全集》第 3 册，曹方人、周锡山标点，江苏古籍出版社 1985
　　年版，第 81 页。

② 陈庆浩编著：《新编石头记脂砚斋评语辑校（增订本）》，中国友谊出版社
　　1987 年版，第 482 页。

乐】所说的"我则索搭伏定鲛绡枕头儿上眊，但出闺门，影儿般不离身"也是一般情致。曹雪芹对《西厢记》等名篇佳作的引用和再创作，已达到脂砚斋所说的"忘情而出"的境界了。中国历代优秀的诗词佳作早已融入曹雪芹的艺术血液，他无意之间即能信手拈来、挥洒成文，收到很好的艺术效果。由此可见，曹雪芹如果不是一个至情至性、文心细腻的诗人，如果对中国传统诗词文化等没有深厚修养，《红楼梦》中这些优美的情节和精绝的诗句是万万写不出的。蔡义江说："说到化用前人诗句，关键也仍在于自身的生活体验、思想和艺术的修养；没有这些，不但不能化，连前人诗的实在好处也未必真能领会，剩下来的只有生搬硬套了。"① 这也从一个侧面说明了《红楼梦》的诗学价值和曹雪芹作为一位诗人的表现。

二、师古与创新：曹雪芹对古人诗句的改动

在《红楼梦》中，有一个现象需要我们注意，那就是曹雪芹在《红楼梦》中引用古人诗句时有不少改动。主要有以下几条：

第一条：第二十三回贾政问"谁是袭人"，宝玉道："因素日读诗，曾记古人有句诗云：'花气袭人知昼暖。'因这丫头姓花，便随口起了这个名字。""花气袭人知昼暖"出自南宋陆游《剑南

---

① 蔡义江：《红楼梦诗词曲赋鉴赏》，中华书局2001年版，第472页。

诗稿》卷五十《村居书喜》的颔联："花气袭人知骤暖，鹊声穿树喜新晴。"

第二条：第二十八回冯紫英行酒令所说的"鸡鸣茅店月"出自晚唐诗人温庭筠的《商山早行》："鸡声茅店月，人迹板桥霜。"庚辰本、甲戌本均作"鸡鸣"，而蒙古王府本作"鸡声"。

第三条：第四十回黛玉道："我最不喜欢李义山的诗，只喜他这一句：'留得残荷听雨声。'偏你们又不留着残荷了。"这句诗出自晚唐李商隐的七言绝句《宿骆氏亭》："秋阴不散霜飞晚，留得枯荷听雨声。"

第四条：第六十二回，香菱笑道："前日我读岑嘉州五言律，现有一句说'此乡多宝玉'，怎么你倒忘了？后来又读李义山七言绝句，又有一句'宝钗无日不生尘'，我还笑说他两个名字都原来在唐诗上呢。"后一句"宝钗无日不生尘"出自李商隐的《残花》："若但掩关劳独梦，宝钗何日不生尘。"

第五条：第六十三回，妙玉常说："古人中自汉、晋、五代、唐、宋以来，皆无好诗，只有两句好，说道：'纵有千年铁门槛，终须一个土馒头。'"这两句诗出自南宋范成大《石湖诗集》卷二十八《重九日行营寿藏之地》："纵有千年铁门限，终须一个土馒头。"

周绍良先生说这些改动是《红楼梦》中的"引诗误字"[1]，实

---

① 周绍良：《红楼论集：周绍良论红楼梦》，文化艺术出版社 2006 年版，第 218 页。

际上这些改动并不是误字，而是曹雪芹的故意改动，体现了他的诗学思想和他对古诗的态度。曹雪芹改动的这些诗句，第二、三、四等三条均为晚唐诗，第一、五两条是南宋诗。对中晚唐已降的诗，曹雪芹是不看重的。《红楼梦》第四十八回写林黛玉教香菱学诗时，丝毫不提中唐以后的诗。她十分强调诗人诗作的家数传统，并认为陆游等人的诗作意趣浅近，如若以此为师，"再学不出来的"，此即所谓"辨家数如辨苍白，方可言诗"[①]。这一点深受严羽《沧浪诗话》的影响，严羽《沧浪诗话·诗辩》："以汉魏晋盛唐为师，不作开元天宝以下人物。"曹雪芹从他的诗歌意趣论出发，对开元以后的诗人诗作多有取舍。

当然，其中有些诗句，曹雪芹还是很喜欢的，比如苏轼的《海棠》、欧阳修的《明妃曲》等。第六十三回"寿怡红群芳开夜宴"写宴会散后，芳官等人醉卧怡红院的情景即取自前者；但就总体上看，他对中唐以后的诗作是不满意的，所以在引用时多做了改动。这并不是说曹雪芹对晚唐诗、宋诗等就是全盘否定的，比如第六十三回花名签上的诗句，"任是无情也动人"就出自晚唐罗隐的《牡丹花诗》，"日边红杏依云栽"也出自晚唐诗人高蟾的《下第后上永崇高侍郎》，其余皆选自宋诗，并暗中揭示了诸人的性格和命运。到底该怎样看待上面的改动呢？这要联系全诗的意境和《红楼梦》的文本情况做具体分析。

第一条所引的是陆游的诗句，而且在第二十八回又出现一

---

① 严羽著，郭绍虞校释：《沧浪诗话校释》，人民文学出版社 1961 年版，第 1 页。

次，"骤"字亦为"昼"字，可见不是误字，是作者有意的改动。曹雪芹认为陆游的诗意趣浅近，不值得效法学习。从引用的这一联看，与"重帘不卷留香久，古砚微凹聚墨多"一样，也是意趣浅近、意境单薄之作。从前面"红桥梅市晓山横，白塔樊江春水生"的句子看，陆游此诗写的是早春时节；"花气袭人知骤暖"之"骤"字，也确实点出了新春刚至时给人的感觉。"骤暖"二字很显然是指白日中的感受，而新春时节早晚的温差还是很大的，曹雪芹改为"昼"字，较原诗更具生活气息。第二条，温庭筠的这一联历来为人称颂，但曹雪芹的改动也在情理之中。因为冯紫英本来并不是文士，在酒场上顺口吟出，说错的可能性很大，曹雪芹这样改也是符合实际情况的。第三条，从《红楼梦》全书的意境和黛玉的审美取向看，"留得残荷听雨声"之"残"字较原来的"枯"字确实改得很好，而且单"从摘句的角度来看，'残荷'实在比原来的'枯荷'诗意长些"[①]，可见改的是成功的。

　　第四条仍是李商隐的诗，曹雪芹将"宝钗何日不生尘"之"何"字改为"无"字。就原诗咏残花的题旨看，改"何"字为"无"字，将疑问改为肯定，显然更符合"残花啼露莫留春，尖发谁非怨别人"之意。第五条专指妙玉怪僻的性格，所以她将汉以来的诗作全部否定，只独取范成大的诗句。这句诗最早出自

---

① 周绍良：《红楼论集：周绍良论红楼梦》，文化艺术出版社 2006 年版，第218 页。

初唐王梵志《城外土馒头》二首："世无百年人，强作千年调。打铁作门限，鬼见拍手笑。"曹雪芹改"限"字为"槛"字，显然比原诗直观形象得多，诗意也更为晓畅明白。曹雪芹还以此为基础，创制了"铁槛寺"的名字，并以"槛内人"与"槛外人"（第六十三回）指称妙玉和宝玉，传达出两人之间的微妙关系。

从这些改动看，曹雪芹在创作过程中全面地贯彻了他在书中的诗学主张，并与全书的情节意境和人物的性格特征融合在一起，也体现出作为诗人的曹雪芹在诗歌创作和欣赏方面的天赋和才情。曹雪芹对古诗的此类用法，与春秋之际"赋诗言志"的传统比较类似。《红楼梦》中对古人之诗的运用多是断章取义、为我所用，其含义与原诗相比也发生了改变，成为塑造人物性格、表达人物情趣和揭示情节发展走向的重要载体，因此也具有了全新的主观情趣和审美精神。

《红楼梦》不仅在情节等方面具有诗的意境和神韵，而且书中还有大量关于诗歌创作和欣赏的言论，形成了《红楼梦》独特的诗学观。就这些言论来看：一方面，《红楼梦》的诗学旨趣承续了自魏晋以来"清远派"诗学的精神和传统，并与王维、司空图、严羽和王士祯等人的神韵诗学精神相通，崇尚诗歌意象的情感盎然、兴象玲珑；另一方面，《红楼梦》的诗学精神在文雅理趣、句法气格等方面，与杜甫开创的诗风一脉相承，并与明清以来的性情诗学和清初的史识诗学相表里，表现出浓烈的历史意识和责任精神，从而体现出强烈的综合性、时代性以及曹雪芹在文学创作上的创新求异精神。

　　曹雪芹强调师古创新、作诗为文要"善翻古人之意"的诗学观念。《红楼梦》第六十四回借宝钗评黛玉《五美吟》说道：

　　　　做诗不论何题，只要善翻古人之意。若要随人脚踪走去，纵使字句精工，已落第二义，究竟算不得好诗。即如前人所咏昭君之诗甚多，有悲挽昭君的，有怨恨延寿的，又有讥汉帝不能使画工图貌贤臣而画美人的，纷纷不一。后来王荆公复有"意态由来画不成，当时枉杀毛延寿"；永叔有"耳目所见尚如此，万里安能制夷狄"。二诗俱能各出己见，不与人同。①

此处曹雪芹借鉴了严羽以佛家第一义、第二义论诗的说法，强调了诗歌创作要各出己见、不与人同的重要性。如果立意落入俗套，即使字句精工，"究竟算不得好诗"。蔡义江先生认为，这是借黛玉之口批评汉代政治黑暗的。其实，这些都是纯粹讨论诗歌创作的言论，与曹雪芹是否批判汉代政治没有多大关系。作者还认为，作诗只要是立意清新，也可以从古人诗句中汲取营养来丰富自己的创作。《红楼梦》第十七回，贾政认为宝玉"吟成豆蔻诗犹艳"一句是套的"书成蕉叶文犹绿"，不足为奇。众客道："李太白'凤凰台'之作，全套'黄鹤楼'，只要套得妙。如今细评起来，方才这一联，竟比'书成蕉叶'犹觉幽娴活

———————————
① 曹雪芹：《红楼梦》，人民文学出版社 2008 年版，第 893 页。

泼。"①这里"套"是指取法古人，"妙"是指通变创新，"只要套得妙"的评论是取法与创新关系的形象概括。

可见，创新求变是《红楼梦》诗学的核心观念，并处处露出诗无创新便无生命的意思。曹雪芹曾借宝玉之口说过"编新不如述旧，刻古终胜雕今"的话，这是从模仿古人的角度强调师古创新的重要性。朱东润《诗心论发凡》一文中说：我们读诗要先把诸家诗作和他们关于诗歌的观点搞明白，从中领略到古人的情性所在，这样才能"知古人之诗"，领略其"诗心"；领略了古人的"诗心"，我们不仅可以读诗，也可以读整个民族的文学作品了。曹雪芹说诗歌创作要"善翻古人之意"，说的也是这个意思。

三、闺阁与性情:《红楼梦》诗学观的主旨

《红楼梦》中这种博观诸象、师法古人以通变创新的诗学主张比比皆是，这与清初诗学思潮是紧密呼应的。满人定鼎中原，明清易代，对由明至清的文人学者来说，这无疑是一个"天崩地解"的时代。他们开始反思明亡清兴的历史原因，最后，学人们把罪责归咎于明中叶以来束书不观、空谈心性的风气上，并与西晋的清谈误国相提并论。

---

① 曹雪芹:《红楼梦》，人民文学出版社 2008 年版，第 228 页。

清顾炎武《日知录》云："刘、石乱华，本于清谈之流祸，人人知之。孰知今日之清谈，有甚于前代者。……以明心见性之空言，代修己治人之实学，股肱惰而万事荒，爪牙亡而四国乱，神州荡覆，宗社丘墟。"[1]清初学者通过对明亡的反思，对明人"不以六经为根柢，束书而从事于游谈"的风气深恶痛绝，由此提倡注重实证和经世致用的学风。这一思想，反映在诗学上，就是要重视学问、强调性情根于学问的诗学主张。因此，以筋骨思理见长，强调以文字为诗、以才学为诗的宋型诗就自然而然成为清初文人效法的对象，并指出诗由唐趋宋乃势之使然。这些主张都在于强调诗歌的创造性和开拓性。清初诗学继承了这一思想，而且因为时代所赋予诗人的责任感使他们对诗人的主观学养的要求更坚实，创新的要求也更迫切。明末清初的诗学理论家，大多强调诗人作诗要培养根底，这个根底就是理性的思考、广博的知识和对现实的关注，而不能空谈蹈虚。有了这些内容做根底，触类引申，写出来的诗作才能感动人，有自己的特色。这种观点正反映出清初的文人学者借写诗作赋以抒发愤慨之情、承担历史责任的思想。

作为这一时期文学上的集大成式之作，《红楼梦》的诗学精神无疑与此风气紧密相连。《红楼梦》的诗学思想在一定程度上表现出祢宋倾向。《红楼梦》第十五回："水溶见他语言清朗，谈吐有致，一面又向贾政笑道：'令郎真乃龙驹凤雏，非小王在世

---

① 顾炎武著，陈垣校注：《日知录校注》，安徽大学出版社 2007 年版，第 384 页。

翁前唐突，将来"雏凤清于老凤声"，未可量也。'"脂砚斋在此后评道："妙极！开口便是西昆体，宝玉闻之，宁不刮目哉？"①这句话道出了《红楼梦》诗学旨趣与上述观点之间的联系和相同相通之处。

　　曹雪芹在创作《红楼梦》时带有明确的历史意识和使命感，所以他在全书开篇就说这部书是为闺阁立传，发有所指：他感到自己老无所成，但思念自己一生所认识的异样女子，觉得她们的才干、识见，都比自己强百倍，因而萌生了为她们立传传世的念头。这就是现实精神、历史意识。曹雪芹不仅在指导思想上把清初诗学诗史互补、性情相参的观念融入文本之中，在具体的写作技法方面也受到了史识诗学的影响，以史家笔墨阐发事物之间的微妙关系，一些不被人注意的细小事件往往"大有深意存焉"。这是历来《红楼梦》的读者和研究者都注意到了的事实。

　　脂砚斋应该是曹雪芹的叔叔辈人物，是男是女，现在还搞不清楚。但是，他对《红楼梦》的评点，可以帮助我们更好地理解书中的很多内容。例如他在"秦可卿死封龙禁尉"一节文字旁批道："'秦可卿淫丧天香楼'，作者用史笔也。"②所谓"史笔"，是指他在创作时拥有历史的意识，既注重描写历史的真实，同时又考虑到策略，显隐互生，使小说叙述曲折多变，引人遐思，

---

① 陈庆浩编著：《新编石头记脂砚斋评语辑校（增订本）》，中国友谊出版社1987年版，第255页。

② 陈庆浩编著：《新编石头记脂砚斋评语辑校（增订本）》，中国友谊出版社1987年版，第231页。

耐人回味。这里提到的天香楼事件，据说隐写了曹雪芹的家世，牵涉到伦理道德问题，因而他的长辈命他将这一事件删掉；但作为记录实事的作品，曹雪芹又不能完全不写，因而采取了暗示、隐喻的手法，提醒读者注意隐去的事情。这是不写之写，是"史笔"，继承了孔子编撰《春秋》彰显"微言大义"的方法。《红楼梦》的书写方式还受到了史家纪事传统的影响。曹雪芹将"春秋笔法"作为文法运用，有化俗为新、加以润色的意思，从而使日常生活琐事、俗语，具有了崭新的意涵和面貌。

　　曹雪芹将史识诗学与"诗以道性情"的观念联系在一起，这一点与中国诗学传统保持了一致。自古以来，诗与性情都是相连的。严羽《沧浪诗话·诗辩》："诗者，吟咏性情者也。"曹雪芹也说："古人的诗赋也不过都是寄兴写情耳。"一般认为宋代诗学重理趣而轻性情，而清初诗学强调性情与才学的统一。翁方纲、王士禛等人也认为，性情与学问是分不开的，而且学问是性情的根底，诗人应该做到两方面的相互融合，才能达到超诣古今的境界。

　　与严羽等人崇尚个体的"一时之性情"不同，清初诗人则主张诗人应超越一己之情，创造出蕴含着深厚历史内涵和社会家国关怀的"万古之性情"①。"万古之性情"是清初著名思想家黄宗羲先生《马雪航诗序》中提出的观点，他认为：人人都说"诗

---

① 黄宗羲：《马雪航诗序》，载沈善洪主编：《黄宗羲全集（增订版）》第 10 册，浙江古籍出版社 2005 年版，第 95 页。

以道性情"，但是，自古以来诗作太多，优秀的诗作也太多，而不同的诗作其中的性情是不一样的，不同时代的诗作其中的性情也是不一样的，这些都属于"一时之性情"；而"万古之性情"表达的则是那些能够揭示时代的真理、人类普遍的真实感受，如孔子所说的"兴、观、群、怨""思无邪之旨"一般，这就是时代意识与历史意识的统一。

　　与"万古之性情"所具有的使命感相联系的，是清人对经史的重视，即使是诗歌创作也要与史识相联系；读史在某种程度上也是读诗，"读经史百家，则虽不见一诗，而诗在其中"。如果诗人不通经、史、百家，仅仅因个人人生际遇的变化而创作作品，这样诗作也只能局限于个人的情感，气象局促，狭隘偏僻，不是真正优秀的作品。这种以史驭诗、以诗补史的主张可以说是清初诗学思想的一大特色，也是时代使然。这种史、诗互生的观点就是要将个人性情融贯于天下兴亡、民生疾苦之中，从而实现个人性情的永恒。而个人性情往往是天下兴亡之所藏纳、所反映之所，个人情感的激荡同时也是天地世运的体现，只有在情感的支配下才能成为"至人"、作出"至文"。这种思想与曹雪芹借贾雨村之口论"正邪两赋之气"的言论和旨趣异曲而同工。

　　曹雪芹这种具有历史意识和责任感的诗学精神与中国诗学的历史责任意识以及诗歌的原初意义是联系在一起的。自《诗经》开始，诗歌就与庙堂家国之事联系在一起，成为人们认识和处理社会事件的重要工具。纬书《诗含神雾》说："诗者，天地之心，君德之祖，百福之宗，万物之户也。"①因此，诗是传播礼教的途径之一，具有扶邦、持家、律己的重要作用。在某种程度上还起到维持民族政体之命脉的作用，正是在诗的述说和生发过程中，"一个民族的世界历史性地展开出来"②。清末学者廖平在《知圣篇》中提出"经学四教，以《诗》为宗"的观点，诗不仅与国家政治之间关系密切，而且"后世发为议论的子书、记载政事的史书和发乎心志的文章和诗篇，也都当归宗《诗》学"③，《诗》成为主体抒发性情、思考历史的根底和归宿。从这个角度看，曹雪芹以诗纪事的思想和清初之史识诗学，两者均具有深厚的历史渊源，而不仅是时代使然。曹雪芹在创作《红楼梦》时已是人生低谷时期，时刻面临着生存的危险，但就在这种"日望西山餐暮霞""卖画钱来付酒家"的拮据艰难却富有诗意和豪情的生活状况中，他"醉余奋扫如椽笔，写出胸中块垒时"。正是在这样有着信仰般的自由情感和历史沉思的支撑下，曹雪芹"批阅十载，增删五次"，撰写了《红楼梦》一书，流露出怀才不遇、人生虚无的感情色彩和纯粹品格。

真正的诗都是诗人历经磨砺和苦难精神的结晶，其于喧杂之中寄寓着幽情单绪、孤行静思，其虚怀定力又往往冥游于宇宙寥廓之外。曹雪芹是在苦心孤诣、寂寞闲野之中完成《红楼

①　安居香山、中村璋八辑：《纬书集成》上册，河北人民出版社1994年版，第464页。

②　海德格尔：《林中路》，孙周兴译，上海译文出版社2004年版，第62页。

③　刘小枫：《重启古典诗学》，华夏出版社2006年版，第44页。

梦》的创作并达成了自己的历史性思考，脂砚斋、敦诚、张宜泉等友人的鼓励和帮助也给他的创作提供了精神动力。这种甘于寂寞贫困、奇峭孤傲的情怀是历来真诗人必备之品质。曹雪芹创作《红楼梦》不仅"使闺阁昭传"，揭示了历史发展的必然趋势，也表达了自我精神的高贵和奇崛处。

《红楼梦》的诗学观念和创作理念体现出弥合唐宋的诗性智慧，具有综合性的表现样态。关于唐宋诗的区分，钱锺书《谈艺录》开篇就谈到了这个问题："唐诗、宋诗，亦非仅朝代之别，乃体格性分之殊。天下有两种人，斯分两种诗。唐诗多以丰神情韵擅长，宋诗多以筋骨思理见胜。……曰唐曰宋，特举大概而言，为称谓之便，非曰唐诗必出唐人，宋诗必出宋人也。故唐之少陵、昌黎、香山、东野，实唐人之开宋调者；宋之柯山、白石、九僧、四灵，则宋人之有唐音者。"[1] 以人之性情言诗，始于严羽，清代袁枚在他的《随园诗话》里也以性情言诗，以调和自明代以来的唐宋之争。由此可见，诗分唐宋，不是从朝代上划分的，而是为方便计，从诗的精神、体格上进行分类的。因此，唐人亦可有宋人之筋骨思理，宋人亦可有唐人之丰神情韵，也就是严羽所说的"要当论其大概耳"（《沧浪诗话·诗评》）。

实际上，所谓唐诗，主要是指初、盛唐诗，它们产生自中国古典诗歌发展的黄金时代。自杜甫以降，诗歌创作更多地偏向宋型诗的特征，诗学理论也强调以实学为根基的性情才学，明

---

① 钱锺书:《谈艺录》，生活·读书·新知三联书店 2007 年版，第 3 页。

显地强调了诗法的重要性。自此以后，直至元明清三代，唐宋之争一直贯穿着中国诗学思想史的后期发展阶段，尤其是清初"逃唐归宋"的诗学主潮和王士祯、袁枚等人主张的"神韵""性灵"的盛世雅音把这种争论推向了顶峰。

　　因此，作为"文备众体"、集大成式的诗化作品，《红楼梦》的诗学旨趣具有极其复杂的样态，而不能简单地归结为宗唐或宗宋的问题。这就需要探讨《红楼梦》的诗学理论与清初诗学理论之间的关系。这一时期诗坛上影响较大的诗学主张有王士祯的神韵说、沈德潜的格调说、袁枚的性灵说和翁方纲的肌理说。王士祯、沈德潜是曹雪芹的前辈，袁枚与曹雪芹几乎是同龄人，翁方纲则是曹雪芹的晚辈。翁方纲的年龄比曹雪芹小 15 岁左右，曹雪芹的诗论自然不会受到他的影响，所以他的肌理说不在论述之内。而沈德潜在 67 岁中进士之后，深得乾隆宠幸，他的诗论完全是从维护封建统治出发，带有浓厚的仕途经济的气味，这是曹雪芹所深恶痛绝的。因此，沈德潜的诗论虽然在清初诗坛产生过较大的影响，但是因与《红楼梦》的诗学旨趣相差甚远，所以也不在论述之列。下面主要谈王士祯和袁枚与曹雪芹诗学理论的关系。

　　王士祯是顺治十二年（1655）进士，官至刑部尚书，是忠实地为清政府效力的汉族文人。他的神韵说受到清初政治文化思想的影响，但更重要的是，他的神韵说总结了中国古代诗歌理论和创作的丰富艺术经验以及中华民族独特的诗歌审美传统。而且，同曹雪芹一样，王士祯也深受严羽诗论的影响，特别推崇王维、韦应物等人冲和淡远、隽永超逸的山水田园之作，把似有非有、若隐若现、于虚实之间见镜花水月的审美趣味作为诗歌的最高境界。这一点与香菱评诗的见解是相吻合的。

许多论者据此认为曹雪芹也是王士祯的一位信徒。这个观点还有商榷的地方。因为与上述神韵说理论特征相关的是，王士祯认为具有神韵的诗歌只有在诗人灵感爆发、兴会神到时才能创作出来，也就是"须其自来，不以力构"。这一点，与前文讨论作诗三境时所看到的大不相同。曹雪芹认为，意趣真切新颖、深远超逸之诗并非是诗人自然而然地作出的，这期间必要有顺乎自然、坚苦磨炼的过程，这样才能在灵感涌现之时抓住灵感，作出好诗。这就比王士祯的观点辩证得多，也更符合实际情况。

作为与曹雪芹同龄人的袁枚，他生活时代的政治思想、经济文化状况与曹雪芹大致一样。这一点决定了他们二人的思想主张有更多的共鸣之处。袁枚是乾隆四年（1739）进士，做过江宁县令，后购买园林一座，三十岁上下就辞官归家、以写诗文为务了。他的性灵说具有一定的反传统、反道学的叛逆精神和追求个性解放的色彩以及自由平等的思想，这与曹雪芹的思想是一致的。他的性灵说正是这种思想的反映，曹雪芹的意趣论也同这种思想相契合。此外，在具体的诗学主张方面，他们还有以下三方面的相同之处：

第一，袁枚认为，诗歌创作的好坏完全决定于是否真实地表现了性情，这与曹雪芹论意趣之真异曲同工。也就是说，诗

歌所表现的情感，要不受各种规则的束缚，应是诗人内心感情
毫无掩饰的表现，曹雪芹和袁枚的这个观点同是对受王阳明心
学影响的李贽童心说的继承与发展。第二，袁枚在《答王梦楼
侍讲》一文中说："诗宜自出机杼，不可寄人篱下，譬作大官之
家奴，不如作小邑之薄尉。"① 这就强调了诗歌创作的独创性，
反对因袭雷同，这与曹雪芹论意趣之新时所谓的"第一立意要
紧""善翻古人之意"是一脉相通的。所以，各时代之人各有性
情、各有意趣，诗歌创作要在发展创新中表现自我性情与意趣，
不可模拟因袭，僵死前人脚下。第三，《随园诗话》卷一中说："自
古文章所以流传至今者，皆即景即情，如化工肖物，着手成春，
故能取不尽而用不竭。"② 卷四中又说："诗为天地元音，有定而无
定，恰到好处，自成音节，此中微妙，口不能言。"③ 这就是说，
诗歌在艺术境界上要达到自然化工之美，如白云卷舒、天机自
到，如天地间之元声，合于自然造化。这样的诗才能含蓄蕴藉、
气韵深远，给人以"俯仰自得，游心太玄"的审美享受。这与曹
雪芹论意趣之深同样具有血脉贯通的联系，也就是香菱所说的
"念在嘴里，倒像有几千斤重的一个橄榄的是的"。曹雪芹与袁枚诗

---

① 　袁枚:《小仓山房尺牍》卷三，载王英志主编:《袁枚全集》第5册，江苏古籍
　　出版社1993年版，第63页。
② 　袁枚:《随园诗话》，载王英志主编:《袁枚全集》第3册，江苏古籍出版社
　　1993年版，第19页。
③ 　袁枚:《随园诗话》，载王英志主编:《袁枚全集》第3册，江苏古籍出版社
　　1993年版，第117—118页。

论的诸多相合之处是他们具有几乎相同的新思想的缘故，也是当时社会政治经济发展使然，从中我们也可明白曹雪芹诗论的本质与精髓。

四、闺塾师：林黛玉论诗的立意、体格与境界

林黛玉、史湘云、薛宝钗等人都很有诗才，但林黛玉才是诗的精魂，所以作者在第四十八回专门写林黛玉教香菱学诗。《红楼梦》中关于诗的创作、批评等内容，基本上都是借林黛玉之口表达出来的。湘云才思敏捷不下黛玉，有时还凌驾其上。但是，就诗歌创作的知识储备来看，湘云与黛玉相比，还有不小的差距。

湘云与黛玉的关系，可谓是一波三折。根据书中描写，我们知道，湘云初来贾府时，一般是和黛玉住在一起的。所以，有一次清晨起床，宝玉来到黛玉房中，见到二人睡在一起。但是，由于宝玉与黛玉太过亲密，无意间多次伤到了湘云，湘云便慢慢与黛玉疏远了。例如，在宝钗生日宴会上，湘云因为说龄官像"林姐姐的模样"而受到宝玉善意的提醒，此后湘云和黛玉的关系便慢慢疏远了。等到螃蟹宴，湘云还席受到宝钗的帮助后，湘云与宝钗的关系变得很近，来贾府后也就住到了蘅芜苑。在随后的日子里，她一有机会就讽刺林黛玉。例如，在吃鹿肉的时候，黛玉说："今日芦雪广遭劫，生生被云丫头作践了。我为芦

雪广一大哭。"她冷笑道说:"你知道什么!'是真名士自风流',你们都是假清高,最可厌的。"几年后过中秋节,湘云才慢慢知道谁与自己是真心交往,才又重新住在潇湘馆。当然,这些是题外话。

关于湘云和黛玉在知识、诗歌等方面修养的差别,《红楼梦》第七十六回的一段描写,颇能说明问题:

> 湘云笑道:"这山上赏月虽好,终不及近水赏月更妙。你知道这山坡底下就是池沿,山坳里近水一个所在就是凹晶馆。可知当日盖这园子时就有学问。这山之高处,就叫凸碧;山之低洼近水处,就叫作凹晶。这'凸''凹'二字,历来用的人最少。如今直用作轩馆之名,更觉新鲜,不落窠臼。可知这两处一上一下,一明一暗,一高一矮,一山一水,竟是特因玩月而设此处。有爱那山高月小的,便往这里来;有爱那皓月清波的,便往那里去。只是这两个字俗念作'洼''拱'二音,便说俗了,不大见用,只陆放翁用了一个'凹'字,说'古砚微凹聚墨多',还有人批他俗,岂不可笑。"林黛玉道:"也不只放翁才用,古人中用者太多。如江淹《青苔赋》,东方朔《神异经》,以至《画记》上云张僧繇画一乘寺的故事,不可胜举。只是今人不知,误作俗字用了。实和你说罢,这两个字还是我拟的呢。因那年试宝玉,因他拟了几处,也有存的,也有删改的,也有尚未拟的。这是后来我们大家把这没有名色的也都拟出来了,注了出处,

写了这房屋的坐落，一并带进去与大姐姐瞧了。他又带出来，命给舅舅瞧过。谁知舅舅倒喜欢起来，又说：'早知这样，那日该就叫他姊妹一并拟了，岂不有趣。'所以凡我拟的，一字不改都用了。如今就往凹晶馆去看看。"①

这段文字对于理解《红楼梦》的诗学旨趣十分重要，这也是将黛玉、湘云二人进行对比的写法。从湘云所说"可知当日盖这园子时就有学问"可知，中国传统的审美情趣和知识学问在当时已融化在人们日常生活的各个方面，并成为人们诗意地对待日常生活的一个根本性标准。没有艺术和审美的日常生活，在当时士人的思想观念中是不可思议的。从黛玉的话中可知，大观园中各处景点的题写，不仅要对景、对时，而且还要写出用字的出处和含义来，元春审定批准后才镌刻在各处；从林黛玉的话中还可以看出，林黛玉知识的广博和她对诗歌意趣的天赋才情。像湘云这样饱读诗书的女子，认为"历来用的人最少"的"凸""凹"二字，在黛玉那里却是如数家珍，道出其来历。

广博还在其次，更为关键的是黛玉又在古人的基础上加入了自己的天才式的再创造，颇富诗意、情趣。"凹晶馆"和"凸碧山庄"这两个名字新鲜别致，月下玩赏之时更见其恰当应景、独出机杼，湘云在中秋夜月之下也不由得感到这两个名字的好处，而称赞起给这两处命名的人。湘云说有人批陆放翁"古砚微

---

① 曹雪芹：《红楼梦》，人民文学出版社 2008 年版，第 1061—1062 页。

凹聚墨多"俗气，指的是第四十八回黛玉对香菱所说的话："断不可看这样的诗。你们因不知诗，所以见了这浅近的就爱，一入了这个格局，再学不出来的。"黛玉此语并非指"凹"字在此处的俗气，而是指放翁"重帘不卷留香久，古砚微凹聚墨多"两句诗意趣浅淡、毫无韵味可言。时隔多年之后，湘云在对"凹晶馆"和"凸碧山庄"两个名字甚为感佩的同时又以此事讥讽黛玉，却正显出自己诗歌积累的浅薄。与黛玉、宝钗相比，湘云在诗歌方面的知识基础确实显得较为薄弱，除了此处写她不知道"凸""凹"二字的来历外，《红楼梦》第六十二回还写她因不知"宝玉""宝钗"二名的出处而被罚酒的事。

这也说明林黛玉不仅学识渊博、过目不忘，而且常能通过对寻常、奇崛之字的运用显示出她的聪慧灵智和对诗歌的独特感悟能力。这种境界是曹雪芹所极力推崇的，认为写诗"第一立意要紧"。而立意又重在新颖别致、独出机杼，而且是作诗者独特而切身的体会。这样，意趣越真切新鲜，词句也就越逼真。根据上面的论述，我们知道，《红楼梦》的文本是诗意的，与诗的创作、欣赏等有密切的关系。下面，我们先讨论曹雪芹关于诗歌创作的观点，这样有助于我们理解《红楼梦》的写法，领略其精神。

曹雪芹关于诗歌的创作，可以用"意趣"二字概括其要领。"意趣"是《红楼梦》诗学理论的核心概念，是曹雪芹提出的崭新的诗学主张。所谓"意趣"，就是指意象与情趣完美契合的诗境，可以使外在物象与内在心灵通过审美直觉相合无间，"身与竹化"。只有这样的诗，才可以称之为意趣盎然、情景交融的佳作。另一方面，曹雪芹强调意趣乃是以故为新、由法入妙，是极具个性特征的意趣；是透过非个人化的传统法则转化而出，法则与意趣相济为用、潜潜相通。

红楼诗学的意趣论首先强调立意问题——"第一立意要紧"，而立意又重在真、新、深三方面。

先看立意之真。黛玉在论述律诗格律后说："词句究竟还是末事，第一立意要紧。若意趣真了，连词句不用修饰，自是好的。"① 这就是说，诗第一重在立意真切；也就是说，诗的立意应该是作诗者独特的切身体会，自我体验与诗歌意趣浑然为一、不可分离。这样，意趣越真切，词句也就越逼真；词句的本色与否，全在立意是否真切，并非是苦吟所能得来。但是仅立意真切也不一定能作出好诗，若立意不新颖别致，同样不能成就好诗，所以第三十八回李纨评菊花诗时说：

　　今日公评：《咏菊》第一，《问菊》第二，《菊梦》第三，题目新，诗也新，立意更新，恼不得要推潇湘妃子为魁了。②

这里所谓的"新"字，是指唯陈言务去，全是自家肺腑中流出之真情实感、别出机杼之词。然而，意趣的真切透彻、新颖别致与通俗是两码事，不可同日而语。所谓诗歌要使"童子可歌，老妪

---

① 曹雪芹：《红楼梦》，人民文学出版社 2008 年版，第 646 页。
② 曹雪芹：《红楼梦》，人民文学出版社 2008 年版，第 514 页。

能解"，并不能算是真切透彻，仅是通俗而已。为了避免这一点，用语的新巧就不能排除在外了。但若一味求新，稍有差池就会沦为新巧的下层而做作；要么是题目刁钻古怪、用韵过险，要么就是用语造句牵强而不婉转，终是小家子气：

> 这里宝钗又向湘云道："诗题也不要过于新巧了。你看古人诗中那些刁钻古怪的题目和那极险的韵了，若题过于新巧，韵过于险，再不得有好诗，终是小家气。诗固然怕说熟话，更不可过于求生，只要头一件立意清新，自然措词就不俗了……"①

宝钗的言论可做两面看，一面是黛玉所说的意趣真切与用字造语的关系，一面是立意问题中新与巧的辩证法。所以，黛玉说："我那首也不好，到底伤于纤巧些。"此外，立意的新虽不能过于巧但也不排除巧，如能立意清新、用字婉转流利、造语纤巧别致，岂不比单是立意新要更好，所以李纨也说："巧的却好，不露堆砌生硬。"当然，这新与巧的关系说起来容易做起来难。南宋的萧德藻跟曾几学诗，为杨万里所赏识，亦想摆脱江西诗派的影响，可是用字造句生硬新巧，雕饰太过，显得吃力，为后人诟病。可见，立意问题中新与巧的关系，处理不好就很容易变成吃力不讨好的事情，所以曹雪芹在七十八回说："宁使文不足悲

---

① 曹雪芹：《红楼梦》，人民文学出版社 2008 年版，第 500 页。

有余，万不可尚文藻而反失悲戚。"

　　同样，严羽说学诗作诗必须先除"俗意"，就是强调立意的新颖真切；他还说："意贵透彻，不可隔靴搔痒；语贵脱洒，不可拖泥带水。"（《沧浪诗话·诗法》）这就是说，诗要立意真切，造语要自然浑成，立意与用字要有微妙的辩证法、相得益彰，不然就会以辞害意，终落第二义之作。这与上述曹雪芹的看法是一致的。严羽还说："语忌直，意忌浅，脉忌露，味忌短。"（《沧浪诗话·诗法》）除了强调立意与用字的关系外，还强调了立意要深的问题。这也是曹雪芹意趣论中突出强调的一点，《红楼梦》四十八回：

　　　　香菱笑道："我只爱陆放翁的诗'重帘不卷留香久，古砚微凹聚墨多'，说的真有趣！"黛玉道："断不可看这样的诗。你们因不知诗，所以见了这浅近的就爱，一入了这个格局，再学不出来的。"[①]

林黛玉"断不可看这样的诗"的警诫可谓是禅家的当头棒喝，与严羽称自己的《沧浪诗话》"乃断千百年公案"一样斩钉截铁，不容置疑。所谓立意要深，就是指诗歌意境要超然物外、内合造化，摈弃自我的偏执，达到"乘物以游心"的境界，给人以优游不迫、沉着痛快的审美感受。也就是说，诗的立意的真切和新颖

----

① 曹雪芹：《红楼梦》，人民文学出版社 2008 年版，第 646 页。

虽然很重要，但只要作者苦心经营，终有一日能破门而入；可是
若入门不正，立意不深，以浅近的诗为宗就永远作不出好诗了。
这是曹雪芹从学诗的角度谈诗歌创作的立意问题，也是作诗的
一大关卡处。

　　关于诗歌意趣的真、新、深，在《红楼梦》第七十八回中，
曹雪芹自己也有概括。他借宝玉作诔文时说道：

> 　　诔文挽词也须另出己见，自放手眼，亦不可蹈袭前人
> 的套头，填写几字搪塞耳目之文，亦必须洒泪泣血，一字一
> 咽，一句一啼，宁使文不足悲有余，万不可尚文藻而反失悲
> 戚。况且古人多有微词，非自我今作俑也。①

蔡义江先生在《红楼梦诗词曲赋鉴赏》一书中说这段文字"对研
究曹雪芹的创作思想、美学观、生活态度和政治社会观，其重要
性怎么强调都不为过"②，可见其重要之极，对研究《红楼梦》的
诗学思想尤为重要。从意趣的真、新、深三方面看，"须另出己
见，自放手眼，亦不可蹈袭前人的套头"就是意趣之新，"必须
洒泪泣血，一字一咽，一句一啼，宁使文不足悲有余"就是意趣
之真，"况且古人多有微词，非自我今作俑也"就是意趣之深。
这是曹雪芹对他的意趣论所做的总结。

---

① 　曹雪芹：《红楼梦》，人民文学出版社 2008 年版，第 1106—1107 页。
② 　蔡义江：《红楼梦诗词曲赋鉴赏》，中华书局 2001 年版，第 484 页。

　　要做出本色的诗必要有真、新、深的意趣。为了达到诗歌意趣的真、新、深，还要处理好意趣与格律的关系。无论其立意怎样，其所作为诗无疑；既为诗，则要有格律。虽然格律作为诗歌的特征之一要到唐初才固定下来，但后来作诗者都把格律作为诗的一个基本特征，确是无疑。所以谈诗者必从格律谈起：

　　　　黛玉道："什么难事，也值得去学！不过是起承转合，当中承转是两副对子，平声对仄声，虚的对实的，实的对虚的，若是果有了奇句，连平仄虚实不对都使得的。"①

对这段文字的讲解，邓云乡先生讲得最玲珑透彻、深入浅出，不妨直接引录之："没有几句话，就把律诗的要点全部说清楚，可以够得上简明扼要了。第一是律诗的基本格律要遵守，第二是特殊情况，不为格律所束缚。起承转合、平仄、对仗、用韵，这是律诗的基本形式，先要讲明这点，不讲明这点，便不成律诗了。但是只讲这点，还不够，还要第二点：'若是果有了奇句，连平仄虚实不对都使得的。'这就既讲清基本格律又指出了特殊情况，就比较全面了。"②同时，邓云乡先生又着重探讨了"奇句"的问题，给黛玉的诗论做了一个注解。结合后文黛玉"第一立意要紧，若是意趣真了，连词句不用修饰"的话来看，所谓的"奇

---

①　曹雪芹:《红楼梦》，人民文学出版社 2008 年版，第 645 页。
②　邓云乡:《红楼风俗谭》，中华书局 1987 年版，第 306 页。

句"必须与意趣结合起来，有真切、崭新和透彻的立意之后方可能有奇句。奇句也要与全诗的意趣浑整为一，才能为全诗增色，为自身争光，免去有句无篇的毛病。

《沧浪诗话·诗法》中说："押韵不必有出处，用字不必拘来历。"严羽这里所谈的用字与格律，一方面直指江西诗派称杜诗韩文"无一字无来历"的弊端，另一方面又与他的妙悟说相联系。诗的格律用字不必太过呆板，如死鱼眼，而应与诗的意趣紧联，达到"难以句摘"的境界。这是红楼诗论中意趣与奇句的辩证法，也就是奇句与格律的辩证法。也就是说，学作诗，要先讲格律，但又不能为格律所束缚；要跳出格律以意趣为本真，否则只眼见格律不见立意，是断不能悟得诗之三昧的。这里如此讨论，并不是重意趣而轻格律，两者有所偏重，但不可有所偏废。这就像《沧浪诗话·诗辩》中所谓的"诗之法""诗之品""诗之极致"，是一个层层相因而境界渐深的过程，"必备五法而后可以列品，必列九品而后可以入神"。胡应麟《诗薮》内编卷五云"作诗大要不过二端，体格声调、兴象风神而已。……体格声调，水与镜也；兴象风神，月与花也。必水澄镜朗，然后花月宛然"[1]，说的也是这个意思。

此外，意趣论不仅强调立意真切，处理好意趣与格律的关系，还要处理好意趣与诗歌体格的关系，也就是诗歌的体格要和诗歌的意趣相一致。"见题先度其体格"，这一点是《红楼

---

[1] 胡应麟：《诗薮》，中华书局1958年版，第97页。

梦》诗学主张的又一重要观点。《沧浪诗话》在这一点上是欠缺的，丝毫没有提及。《红楼梦》七十八回借宝玉之口提出了这个主张：

> 宝玉笑道："这个题目似不称近体，须得古体，或歌或行，长篇一首，方能尽切。"众人听了，都立身点头拍手道："我说他立意不同！每一题到手必先度其体格宜与不宜，这便是老手妙法。就如裁衣一般，未下剪时，须度其身量。这题目名曰《姽婳词》，且既有了序，此必是长篇歌行方合体的。或拟白乐天《长恨歌》，或拟温八叉《击瓯歌》，或拟李长吉《会稽歌》，或拟咏古词，半叙半咏，流利飘逸，始能尽妙。"①

这一主张，连古板迂腐如贾政者听了"也合了主意"，而且"众人听了，都立起身来，点头拍手"，可见曹雪芹对这一观点的强调。《红楼梦》中的歌行体作品很少出现在诗社作诗上，皆是作者心有触发、情感悲怆时的作品，也是长歌当哭之意。作诗的意趣要与诗作的体格相宜，这样才能达到情以辞发、淋漓痛快的诗歌妙境。

例如第二十七回，黛玉作《葬花吟》是因为前夜晴雯不开门一事错疑在宝玉身上，又逢次日是饯花之期。正是一腔无名未

---

① 曹雪芹:《红楼梦》，人民文学出版社2008年版，第1103页。

曾发泄，再加以伤春愁思，如此悲切的情感也必须是歌行体才可以表达淋漓。后来《桃花行》一诗也是如此。再如第四十五回"金兰契互剖金兰语，风雨夕闷制风雨词"，写宝钗与黛玉谈及黛玉旧疾，倍加关爱；宝钗去后，黛玉身犯旧疾，仅喝了两口稀饭就歪在床上：

> 不想日未落时天就变了，淅淅沥沥下起雨来。秋霖脉脉，阴晴不定，那天渐渐的黄昏，且阴的沉黑，兼着那雨滴竹梢，更觉凄凉。知宝钗不能来，便在灯下随便拿了一本书，却是《乐府杂稿》，有《秋闺怨》《别离怨》等词。黛玉不禁心有所感，亦不禁发于章句，遂成《代别离》一首，拟《春江花月夜》之格，乃名其词曰《秋窗风雨夕》。①

林黛玉"风刀霜剑严相逼"的生活景况让她有寄人篱下、孤苦无依之感，而黄昏时分秋雨淋漓就更增加了她"商略黄昏雨"的凄凉之感。这种感情的深沉悲痛是可以想见的，若发于章句，同样必须一篇长篇歌行方可尽兴，以遣衷怀。把这些情况联系起来，就可以明白曹雪芹不仅重视诗歌意趣和诗歌体格之间相得益彰的重要性，而且在创作中运用得又如此准确、恰到好处。

　　曹雪芹关于学诗的看法，分散在全书不同的章回，尤其集

---

① 曹雪芹:《红楼梦》，人民文学出版社 2008 年版，第 607—608 页。

中在第三十七、四十八、七十八等回。其中，第四十八回关于
"香菱学诗"的描写，是曹雪芹集中表达诗歌创作和批评观点的
一回。在这一回中，曹雪芹借林黛玉教导香菱之口，谈到了他对
如何学诗、如何进行诗歌批评，以及如何才能作出好诗等问题
的看法。这里先从学诗开始谈起。

　　谈及学诗，需要把黛玉评陆放翁诗的那句话引录下来：

　　　　黛玉道："断不可看这样的诗。你们因不知诗，所以见
　　　了这浅近的就爱，一入了这个格局，再学不出来的。"

为何放翁的诗是浅近的，钱锺书《谈艺录》有过解释：放翁的诗
作为文多富，但意境没有什么变化；因此他的心思句法重复得
比较多，又多是先组织对仗，然后拆补终篇；虽然他才大思巧，
善于泯迹藏拙，但是诗境文脉每相去甚远，殊可凑泊，沦为第
二义之作。这样的诗断不可成为初学者学习的对象，所以黛玉
于此对香菱下一警诫。这也是严羽所谓"入门须正，立志须高"。
若做不到这一点，就像黛玉所说的，"再学不出来的"。严羽也说，
一旦以第二义诗人诗作为模仿对象，"即有下劣诗魔入其肺腑之
间"（《沧浪诗话·诗辩》），由于入门不正，立志不高，路头错了，
越努力离正途就越远。

　　所谓"入门须正"就是指要选对道路，选对效法的诗人；"立
志须高"，就是指学习的诗作要是意趣高古深远、飘逸浑成之作。
只选对了诗人诗作还不行，还要以识为主，既博观诸象，又朝夕

涵咏，熟参这些作品，并比较发明，这样才能深入诗的妙境。黛玉接着说道：

> 我这里有《王摩诘全集》，你且把他的五言律读一百首，细心揣摩透熟了，然后再读一二百首老杜的七言律，次再李青莲的七言绝句读一二百首。肚子里先有了这三个人作了底子，然后再把陶渊明、应玚、谢、阮、庾、鲍等人的一看。你又是一个极聪明伶俐的人，不用一年的工夫，不愁不是诗翁了！①

这是黛玉谈学诗的三个阶段（或者说三个境界），可以概括为入门、立志与以识为主。这三点见解不见高明，基本上是严羽观点的翻版；她的高明的地方在于，她把严羽的诗论换了一种通俗的形式，简易晓畅地表达出来。这一点，如果不是对诗歌有会心之处，如果没有高超的驾驭语言文字的能力也是做不到的。

黛玉的那段话还牵扯出黛玉教诗的教材论的问题。她的教材，很明显，也是三种境界、三种态度：对王摩诘的五言律诗要"揣摩透熟"，再辅之以老杜、李白的七言律诗与绝句，最后再参较陶、谢、阮等人的汉魏之诗。如要更简洁明了黛玉的教材论的三境界及其应采取的态度，可如下表所示：

---

① 曹雪芹：《红楼梦》，人民文学出版社 2008 年版，第 646 页。

作者（入门）	作品（立志）	态度与方法（以识为主）
王摩诘	五言律诗一百首	揣摩透熟
李、杜	七言律诗、绝句一二百首	辅之
汉魏诗人	全部诗作	参校

　　林黛玉开出的学习诗歌的教材，需要有比较，才能见出高明。这也与曹雪芹的诗学观念有关。这里的教材观同样是继承严羽的，但是变化不同之处也是明显的。《沧浪诗话·诗辩》提出学诗应该"工夫须从上做下，不可从下做上"，其学习对象是"先须熟读楚辞，朝夕讽咏以为之本；及读古诗十九首、乐府四篇、李陵、苏武、汉魏五言皆须熟读，即以李杜二集枕藉观之，如今人之治经，然后博取盛唐名家，酝酿胸中，久之自然悟入"。黛玉强调王维诗作的重要性，辅以李白、杜甫，而以汉魏古诗为参校；严羽则将楚辞、汉魏古诗作为诗作的最高境界，强调以李白、杜甫的诗作为根基，而参考其他盛唐诗作。这与曹雪芹的观点，同中有异。

　　严羽还强调朝夕背诵、涵咏，这样时间久了，自然可以"悟入"，所以严羽说："大抵禅道惟在妙悟，诗道亦在妙悟。"（《沧浪诗话·诗辩》）他认为孟浩然的学识不及韩愈，但是他的诗却在韩愈之上，就在于他能悟入诗境。能悟，才是诗歌创作的本色功夫。只不过，"悟有浅深、有分限、有透彻之悟，有但得一知半解之悟"（《沧浪诗话·诗辩》），每个人的情况是不一样的。而黛玉不仅强调背诵，更强调讲究、讨论，这比严羽的方法要有效得多。

这两段话与严羽诗论的两个矛盾有关：第一，严羽论诗独尊盛唐，他的"盛唐诸人，唯在兴趣"（《沧浪诗话·诗辩》）一段精彩言说为学人熟知。可是，在上段话中，汉魏之诗的境界实高于盛唐诗，这与他独尊盛唐之诗的观点是矛盾的。第二，严羽在《诗辩》中称李杜诗妙绝入神，推崇备至，赞其诗如金翅擘海、香象渡河，但其兴趣、妙悟之论却往往取王孟以证己说，所以后人谓他"阳尊李杜，实尊王孟"。这两个明显的逻辑矛盾在曹雪芹的诗论中得到了补救，他对各诗人诗作是态度分明的。

说起评诗，亦要从黛玉、香菱谈起：

> 一日，黛玉方梳洗完了，只见香菱笑吟吟的送了书来，又要换杜律。黛玉笑道："共记得多少首？"香菱笑道："凡红圈选的我尽读了。"黛玉笑道："可领略了些滋味没有？"香菱笑道："领略了些滋味，不知可是不是，说与你听听。"黛玉笑道："正要讲究讨论，方能长进。你且说来我听。"[①]

在这段文字里，作者连用六个"笑"字写出香菱、黛玉二人谈诗论艺时的其乐融融之感。此外，我们还要十分注意黛玉的三句话，因为她的三句话涵盖了品评诗歌的三个境界、三个阶段：

---

① 　曹雪芹：《红楼梦》，人民文学出版社 2008 年版，第 647 页。

　　一、共记得多少首？

　　二、可领略了些滋味没有？

　　三、正要讲究讨论，方能长进。

记、领略、讲究讨论是三个联系密切而又组成浑然整体的过程：记是基础，领略是关键，讲究讨论是补充。对于品评诗歌来说，这三点都是十分重要、缺一不可的阶段，只记诵不领略是白费力气，只顾自我陶醉而不讲究讨论容易师心自用、误入歧途。

　　若细细品来，香菱论诗，明显强调了评诗的三种方法。从香菱对"大漠孤烟直，长河落日圆""日落江湖白，潮来天地青"以及"渡头余落日，墟里上孤烟"三联的品评来看，关键在一个"活"字。她很能抓住诗句中关键性的字词进行涵咏，一下就抓住了品评诗歌的纲领。正如严羽所说："学者于每篇中，要识其安身立命处可也。"（《沧浪诗话·诗评》）可以说，香菱所谈论的"直""圆"等字就是这几句诗的安身立命之处。诗人作诗每每是"六字常语一字难"（韩愈《记梦》），大多都会"富于万篇，而贫于一字"（《文心雕龙·练字》），所以刘熙载《艺概》中说："夫活，亦在乎认取诗眼而已。"

　　抓住关键的一字后，曹雪芹还强调了想象和思考在品评诗歌时的重要作用，所以他一连用了四个"想"字写下四个句子：

　　一、想来烟如何直？日自然是圆的。

　　二、合上书一想。

三、想来，必得这两个字才形容得尽。

四、难为他怎么想来！

这四个"想"字既包括诗歌创作的构思，也包括诗歌欣赏中的想象和体验。也就是说，欣赏者要设身处地地从创作者的角度，考虑作者当时当境的情感状态。抓住了关键字，有了想象与思考还不够，还要评诗者把自己的生活经历和体验与诗人所描写的场景结合起来，达到人诗合一、人诗不分的境界，仿佛诗中境况即为评诗者的亲闻亲历、切身体会，这样才可以说真正领略了诗的妙处与真谛。所以，曹雪芹又写下了下面这句历来为广大分析者不大注意的一句话：

> 我们那年上京来，那日下晚便湾住船，岸上又没有人，只有几棵树，远远的几家人家作晚饭，那个烟竟是碧青，连云直上。谁知我昨日晚上读了这两句，倒像我又到了那个地方去了。①

是"渡头余落日，墟里上孤烟"这句诗触发了她对以往生活的回忆，还是她以往生活的经历加深了她对这句诗的体会，恐怕不能剥离来看。其实，这两者缺一不可，都是香菱的心会神到、一瓣心香。如果能做到这样品评诗歌，或许才是严羽所谓的"须参

---

① 曹雪芹：《红楼梦》，人民文学出版社 2008 年版，第 647—648 页。

活句，勿参死句"(《沧浪诗话·诗法》)。孔子说："依于仁，游于艺。"这个"游"字就是指在鉴赏诗歌等文学艺术作品之时，欣赏者要深入心灵，与作者的心境情感同起伏，如鱼游水中，浑然为一。香菱也得了这个"游"字的妙处，这就像只有从南京辗转入蜀的人才能欣赏杜甫的"夔府孤城落日斜，每依北斗望京华"(《秋兴八首》)，也只有家乡遭逢变乱的人才能明白白居易的"田园寥落干戈后，骨肉流离道路中"(《望月有感》)一样。所以贾宝玉听香菱说了这几句，就说："既是这样，也不用看诗。会心处不在多，听你说了这两句，可知'三昧'你已得了。"又说："你已得了，不用再讲，越发倒学杂了。你就作起来，必是好的。"[1]

但是，与严羽反对用典不同，曹雪芹在品评诗歌时强调明白典故出处、活用前人字句的重要性。这从黛玉把陶渊明的"暧暧远人村，依依墟里烟"指给香菱可以看出；而且，在作诗时曹雪芹尤其注重典故的作用，这一点后文还要详加论述。

上面谈到的曹雪芹关于学诗和评诗的看法，我们可用"三境界"概括之。与学诗三境、评诗三境相匹配的，是作诗三境。香菱以"月"为题所作的三首诗，正是作诗三境界的体现，黛玉的评论是这三境界特征的概括。下面分别是黛玉等对这三首诗的评论：

黛玉笑道："意思却有，只是措词不雅。皆因你看的诗

---

[1] 曹雪芹:《红楼梦》，人民文学出版社 2008 年版，第 648 页。

少，被他缚住了。把这首丢开，再作一首，只管放开胆子
去作。"①

黛玉道："自然算难为他了，只是还不好。这一首过于
穿凿了，还得另作。"②

众人看了笑道："这首不但好，而且新巧有意趣。可知
俗语说'天下无难事，只怕有心人'。社里一定请你了。"③

第一首语义重复，遣词幼稚，犯了律诗上常说的"合掌之病"；
第二首又用力过度，雕饰穿凿，从一个极端走向了另一个极端。
经过前两番的冥思苦想，香菱蓦然回首，师心独得，把自己的切
身感受、凄凉身世全部写入诗中，又自然天成，没有丝毫雕琢之
感，终于写出"新巧有意趣"的诗来。潘德舆《养一斋诗话》中
说："诗有三境，学诗亦有三境。……先爱敏捷，次必艰苦，终归
大适。"④ 说的也正是这个意思。严羽《沧浪诗话·诗法》中也说：
"学诗有三节：其初不识好恶，连篇累牍，肆笔而成；既识羞愧，
始生畏缩，成之极难；及其透彻，则七纵八横，信手拈来，头头

---

① 曹雪芹：《红楼梦》，人民文学出版社 2008 年版，第 649 页。
② 曹雪芹：《红楼梦》，人民文学出版社 2008 年版，第 650 页。
③ 曹雪芹：《红楼梦》，人民文学出版社 2008 年版，第 653 页。
④ 郭绍虞编选：《清诗话续编》，富寿荪校点，上海古籍出版社 1983 年版，第
　2028—2029 页。

是道矣。"这些论作诗的三境界的言论都与曹雪芹的看法有共通之处。

此外，对《庄子》极为喜爱的曹雪芹，对《庄子·养生主》中借庖丁解牛的故事所论述的制艺三境界也应该有所借鉴。这段文字可以与王国维在《文学小言》中所说的"为学三境界"对比来看：庖丁所谓的"所见无非全牛者"就是王国维所说的"昨夜西风凋碧树，独上高楼，望尽天涯路"，所谓的"未尝见全牛也"也就是"衣带渐宽终不悔，为伊消得人憔悴"，所谓的"以神遇而不以目视"也就是"众里寻他千百度，蓦然回首，那人却在灯火阑珊处"，这正是对制艺和为学三境界的精彩概括。从《红楼梦》中多次引用《庄子》的情况看，要说这段话对曹雪芹的诗学观完全没有影响也是不符合实际情况的。曹雪芹这里所谈的作诗三境界、三阶段的理论，实质上就是妙悟与渐修的关系，这与严羽的看法是一致的。严羽说："夫诗有别材，非关书也；诗有别趣，非关理也。然非多读书，多穷理，则不能极其至。"（《沧浪诗话·诗辩》）可见，学诗和学道中的妙悟并非一蹴而就，要博采而有所通，力索而有所入，因修而悟，由悟而修，而不能捐思废学。

其实，人性中都有"悟"，但是功夫不到，"悟"便不能出现；这就像石头可以产生火，但是必须不断敲击，火才能从石头中产生一样。而且，火产生以后，还要不断添加柴火，不然，火也就马上熄灭了。所以，作诗的悟性和读书之间的关系也是这样：只有不断读书问学，才能产生灵感；有了灵感，还要不断读

书，才能让灵感保持下去，进而形成自己的想法、创作出自己的
作品。从黛玉的教材论与香菱学诗的精诚看，同样强调了妙悟
与渐修的辩证关系。"香菱苦志学诗，精血诚聚，日间不能做出，
忽于梦中得了八句"，正是她博采所通、力索而入的结果，是多
生渐熏而发现、下学以臻而上达的过程。

五、曹雪芹对唐宋诗的态度及其他

从林黛玉的教材论来看，曹雪芹是标举唐诗、肯定魏晋诗，
尤其推崇王维的诗，这一点是可以肯定的。对于宋诗，当香菱提
到陆游诗的时候，黛玉就断然批判，似乎作者对宋诗是极力鄙
弃的。但是，仅凭这一点还不能如此武断地下结论。

曹雪芹推崇王孟李杜的诗，尤其推崇王维的诗，这与他标
举"意趣"的诗学主张密切相关，也是受严羽的影响。尤其是王
维的诗歌意境、诗学理论对曹雪芹形成了很大的笼罩力，对王
维浑融蕴藉、兴象玲珑、意境空明和情景交融等艺术特征的继
承和发展，是曹雪芹诗论形成的重要因素。于是，在整个《红楼
梦》的诗学世界里，从字句、意象到立意、神韵，无不可以看到
曹雪芹对王维诗作的有意地袭用与模仿、传神写意，形成了空
灵韵致、蕴含不尽的艺术效果。即使在一些散文化的叙述中，曹
雪芹对王维诗境的袭用亦斑斑可见。例如，《红楼梦》第十七回
中对潇湘馆的描写，其清幽意境就是王维笔下的《竹里馆》。曹

雪芹推崇盛唐诗而不喜欢中晚唐诗，这在书中是直接表明了的：

> 林黛玉道："我最不喜欢李义山的诗，只喜他这一句：
> '留得残荷听雨声。'偏你们又不留着残荷了。"①

所谓"一粒沙中见世界"，黛玉"我最不喜欢李义山的诗"一句，是作者对中晚唐诗歌的整体评价。但这并不是对中晚唐诗的整体否定，就像黛玉虽不喜欢李义山的诗，但仍对"留得枯荷听雨声"一句倍加喜爱。就像严羽所说的那样："盛唐人诗，亦有一二滥觞晚唐者；晚唐人诗，亦有一二可入盛唐者，要当论其大概耳。"（《沧浪诗话·诗评》）同样，曹雪芹虽然不喜欢晚唐诗，但在第四十八、六十二、七十八等回多次运用李义山、温庭筠、罗隐、刘禹锡等人的诗句组织情节，泛化入文，收到很好的艺术效果。

曹雪芹对待宋诗，虽然没有直接推崇哪位诗人，但是他对宋诗的精妙之处亦领悟不少，这在下文的分析中可以见到。如果因为书中林黛玉批评陆游，就认定曹雪芹对宋诗是全盘否定、鄙弃的，这就不符合实际情况。《红楼梦》第十五回：

> 水溶见他语言清朗，谈吐有致，一面又向贾政笑道：
> "令郎真乃龙驹凤雏，非小王在世翁前唐突，将来'雏凤清

---

① 曹雪芹：《红楼梦》，人民文学出版社 2008 年版，第 539 页。

于老凤声'，未可量也。"①

脂砚斋在此评道："妙极！开口便是西昆体，宝玉闻之，宁不刮
目哉？"同时，与严羽所倡导的"押韵不必有出处，用字不必拘
来历"（《沧浪诗话·诗辩》）、"不必多使事"（《沧浪诗话·诗法》）
的观点不同，《红楼梦》十分强调使用典故、化用前人成句的重
要性，这正是宋诗的显著特征。前文所谈黛玉向香菱指明"墟里
上孤烟"一联的出处就是明证。再如第十七回，宝玉"吟成豆蔻
诗犹艳"一联之后，有贾政等人的评语：

> 贾政笑道："这是套的'书成蕉叶文犹绿'，不足为奇。"
> 众客道："李太白'凤凰台'之作，全套'黄鹤楼'，只要套
> 得妙。如今细评起来，方才这一联，竟比'书成蕉叶'犹觉
> 幽娴活泼。"②

再如第十八回，就是一个更有说服力的例子：

> 彼时宝玉尚未作完，只刚作了"潇湘馆"与"蘅芜苑"
> 二首，正作"怡红院"一首，起草内有"绿玉春犹卷"一句。
> 宝钗转眼瞥见，便趁众人不理论，急忙回身悄推他道："他

① 曹雪芹：《红楼梦》，人民文学出版社 2008 年版，第 192 页。
② 曹雪芹：《红楼梦》，人民文学出版社 2008 年版，第 228 页。

因不喜'红香绿玉'四字，才改了'怡红快绿'；你这会子偏用'绿玉'二字，岂不是有意和他争驰了？况且蕉叶之说也颇多，再想一个字改了罢。"宝玉见宝钗如此说，便拭汗道："我这会子总想不起什么典故出处来。"宝钗笑道："你只把'绿玉'的'玉'字改作'蜡'字就是了。"宝玉道："'绿蜡'可有出处？"宝钗见问，悄悄的咂嘴点头笑道："亏你，今夜不过如此，将来金殿对策，你大约连'赵钱孙李'都忘了呢！唐朝钱珝咏芭蕉诗头一句：'冷烛无烟绿蜡干'，你都忘了不成？"①

此外，第六十二回所行的"射覆"酒令就是对在场诸人才学见识的高难度考验，今人读来，简直不知所云。即使是湘云的酒令，如果不熟悉历代典故成句、时俗人事，恐怕也难以作出：

　　湘云便说："酒面要一句古文，一句旧诗，一句骨牌名，一句曲牌名，还要一句时宪书上的话，共总凑成一句话。酒底要关人事的果菜名。"②

书中运用典故成句的地方还有很多，不胜枚举。从这个角度看，对于宋人的"以文字为诗、以议论为诗、以才学为诗"，曹雪芹

---

① 曹雪芹:《红楼梦》，人民文学出版社 2008 年版，第 244—245 页。
② 曹雪芹:《红楼梦》，人民文学出版社 2008 年版，第 851—852 页。

不仅不反对，还奉为圭臬，处处使用，你要说他是宋诗的信徒恐怕也不为过。

《红楼梦》弥合唐宋的诗学观，与清初诗学思潮是密切联系在一起的，尤其是宋代诗学精神，在清初之际备受推崇，盛极一时。清代学者邵长蘅在《渐细斋集序》中认为：当时世人学诗，都尊崇宋诗，几乎人手一编；但是，有些人虽学习宋诗，却不知道宋诗特点的由来，十分可惜。今人认为曹雪芹鄙弃宋诗的观点，恐怕与毛泽东同志在《给陈毅同志谈诗的一封信》中对宋诗的评价是分不开的。信中说："宋人多数不懂诗是要用形象思维的，一反唐人规律，所以味同嚼蜡。"其实，对唐宋诗的态度不能以一己所好而有所偏废，如若如此，则不仅不能得其精髓，即使对所爱之诗也领略不到它的好处，把握不住它的精神神韵。朱光潜先生反复强调对诗的品味鉴赏要有广博的眼光，不能被一己所好局限，要想明白中国诗的好处就要同外国诗进行比较，要想明白古人诗的好处就要同今人的诗进行比较。可见，诗作之好坏优劣，不能以古今唐宋来分别，而应当以是否真实地表现意趣情感、是否有创新变化为标准。这样才是诗歌创作和欣赏的正确道路，曹雪芹在书中的创作实践、理论主张也同样表达了这层意思。

要讨论曹雪芹的诗才，有其好友的评价和他自己留下来的诗句作证，有《红楼梦》的文本作证。可是，要讨论脂砚斋的诗才，问题相当复杂。第一，脂砚斋的身份众说纷纭，不能确定；第二，没有脂砚斋诗歌的直接材料以及旁人对他的评价；第三，脂批中的有些诗作难以确定是否为其所作。这些问题都必须在确定脂砚斋的身份之后才可解决，也是红学界的热点问题。

　　胡适认为脂砚斋就是《红楼梦》的作者曹雪芹。周汝昌认为脂砚斋是位女性，也就是曹雪芹的妻子，反映在书中就是史湘云。吴世昌认为脂砚斋是曹雪芹的叔辈人物，并考证出他的名字是曹硕。我们这里采用吴世昌先生的结论，因为与曹家有姻亲关系的裕瑞在《枣窗闲笔》中说："曾见抄本卷额，本本有其叔脂砚斋之批语，引其当年事甚确，易其名曰《红楼梦》。"曹硕是曹寅弟曹宣第四子，十二三岁时就能作诗。曹寅《楝亭诗钞》卷六记载了他与这位侄子作诗唱和的事情，可见脂砚斋的诗才颇得曹寅赏识，应该也是一位能诗的人。可是，从他在批语中留下来的评诗来看并非如此。例如，蔡义江认为是脂砚斋所作的甲戌本《凡例》中的"浮生着甚苦奔忙"一诗，对仗宽泛，择词粗率，竟然是一首格调平庸、内容肤浅的拼凑之作。

　　但是，如果从他对书中众多诗作的评点来看，脂砚斋并不是一位不知诗家三昧的庸才。他的评语或追根溯源，或抓住关键字词，或结合人物身份，有他独到的地方。例如在宝玉《有凤来仪》一诗中"穿帘碍鼎香"一句旁评道："妙句！古云：'竹密何妨流水过。'今偏翻案。"[1] 评"宝鼎茶闲烟尚绿，幽窗棋罢指犹

---

[1] 陈庆浩编著：《新编石头记脂砚斋评语辑校（增订本）》，中国友谊出版社1987年版，第328页。

凉"一联道:"'尚'字妙极! 不必说竹, 然恰恰是竹中精舍。"又说:"'犹'字妙! '尚绿'、'犹凉'四字, 犹如置身于森森万竿之中。"[①]再如, 他在宝钗海棠诗"珍重芳姿昼掩门"一句旁评道:"宝钗诗全是自写身份, 讽刺时事, 只以品行为先, 才技为末。纤巧流荡之词, 绮靡浓艳之语, 一洗皆尽。非不能也, 屑而不为也。最恨近日小说中, 一百美人诗词语气, 只得一个艳稿。"[②]可见, 脂砚斋评诗自有他的一套理论方法; 加上他本身渊博的见闻, 自然不会是一个诗中庸才。

可是, 如果再看书中儿首为后世读者激赏的《葬花吟》《秋窗风雨夕》《桃花行》等诗作, 他却没有一句评语, 在香菱学诗一节文字中同样没有一字批语, 这就让人感到脂砚斋的诗才确实不见高明。在这许多优秀篇章之前竟不置一语, 难道是"大音希声, 大象无形"的表现? 所以, 要为脂砚斋的诗才下一个结论不是一件容易的事。我们或许可以这样认为, 脂砚斋同书中的李纨一样, 虽然作诗平平, 评诗却能恰当公允, 领略诗中的妙处。这一点两人是相同的, 例如在黛玉海棠诗"倦倚西风夜已昏"一句旁, 庚辰本批道:"看他终结道自己, 一人是一人口气, 逸才仙品固让颦儿, 温雅沉着终是宝钗。今日之作, 宝玉自应居末。"这与李纨的评语如出一辙:"李纨道:'若论风流别致, 是推

---

① 陈庆浩编著:《新编石头记脂砚斋评语辑校 (增订本)》, 中国友谊出版社
　　1987 年版, 第 298 页。

② 陈庆浩编著:《新编石头记脂砚斋评语辑校 (增订本)》, 中国友谊出版社
　　1987 年版, 第 554 页。

潇作；若论含蓄浑厚，终让蘅稿。……怡红公子是压尾，你服不服？'"李纨对个人诗作的评价，都公认是准确的，因而人们也服膺她的判断。脂砚斋大约也是如此，虽能评诗，但是作诗的才华可能不是太高。

第三章
《红楼梦》与昆曲

    在曹雪芹生活的时代，诗、词、曲、赋，是文人皆擅长的，尤其是当时昆曲兴盛，人们观剧、度曲的风气很盛，因而诗曲酬唱是当时文人和百姓生活的重要内容。在《红楼梦》中也存在这种诗曲互文使用的情况。不了解《红楼梦》中的昆曲，也就很难理解《红楼梦》中的诗和《红楼梦》的诗性精神。昆曲专家王湜华统计，《红楼梦》中共有33处写到了昆曲，涉及昆曲剧作22部，同时他还指出了这些昆曲剧作在书中的寓意等功能。针对这种情况，有种观点认为，康乾时期正是昆曲折子戏的鼎盛时期，昆曲也是士大夫阶层文化娱乐生活的重要组成部分，《红楼梦》作为一部实录性著作，涉及大量昆曲也是自然中的事情。需要指出的是，在《红楼梦》前后不远的其他小说如《儒林外史》《好逑传》和《梼杌闲评》等作品，也多写到了戏曲演出活动，如《儒林外史》第十、二十五、四十九回等处写到了《三代荣》《寻亲记》《请宴》等昆曲剧目。但这些作品中的戏曲活动仅成为情节的点缀，还没有与整个文本融为一体。这说明，在思想意蕴上，昆曲与这些小说之间还存在一定的疏离。

一、"曲山词海":《红楼梦》对昆曲剧本的借用

吴梅说"一代之文，每与一代之乐相表里"①，指出了曲与文之间的关系；而清代前期戏曲的繁荣是以昆曲为代表的，这注定《红楼梦》与昆曲之间有着千丝万缕的联系。胡文彬这样描述《红楼梦》与清代戏曲的关系:"没有中国戏曲的出现和发展，没有清代戏曲的空前繁荣，就不能产生具有划时代意义的《红楼梦》。"②《红楼梦》里所提到的戏剧大多是当时盛行的昆曲剧作。《红楼梦》流行后，在根据其内容改编成戏曲的早期剧作中仅昆曲就有十余部。这些剧作在清代昆曲小旦杜步云编撰的《瑞鹤山房抄本戏曲四十六种》、清刘赤江辑录的《续缀白裘新曲九种》和清"萧山寅半生"钟骏文编选的《新缀白裘》等书中均有存留，其中最早将《红楼梦》改编为昆曲剧本的是嘉庆元年（1796）孔昭虔创作的昆曲《葬花》。两年后，仲振奎的昆剧剧本《红楼梦传奇》五十六折也创作完成。

脂砚斋曾指出《红楼梦》的诸多情节设计"是在戏场上得来"，这里的"戏场"有二指:一是指当时剧场演出时的各种安

---

① 吴梅:《中国戏曲概论》，中国人民大学出版社 2004 年版，第 154 页。

② 胡文彬:《红楼放眼录》，华艺出版社 1995 年版，第 21 页。

排,《红楼梦》中很多场景的安排和描写就借鉴了戏场搬演的方法;二是指《西厢记》《牡丹亭》和《桃花扇》等作品中情节和场景的设计方式。这些戏曲作品不仅是戏剧脚本,同时也是好文章,这一点继承了元杂剧以来的优良传统。王国维《宋元戏曲史》早已指出元杂剧是"中国最自然之文学",其最佳之处"不在其思想结构,而在其文章"。《红楼梦》第四十二回提到《西厢记》《琵琶记》和《元人百种》等作品,也相当肯定它们的文学价值,说"真真是好书";在第二十二回,薛宝钗说《醉打山门》中有一支【寄生草】"只那词藻""填的极妙";林黛玉将十六出的《会真记》读完后,也感觉"词藻警人,余香满口"。此外,这一时期的《西厢记》《牡丹亭》等剧本,都是与后人的评点内容一起刊刻的,这些评点内容与《红楼梦》的关系也应当引起研究者的注意。随着研究的深入,现在可以肯定,金圣叹评点的《西厢记》,对曹雪芹的创作和脂砚斋的评点,就有很大的影响。

在《红楼梦》中,以昆曲欣赏和演出为核心的戏曲活动贯穿了全书的始终。为了使书中的戏曲活动能够顺利展开,曹雪芹以细腻的笔墨,施行了"三步走"的设计策略,在第十七回完成了贾府家班的组建工作。此后,书中的戏曲演出和欣赏活动便逐步展开,起到了推动情节发展、刻画人物性格和营造优美意境的作用。《红楼梦》也在一定程度上承续了以《西厢记》《牡丹亭》等为代表的中国戏曲文学的人文精神和审美传统。曹雪芹之所以选择昆曲等戏曲文学因素作为结构全书的重要素材,既有中国戏曲本身在康乾之际发展的现实因素，也有曹雪芹独特的家学传统和生活经历的原因，其中最主要的还是因为昆曲艺术的历史意蕴、艺术手法和审美情趣与《红楼梦》本身的情感取向、美学旨趣和价值判断之间的一致性。

　　以贾母为代表的贾府中人对听曲十分讲究，这一点书中多有描写，也体现出曹雪芹的审美情趣。《红楼梦》第七十六回"凸碧堂品笛感凄清"写贾母见月至中天，越发精彩可爱，因说道："如此好月，不可不闻笛。"

　　　　这里贾母仍带众人赏了一回桂花，又入席换暖酒来。正说着闲话，猛不防只听那壁厢桂花树下，呜呜咽咽，悠悠扬扬，吹出笛声来。趁着这明月清风，天空地静，真令人烦心顿解，万虑齐除，都肃然危坐，默默相赏。听约两盏茶时，方才止住，大家称赞不已。[1]

这段"中秋闻笛"描写极为精彩，深得昆曲艺术欣赏的精髓，可与苏州中秋虎丘曲会对看。据《陶庵梦忆》《幽梦影》和《闲情偶寄》等作品，可知中秋闻笛听曲是明末清初时期江南地区的一种群众性活动，至康乾时仍十分盛行，《红楼梦》第一回写中秋节"当时街坊上家家箫管，户户弦歌"就是这一习俗的反映。其中，尤以虎丘曲会最为雅致，其境界愈至深夜愈为纯静。袁宏道

---

①　曹雪芹：《红楼梦》，人民文学出版社 2008 年版，第 1058 页。

《虎丘》记载中秋虎丘曲会至明月浮空之时：

> 一箫一寸管，一人缓板而歌，竹肉相发，清声亮彻，听
> 者魂销。比至夜深，月影横斜，荇藻凌乱，则箫板亦不复
> 用。一夫登场，四座屏息，音若细发，响彻云际，每度一
> 字，几尽一刻，飞鸟为之徘徊，壮士听而下泪矣。[①]

张岱《虎丘中秋夜》亦记当时虎丘曲会的盛况：先是人声鼎沸，
至二鼓时分，"悉屏管弦，洞箫一缕，哀涩清绵，与肉相引"；三
鼓时，"月孤气肃，人皆寂阒，不杂蚊虻。一夫登场，高坐石上，
不箫不拍，声出如丝，裂石穿云，串度抑扬，一字一刻，听者寻
入针芥，心血为枯，不敢击节，惟有点头"[②]。一样的中秋，一样
的孤月，一样的洞箫，一样的桂花阴下，一样的听曲人，把《红
楼梦》与苏州昆曲连在了一起。

在昆曲界，向来有"丝不如竹，竹不如肉"的说法，《红楼梦》
第五十四回也借文官之口说道："我们的戏自然不能入姨太太和
亲家太太姑娘们的眼，不过听我们一个发脱口齿，再听一个喉
咙罢了。"[③]这一点指出了昆曲清唱及其吐字的重要性。虎丘中秋
曲会的压轴戏自然也是曲坛盟主的清唱，其一字一刻、抑扬深
邈的声腔加上静夜与孤月，实在庄严非凡，令人肃然危坐、烦心

---

①　袁宏道：《游记》，载《袁中郎全集》，世界书局1935年版，第1页。
②　张岱：《陶庵梦忆》，中华书局2008年版，第95—96页。
③　曹雪芹：《红楼梦》，人民文学出版社2008年版，第741页。

顿解。《红楼梦》此回文字所写的不是虎丘曲会而只是贾府的一场家宴，自然无须人清唱扰乱，这清幽的笛声是最合适不过的了，也让人想起虎丘千人石上所度"花阴夜静"之曲。只是贾母老年人，处世颇深，亦甚敏感警觉，便不觉为此曲惆怅。昆曲独特的声腔和韵律及其所形成的审美情趣也符合了《红楼梦》细腻婉转、悠远深沉的情感取向。仲振奎记其昆曲剧本《红楼梦传奇》上演的情况，似可说明《红楼梦》的情感意趣与昆曲之间相得益彰的关系："成之日，挑灯漉酒，呼短童吹玉笛调之，幽怨呜咽，座客有潸然沾襟者。起步中庭，寒月在天，四无人语，遥闻宿鸟随枝，飞鸣切切，而余亦颓然欲卧矣。"[①]

　　昆曲独特的审美风格的形成与其唱法技巧和所唱的内容有关。昆曲的唱腔名为"水磨调"，在唱法上，昆腔拖腔使调，以声就板，常在板眼空处使用长腔，从而达到婉转悠远、清俊温润的效果。昆腔咬字发音，每个字须分为字头、字腹、字尾三部分，音分开口、闭口和鼻音。这种唱法的极致是"虽然有腔有板，听来往往有音无字"，完全是一种由婉转悠扬的韵律所形成的形式之美；而且，昆曲演唱的往往是当时流行的传奇作品，如《折梅逢使》《昨夜春归》《拜星月》《花阴夜静》等词，其境界优美，十分感人；这样再加上幽远清寂的洞箫和竹笛，更加给人婉媚缠绵、闲雅整肃而细腻清幽的韵味，让人有"气无烟火"之感。

---

① 　仲振奎：《红楼梦传奇自序》，载 一粟编：《红楼梦资料汇编》，中华书局1964年版，第57页。

　　《红楼梦》中以昆曲为核心的戏曲描写，在继承《西厢记》《牡丹亭》等传统经典剧作的基础上，立足于清代戏剧活动的现实，吸收了中国戏剧艺术创作重意境和抒情的文学传统，弥补了传统小说描写在此方面的不足，表现出贾府各个阶层的文化修养和审美趣味。曹雪芹既能把中国传统戏曲文学的精神和神韵准确地传达出来，又能使之与全书完美地结合在一起，形成一个有机的整体，并以此表达自己的生活经历和审美情趣及其对个体生存状况的思考，揭示出整个时代社会文化和历史进程的某些规律，确实是成功的。

　　昆曲从诞生之日起，经过大批失意文人的参与创作，带有特有的文人气息和书卷气，形成了以梁辰鱼《浣纱记》为代表的现实主义传统和以汤显祖《牡丹亭》为代表的浪漫主义传统，其共同特点是对人文思想的发扬和自我性灵的抒发，《红楼梦》是这一文学艺术传统的集成者和延续者。

　　一方面，当时的文人墨客大多精通音律，度曲作曲是他们日常生活的组成部分，文坛领袖王世贞、李开先等人家里，其主人奴婢无一不晓音律；另一方面，随着元末政治统治的腐败，失意文人在仕途受阻后，多隐居江浙一带，形成了一个特殊的文人群体，这个群体同时也是曲家的群体。其中，元末明初以顾阿瑛、杨维桢、顾坚、倪云林等为核心的"玉山草堂"文人团体对昆曲的形成和发展所起的作用极为重要，他们雅致而意境深远的生活方式和审美情趣规范了此后昆曲艺术的发展走向。

　　这个情况与明代中后期也颇为相似。其中，魏良辅改革昆山腔、梁辰鱼创作《浣纱记》均对昆曲的传播厥功甚伟。随着政治统治的腐败、程朱理学垄断地位丧失、科举制度失去公正性，王阳明的心学体系应运而生，并重塑了晚明士人的文化心态。康海、王九思、李开先、常伦、唐寅、杨慎等人重拾元末玉山文人的创作传统，散曲、传奇创作随之兴盛起来，竟达到了"曲山词海"的地步；而支持其创作的原动力却是一种压抑、愤懑的不满情绪，其中《浣纱记》《鸣凤记》和"临川四梦"等多部作品都蕴含着一种对现实的批判色彩。

入清五十年左右，江南经济迅速恢复，这为昆曲的繁荣再次提供了物质基础，康熙、乾隆等对昆曲的喜爱和关注以及专门的戏剧管理机构的设置也促进了昆曲的发展。但在江山易主到康乾盛世的历史过程中所形成的文人们的复杂心态也反映在这一时期的传奇创作中，一种深沉的历史反思意识隐匿在娱乐之中，其典型代表就是洪升的《长生殿》和孔尚任的《桃花扇》。因此，在昆曲从诞生、成长、壮大到康乾之际达到鼎盛的发展过程中，文人的历史反思意识和审美情趣一直渗透其中。在创作《红楼梦》这样一部容量巨大、思想深刻而情感细腻的著作时，曹雪芹借鉴昆曲的人文精神传统，是再自然不过的事情了。

二、曹雪芹为呈现昆曲演出所做的设计

曹雪芹独特的家世传统和生活经历，也使他有可能、有能力

将如此大量的昆曲剧作如此巧妙地写入《红楼梦》中。这一点还得从他的祖父曹寅说起。曹寅是康熙的玩伴，他继承父亲曹玺先后任苏州与江宁织造达22年（1690—1712）之久。这段时期正是昆曲延续明代势头在清代剧坛称霸的时代，尤其在苏州等昆曲盛行的地区，弋阳、海盐诸声腔几乎已难见影踪。曹寅首先是一位曲家、传奇创作者和诗人，同时，他还是一位善本图书的收藏家和刊刻者。他自己创作了传奇剧本《续琵琶》《北红拂记》《太平乐事》和《虎口余生》等，刊刻了《音韵五种》等曲学著作，其中《续琵琶》还被曹雪片写进了《红楼梦》中。曹寅有自己的家班，经常在家里演出自己创作的戏剧、经典的传奇剧本以及一些新剧。《北红拂记》完成后，曹寅命家伶演出此剧，还专门邀请尤侗一同观看。《北红拂记》完成后的第十二年，洪升漫游到苏松一带，造访曹寅，曹寅亦慕洪升的名声，亲自出城门迎接他。当时，洪升的《长生殿》刚完成不久，曹寅邀请江南名士在家里观赏此剧，一直演了三天三夜才结束。这一盛事在当时传为美谈。

　　曹寅还观看过由明入清的昆曲演员朱音仙的演出，并题赠《念奴娇·白头朱老》一首，其中提到了《燕子笺》《春灯谜》《桃花笑》以及汤显祖的"临川四梦"等剧作。后来曹寅说自己生平文学"曲第一，词次之，诗又次之"①，是颇为恳切忠实的评价。据吴世昌先生考证，曹家势落后，家中大量藏书运至北京。这样，曹雪芹才得以杂学旁收地读了很多书；曹雪芹还发现，祖父

---

① 周汝昌：《红楼梦新证》，人民文学出版社1976年版，第811页。

是一个潇洒文人，能诗能酒，爱好戏剧词曲和收藏古书字画，所交者均为当时著名的文人、学者和曲家。在这些人中，尤侗、洪升、查慎行、朱彝尊、马伯和、周亮工和顾景星等人都是当时著名的曲家或传奇创作者。其中，马伯和是曹寅的老师，周亮工与曹家是通家之好，而顾景星是曹寅的舅舅，尤侗是曹寅的忘年交。因此，曹雪芹的祖辈、亲友和世交均对昆曲颇有丰富的创作经验和高度的艺术鉴赏力。

曹雪芹继承了这个家族传统，也爱度曲听曲、创作戏曲作品。《红楼梦》中《红楼梦十二支》等曲子都是曹雪芹创制的新曲，风格独特，很见功底。曹雪芹在第二十二回宝玉、黛玉和湘云等无故气闷后写了一支"无我原非你"的曲子，脂砚斋在曲后批道："看此一曲，试思作者当日发愿不作此书，却立意要作传奇，则又不知有如何词曲矣。"可见，曹雪芹还曾想把《红楼梦》的题材创作成传奇剧本。这说明，曹雪芹对戏曲确实有着颇为浓厚的兴趣和丰富的创作经验。周汝昌在《红楼梦新证》中专列"曹雪芹词曲家数"一节，论及曹雪芹词曲（专指曲）创作的渊源和特色。由此可知，曹雪芹与昆曲之间的渊源是《玉娇李》等作者所无法比肩的，曹雪芹的这些经历使他对昆曲的雅致情韵有着切身的感受和发自内心的喜爱。

在《红楼梦》中，以昆曲欣赏为核心的戏曲活动贯穿了全书的始终。曹雪芹为书中昆曲欣赏活动的展开做了大量准备工作，设计了一个"三步走"的策略：在全书开篇不久，曹雪芹就写中秋节时苏州"家家箫管，户户弦歌"，初步透露出昆曲的影子；

第四回，薛姨妈入住之所为"梨香院"，又透露出梨园子弟的信息；第十六至十八回，贾府为迎接元春省亲建造大观园时，贾府戏班的组建工作便被纳入议事日程，大观园建成后贾府的家班也同时组建完成，并开始演习剧目、准备登台演出了。

以苏州开篇，是曹雪芹为书中昆曲描写所做的第一次铺垫。《红楼梦》开篇说："当日地陷东南，这东南一隅有处曰姑苏，有城曰阊门者，最是红尘中一二等富贵风流之地。"这里所说的"红尘中一二等富贵风流之地"，指的就是苏州城当时以昆曲艺术为核心的文化娱乐环境。曹雪芹从苏州写起，在一定程度上体现出他的文化价值取向和审美情趣，其典型代表就是他对昆曲的偏爱。

关于苏州与昆曲，有学者根据沈宠绥《度曲须知》、余怀《寄畅园闻歌记》、朱彝尊《静志居诗话》和魏良辅《曲律》等文献，认为"光就声腔和声腔语音而言，苏州（昆山）至少不是昆曲的唯一故乡"，但即使如此，却正"有了苏州，才会产生一个独领风骚数百年的昆曲"[①]。这确实道出了苏州与昆曲之间说不清道不明的亲缘关系。而且，曹雪芹所生活的时代，也是苏州昆曲鼎盛一时、影响全国的时代。这是有原因的。在由明入清不到五十年的时间里，以苏州为核心的江南地区经济、文化和娱乐活动都已得到复苏并有了重大发展。据时人记载："今隔五十余年，则不论富贵贫贱，在乡在城，男人俱是轻裘，女人俱是锦绣，货

---

①　顾聆森：《昆曲与人文苏州》，春风文艺出版社 2005 年版，第 3—5 页。

物愈贵，而服饰者愈多，不知其故也。"①在这种背景下，苏州职业昆班、戏场开始形成，士大夫和各王府的家班也不断涌现，乾隆时甚至有"八十王府班"之说。《红楼梦》以苏州开篇便为后文的戏曲描写奠定了坚实的文化基础。

贾府家班的组建与大观园的建造相始终，是曹雪芹为书中昆曲描写所做的第二次铺垫。苏州昆曲和园林像是一对孪生姐妹，曹雪芹为写昆曲则必写园林。这一点是由昆曲与园林之间和谐共生、同质互补的艺术结构所决定的，因为"园林的美，衬托了昆曲的高雅，昆曲的高雅又点缀了园林诗一般的意境"。陈维崧，这位诗、词、曲、赋皆通的明代文士，曾在他的笔记中记叙了扬州韩家园（名"依园"）的一次昆曲演出活动：

> 园不十亩，台榭六七处，先生与诸客分踞一胜，雀炉茗碗，楸枰丝竹，任客各选一艺以自乐。少焉，众宾杂至，少长咸集，梨园弟子演剧，音声圆脆，曲调济楚，林莺为之罢啼，文鱼于焉出听矣。是日也，风日鲜新，池台幽静，主宾脱去苛礼，每度一曲，坐上绝无人声。②

从"音声圆脆，曲调济楚"来看，韩家园这天演出的剧目无疑是昆曲，这似乎在说昆曲必得在园林中演出和欣赏才能见出其精

---

① 钱泳:《骄奢》，载《履园丛话》，张伟校点，中华书局1979年版，第192页。
② 陆萼庭:《昆曲演出史稿》，上海教育出版社2017年版，第125页。

神和神韵。这个情况也适合《红楼梦》的艺术设计，有学者说："（苏州的）园林艺术和昆曲艺术对雪芹创作《红楼梦》的影响，实在不可低估。"（顾聆森《昆曲与人文苏州》）曹雪芹对贾府家班的来历、建设和形成以及此后演出的描写是与大观园的设计结合在一起的。

《红楼梦》第十六回写贾元春才选凤藻宫并获准省亲后，就写宁荣二府协商造园一事："从东边一带，借着东府里花园起，转至北边，一共丈量准了，三里半大，可以盖造省亲别院了。"作者紧接其后又写贾蔷下姑苏聘请教习，采买女孩子，置办乐器、行头等事。等到大观园修建完成、贾政等游玩题写已毕后，作者又马上写贾蔷从苏州采买了十二个女孩子并聘请教习回来之事。大观园的建造与贾府戏班的组建关系密切。

贾府的女戏家班既已组建，则必须有固定的经济支持、演习场所和管理人员，这样，此后的演出活动才能顺利展开。这一点曹雪芹也早已做了安排。《红楼梦》第十八回写贾府在贾蔷从姑苏采买文官等十二女伶回来之前，就"将梨香院早已腾挪出来，另行修理了"，随后又"令教习在此教演女戏"。梨香院原为薛姨妈一家居住之所，早在第四回就已出现，后来成了贾府中的戏剧管理机构。贾府中主管戏曲演出活动的主要负责人是贾蔷，协助管理者是已为幡然老妪的前代伶人，其成员包括十二个女伶和她们的教习。

与曹雪芹对书中戏曲的安排一样，梨香院在书中也并非十二官演习戏曲之地，个中亦大有深意藏焉。梨香院另有一门通往后街，西南又有一角门通往王夫人正房的东院落，是贾府通往外界的一个独特所在；在第二十三回，梨香院飘墙而过的曲声，是林黛玉发现"戏上也有好文章"的契机；在第三十六回，贾宝玉"识分定情悟梨香院"是全书一大关节处；在第七十回，梨香院又成了尤二姐的停灵之所。在薛姨妈等人下住梨香院时，张新之，这位敏感的批评家就揭示了梨香院的隐含意义："梨香院犹曰梨园，故后为女乐所居。今薛氏居此，是何等看承？"又说："《红楼梦》一部传奇也，宝、黛为生、旦，钗为黛比肩，则角色为小旦，又隐然为大花面戏之生发大主脑也，固当居此。又梨云，言梦主也。"①此外，脂砚斋在"梨香院"旁边所批"好香色"三字的内涵及其在第三十六回针对梨香院所做的"可慎哉！可慎哉！"的感叹，至今还没有引起研究者的注意。

　　曹雪芹对梨香院的设计与康熙朝初期即开始设置的南府颇为相似。当时，从苏州、江宁一带为皇室采买戏子是江宁和苏州织造为南府所做的重要工作之一。康熙三十二年（1693），玄烨第三次南巡到苏州，就曾在李煦的安排下从寒香、妙观等昆曲名班各选两三人带回内廷使用。乾隆帝弘历即位第六年（1741），又设立律吕正义馆，委派庄亲王胤禄协同松江人张照一起主持其日常事务，并定期命苏州织造挑选昆曲演员和教习进京。这些昆伶进宫后称梨园供奉，安置在景山，有房屋数百间，后称之

---

① 曹雪芹、高鹗著，护花主人、大某山民、太平闲人评：《红楼梦（三家评本）》，上海古籍出版社1988年版，第65页。

为"苏州巷"。乾隆十六年（1751），弘历又对南府进行了一次大规模的完善和扩建，其全盛时期人数在一千四五百。梨香院和南府的相同之处有以下几点：首先，两者的演员和教习，均采买自苏州；其次，主要管理者胤禄和贾蔷，一为皇室亲王一为贾府族人，均来自统治阶层内部；再次，均有专门的训练场所和固定的经济支持。梨香院恰是南府的一个缩影。

从曹雪芹的生活经历看，把南府作为梨香院的设计模型，是有可能的。曹家举家迁到北京时，曹雪芹已有十三四岁的样子，对自家和亲戚家以前为朝廷所办采买戏子等事也已有所了解。南府大规模扩建时，曹雪芹已在北京生活了二十余年，《红楼梦》的主体内容也初步完成并处于修订中。脂砚斋甲戌年（1754）第二次评阅《红楼梦》时，梨香院和采买戏子等事在书中已安排就绪，脂砚斋还在第四回"梨香院"旁批上"好香色"三个字。这些情况说明，曹雪芹对梨香院的设计应该是有其原型的。

三、曹雪芹对《牡丹亭·惊梦》的呈现

贾府的家班组建完成后，所执行的第一件大任务是迎接元春省亲。在省亲的晚上，贾府在大观园演了四出戏，其中有《牡丹亭·离魂》，但没有上演《惊梦》。在某一个除夕的晚上，贾母在自己的院子里摆了几桌酒席，晚宴结束后请大家在暖阁里玩笑，又将十二官喊来演唱。贾母亲自命芳官唱了《牡丹亭》第十

二出《寻梦》，也没有演出《惊梦》。

盛清时期，经过二百多年的发展，昆曲演出已较为成熟，人们观剧的口味也越来越挑剔。这时，折子戏开始出现，人们专门从经典作品中选择一些脍炙人口的选段来欣赏。这些折子戏，曲文优美，值得反复咀嚼、品味，这种欣赏方式，其实就是把昆曲中的唱词当作诗歌来欣赏。听曲和赏诗，其实质是一样的。明代戏曲大师汤显祖《牡丹亭》中的很多唱段，是人们经常观看欣赏的，尤其是《惊梦》中的内容，更惹人喜爱。《红楼梦》写到《牡丹亭》共有三处，分别涉及《离魂》《惊梦》《寻梦》三折内容。其中第十八回的《离魂》和第五十八回的《寻梦》，写的都很自然，唯独第二十三回的《惊梦》颇为不同。《惊梦》中的唱词或场景没有在任何正式场合演出过，而仅仅出现在黛玉葬花的归途中，引发了林黛玉对戏曲的体验和欣赏。书中关于林黛玉听到【皂罗袍】"原来姹紫嫣红开遍"一段唱词的描写，十分经典，历来为人称道，是个需要专门讨论的情节。

当然，这些公开场合，演出《惊梦》可能是不合适的。一方面，黛玉姐妹们都是未出阁的姑娘，《惊梦》中男欢女爱的唱词，可能不适合她们姐妹观赏。另一方面，杜丽娘作为一个未出阁的少女，在梦中与陌生的男青年私订终身，且有"不才之事"，这样的内容，更不能公开演出，以免蛊惑人心。这两回写的昆曲演出活动，都颇为讲究。第十八回的四出戏，分别是《豪宴》《乞巧》《仙缘》《离魂》。这四出戏，关合着全书的关键情节。

《豪宴》出自清初戏曲家李玉《一捧雪》。据考证，李玉与曹寅曾有过交往。该剧演出莫怀古因藏有珍贵玉器"一捧雪"而家破人亡的故事。《红楼梦》写贾赦为霸占石呆子收藏的几十把古扇而诬陷他拖欠官银，将之投入监狱，抄没了他的家产，将古扇占为己有，与这个故事有相似的地方。霸占莫怀古玉器的严世蕃父子，最终身犯重罪、家破身亡，似乎暗示了贾府后来的衰败。

《乞巧》出自清初戏曲大师洪升的《长生殿》。曹寅曾经在织造府宴请洪升，专门演出这部作品。这出戏写杨贵妃七月七日晚上，与唐明皇在长生殿里盟誓，生死相随，永不分离。后来马嵬兵变，杨贵妃自缢而死，不得善终。一般认为，这一出戏暗示后来元春的去世。

《仙缘》出自汤显祖另一部著名的剧作《邯郸记》。这出戏写卢生历经梦幻，"一片红尘，百年销尽"，被吕洞宾等众仙度脱，随他们到蓬莱仙岛桃花苑避世隐居，号为"扫花使者"。脂砚斋说，这出戏"伏甄宝玉送玉"，似乎说《红楼梦》后来有"宝玉丢玉"的情节，同时也暗含了宝玉出家的信息。

《离魂》出自汤显祖的《牡丹亭》。该出写杜丽娘自春天梦遇柳梦梅以后，感伤成疾，在中秋节雨夜时心痛而亡。在临死前，杜丽娘唱道："这病根儿已松，心上人已逢……但愿那月落重生灯再红！"表达了自己为情而死，又为情而生的情感和愿望。这一出也是《牡丹亭》中的经典之作，被人们反复欣赏。一般认为，这一出所关合的是"黛玉之死"。

第五十四回演出的两出戏，是贾母亲自点的。这是贾母向薛姨妈显示自己戏曲欣赏才华的机会，所以她说"少不得弄个新样儿"。她命芳官"唱一出《寻梦》，只提琴与管箫合，笙笛一概不用"，又命葵官"唱一出《惠明下书》，也不用抹脸"。贾母的意思是让芳官和葵官清唱，"听我们一个发脱口齿，再听一个喉咙罢了"。这两出戏，一文一武，一闹一静，相得益彰，且演出形式和方法均被贾母修改了。果然，薛姨妈感到很满意。

无论如何，《牡丹亭·惊梦》还是没有演出，不能不说是一大遗憾。但也正是这一遗憾，才让《惊梦》的精神真正融入《红楼梦》中。

根据清初时期《牡丹亭》的演出情况来看，《惊梦》不在《红楼梦》中上演几乎是不可能的。在十二官中，饰演杜丽娘、演唱《牡丹亭》最好的理想人选是龄官。只不过，龄官多次罢演《惊梦》，致使在或正式或私下的场合，这一出戏一直没有演出过。这似乎说明，在曹雪芹眼中，贾府众人中唯有林黛玉才可能是《惊梦》的真正知己。根据第十八回和五十四回的描写，可以知道，十二官中正旦芳官和小旦龄官两人可以饰演杜丽娘、演唱《牡丹亭》，但是，相比于芳官，龄官才是饰演杜丽娘的最佳人选。因此，在省亲那天晚上的演出中，她的演出引起了元春的注意，甚至给出了"龄官极好"的评价。可以推测，在当晚演出的《离魂》中，龄官可能扮演了春香的角色。在书中，作者曾经写了龄官三次罢演的行为。这三次"罢演"，可能都与《惊梦》有关。这些罢演行为，彰显出龄官独特的个性。

第一次罢演行为发生在元妃省亲的当晚。《豪宴》等四出戏演出得很成功，"虽是妆演的形容，却作尽悲欢情状"。所谓"悲欢"者，大抵即指《离魂》。演出一结束，太监便"执一金盘糕点"出来，问"谁是龄官"。这说明元春非常认可她的演出，同时又命她"不拘那两出""再作两出戏"。贾蔷"命龄官作《游园》《惊梦》二出"，然"龄官自为此二出原非本角之戏，执意不作，定要作《相约》《相骂》二出"，"贾蔷扭他不过，只得依他作了"。根据《相约》《相骂》两出戏的内容，可以推知龄官扮演的应该是丫鬟芸香的角色，因为这两出戏的内容主要是丫鬟芸香与老夫人张氏之间争吵、斗嘴，正是龄官的"本角之戏"。但是，我们又不能说龄官不能扮演正旦，否则贾蔷不可能让她为元妃作《游园》《惊梦》二出。显然，在贾蔷看来，这两出戏反而应该是她擅长的。只不过，龄官性子刚强，不愿意在这样的场合演出这两出戏。这是她第一次罢演《惊梦》。

　　第二次罢演发生在一个春夏之交的午后，她拒绝了贾府中最被人宠爱的贾宝玉的要求。据书中所写，"一日，宝玉因各处游的烦腻，便想起《牡丹亭》曲来。自己看了两遍，犹不惬怀，因闻得梨香院的十二个女孩子中有小旦龄官最是唱的好"，便"着意出角门来找"。宝玉是懂戏的，知道曲文的好处须得唱出方见其妙，因而便想让龄官唱一出给他听。当时，宝官、玉官都在院内，独龄官一个人在房内。宝玉便到她房内，"只见龄官独自倒在枕上，见他进来，文风不动"，便央求她起来唱"袅晴丝"一段。这是《惊梦》中杜丽娘因感春日到来、闲情无处可诉而唱的一套曲子，温软缠绵，有闺阁趣味，因而宝玉着实想听。谁想"龄官见他坐下，忙抬身起来躲避"，以"嗓子哑了"为由拒绝了宝玉的请求。根据后文的描写，我们知道，此时龄官正处于病中，"天天闷闷的无个开心"，且当天又"咳嗽出两口血来"，因而她说"嗓子哑了"，自然也是实情。最主要的，还是她不愿意唱这曲子给宝玉听。

龄官的第三次罢演，在此前发生。据她回复宝玉的话，"嗓子哑了。前儿娘娘传我们进去，我还没唱呢"。可以知道，不久前的春日里，元春曾将十二官中的几位传进宫去，让她们专门为自己唱曲。元春的这次宣召活动，因为龄官的拒绝而显得不那么圆满。可以推测，元春宣召龄官等人进宫，可能就是要龄官演唱《惊梦》。原因如下：

其一，当时，不仅皇宫中有御用的戏班，而且离皇城不远的苏州巷内布满了苏州等江南地区过来的戏班，专门为皇室和大臣演出。如果元春想听戏，自然可以从这些戏班中选一班自己爱的，专门唱给自己听，但是她没有，却将娘家的私家戏班宣进宫去唱。这行为一方面说明她确实喜欢龄官，并希望龄官在宫中私密的场所为自己演出《游园》《惊梦》，但是仍然遭到拒绝；另一方面，可能是因为她想听的《游园》《惊梦》，宫中戏班不适合演出。否则，这种行为极有可能被他人解读为对现实生活的不满而被皇帝知道，因而她让娘家的戏班来演，可以避免这种危险。

其二，在省亲的演出中，元春就极喜欢龄官，就命她"再作两出戏"，贾蔷命她作《游园》《惊梦》两折，她以"非本角之戏"而"执意不作"。这不能不说是元春省亲过程中的遗憾。但即使如此，元春仍命"不可难为了这女孩子"，同时又赏赐了许多物品。根据元春的话语和行动，她显然知道了龄官"执意不作"的态度。由此似乎可以推测，她前面所说的"不拘那两出"，其实就是指《游园》《惊梦》，只不过碍于礼制而未直接说出，否则贾蔷也不敢擅自让龄官作这两出戏。只不过，贾蔷虽领略了贵妃的意思，却被龄官拒绝了。

其三，最直接的证据就是龄官自己的话。她拒绝宝玉的请求时说："前儿娘娘传我们进去，我还没唱呢。"龄官的话是针对宝玉的请求而说的，而宝玉此时想听的正是《惊梦》一折中的【步步娇】"袅晴丝"一段。这两者之间可以形成互文性关系，说明元春召龄官进宫所唱的很可能也是《惊梦》中的曲子。

龄官的三次罢演，充分显示了她高傲、可贵的人格。她不愿意为元春、宝玉这些贵族小姐、公子演出《惊梦》这样至情至性的戏文。或许，她在《惊梦》的演出中很容易进入情境而不能自已——《惊梦》中的唱词只适合她在自己的内心深处浅吟低唱；又或者，在龄官看来，整个贾府中人，没有人适合欣赏这出戏。当然，真正的原因在于，在作者曹雪芹看来，只有林黛玉才能够进入杜丽娘的梦境并引发她对自身情感状态的自怜自叹。因而林黛玉葬花归途中那次的随意欣赏，反而引起了深深的共鸣。

曹雪芹为了完美地呈现《惊梦》，为了单独让林黛玉欣赏《惊梦》，真是煞费苦心！顾聆森先生说："曹雪芹写《红楼梦》，在为禄爵显赫的贾府修建一座大观园的同时，又不能不为贾府添置一部实力非凡的家班。如果林黛玉在这座大观园中听不到

《牡丹亭》杜丽娘的心声，并因此心痛，则似乎是不可思议的。"[1]
确实是这样，如果林黛玉没有听到《惊梦》的唱词并因此感慨缠
绵，《红楼梦》的人文色彩估计要消减很多了。

如果《惊梦》不是黛玉单独听到，而让《惊梦》在其他场合
上演，其效果显然不能如此感人。可以设想，如果龄官在上述三
个场合均已演出《惊梦》，那么林黛玉葬花途中再听到其中的唱
词，她还能如此"感慨缠绵"吗？可以想象一下上述场合，如果
龄官演出《惊梦》，其效果将会如何：

其一，省亲晚上，贾府倾尽所有，全力呈现奢华靡丽，以至
于元春也看不过去，认为"太张扬了"，以后"万不可如此奢华
靡费了"！在这"鲜花着锦，烈火烹油"的场合上，如果演出《惊
梦》，大约只有元春一人能够观赏。这时，其他人都战战兢兢、
如履薄冰，根本没有闲情逸致去欣赏其中优美的唱词、动人的
情感。况且，林黛玉本就"素习不大喜看戏文"，因而即使演出
《惊梦》，她也不会有太多的感触，她对当晚演出的《离魂》就没
有什么感觉。

其二，如果龄官应贾宝玉的要求而演唱《惊梦》，宝玉可能
也不能进入其中的情境。正像书中所说，这一段时期，宝玉在园
中闲逛，只因"各处游的烦腻"，才"想起《牡丹亭》曲来"，"看
了两遍，犹不惬怀"，因而想让龄官专门唱给自己听。这时的贾
宝玉，他对《惊梦》的喜爱，也只是图羡其中华丽的辞藻、优美

---

① 顾聆森：《昆曲与人文苏州》，春风文艺出版社 2005 年版，第 74 页。

的唱词，而无法真正体会到杜丽娘压抑而无法吐露的少女情怀。杜丽娘乍看到"原来姹紫嫣红开遍"的花园时的惊讶、惊叹，顿时由喜悦转化而来的"都付与断井颓垣"的失望、悲凉之感，都是风月场中混熟了的贾宝玉所无法体会的。因而即使龄官演唱了《惊梦》"袅晴丝"，他也顶多是"点头感叹"，而无法真正进入那梦幻般的境界中。

第二十三回写道：

> 这里林黛玉见宝玉去了，又听见众姊妹也不在房，自己闷闷的。正欲回房，刚走到梨香院墙角上，只听墙内笛韵悠扬，歌声婉转。林黛玉便知是那十二个女孩子演习戏文呢。只因林黛玉素习不大喜看戏文，便不留心，只管往前走。偶然两句吹到耳内，明明白白，一字不落。①

这里首先要交代几个问题，然后再进入对黛玉听曲情境的分析：其一，"林黛玉素习不大喜看戏文"，是说她在和贾宝玉一起阅读《西厢记》之前，没有仔细阅读过这类戏曲作品。她的真正爱好是诗歌，她房间所收藏的书，大多也是历代诗人的诗集。《西厢记》《牡丹亭》等剧作，她不是不知道，只是没有阅读过原文。例如，《牡丹亭·离魂》《长生殿·乞巧》等，都在省亲时演出过，那时的黛玉天真烂漫，对这些东西不在意、不留心。当然，这

---

① 曹雪芹：《红楼梦》，人民文学出版社 2008 年版，第 316 页。

也与黛玉的身份和教养有关。林如海和贾雨村都是饱学的鸿儒，他们对林黛玉的教育是严格的，也是正统的。但是，这些书薛宝钗都是读过的，而且十分精熟，所以在筵席上林黛玉随口一说，就被薛宝钗抓住了把柄。宝钗的家庭原是商人，对正统的诗文不太感兴趣，虽"祖父手里也爱藏书"，但是她祖父藏的书更多应是通俗读物，估计也不乏当时十分盛行的艳情小说。宝钗自己说："先时人口多，姊妹弟兄都在一处，都怕看正经书。弟兄们也有爱诗的，也有爱词的，诸如这些《西厢》《琵琶》以及《元人百种》，无所不有。他们是偷背着我们看，我们却也偷背着他们看。"这就可以看出黛玉和宝钗两人的区别。

其二，这段话同时指出了黛玉此时的情感状态："这里林黛玉见宝玉去了，又听见众姊妹也不在房，自己闷闷的。"这个"闷闷的"情感十分复杂，包含的内容很多：温馨的情感、被猜疑的情感、被排斥在外的情感，交织在一起，十分难受。

一方面，这时宝玉和黛玉两人刚刚一起读完《西厢记》，并使用书中的语句相互试探、取笑，两人的感情通过戏文得到进一步的深入；结束后，两人又一同"把花埋了""掩埋妥协"，而就在这时，"只见袭人走来"，两个人私密温馨的情感世界由此被外界因素打破。袭人还说："那里没找到，摸在这里来。"可见，袭人寻找宝玉已经找了很长时间，这不由让黛玉感到自己和宝玉之间的一言一行，似乎都被袭人监视、窥探。我们不能判断袭人在旁边已经看视了多长时间，或许是刚到，或许她早到了两人的身边。如果是后者，黛玉显然会有所顾虑，温馨的情感由此复杂化了。

　　另一方面，按照袭人的说法，"大老爷身上不好"，按理黛玉也应该过去请安才对；而且"姑娘们都过去请安"，独黛玉不去，也说不过去。不过，如果我们想到第三回黛玉第一次到贾府去拜见贾赦时，贾赦即以身体生病为由避开了甥舅之间的会面，就可以想见，贾赦对林黛玉这个外甥女是不亲近的。此后，两人的关系大约也是如此。这里的描写，显然是对第三回内容的回应。黛玉明显感觉到自己和"姑娘们"是存在区别的，自己毕竟是个外人。而且，根据下一回开始香菱说"我来寻我们的姑娘来的，找她总找不着"（第二十四回），可以推测，宝钗也随着迎春等人去看望贾赦去了。宝钗如果还在园子里，不至于"总找不着"，唯一的原因就是宝钗跟随大家一起出园子到贾赦那里请安去了。所以宝玉到贾赦府中后，邢夫人对他说："你们姑娘、姐姐、妹妹都在这里呢，闹的我头晕。"大观园中的姑娘们结伴去看望贾赦，唯独缺了黛玉，其中之意不言而喻。

　　总之，可以看到，此时林黛玉感觉"闷闷的"是有原因的，而且让其"闷闷的"原因也是很复杂的。这样的情感状态为她后面的听曲、赏曲的活动奠定了基础。

　　第三，梨香院十二个女子演唱的昆曲很正宗，水平也很高，不愧是纯正的苏州昆班。这个班底的十二个女孩子和演戏的教习，是贾蔷花了三万两银子从苏州买来的，专门为皇妃唱戏，因而她们的底子、水平是过关的。"笛韵悠扬，歌声婉转"，以笛子演奏配合演员的演唱，正是昆曲演出时的典型特点。而且，"偶然两句吹到耳内，明明白白，一字不落"，说明这位演唱者吐字清晰，字正腔圆，这是很好的训练之后才可能达到的水平。当然，这十二个女孩子和她们的教习均来自苏州，她演唱的腔调可能是正宗的苏州腔，北方人可能不太听得明白。不过，林黛玉"本贯姑苏人氏"，她对苏州腔的接受，是没有问题的。

　　曹雪芹"偶然两句吹到耳内"的描写更是生花妙笔：艺术欣赏讲究直觉、心会神到，往往在一瞬间、不经意、不留神时便可与最高的艺术境界照面；如果专门去听，反而可能起不到这种效果。这时的黛玉孤身一人，宝玉已被惯做密探的袭人以看视生病的贾赦的名义拉走了，因而黛玉获得了独处的空间；否则宝玉在她身边，也会影响她此时对诗句的沉浸。而且，此时黛玉身处梨香院的墙外，因而"只听墙内笛韵悠扬"；这道高墙将演出和欣赏隔开，使黛玉排除了对演员妆扮的观察，可以更加纯粹地欣赏优美婉转的旋律和清晰可感的文字。正像黑格尔所指出的那样，相比于视觉，听觉更加纯粹，因而也更加接近审美。如果黛玉是在"墙内"的舞台边观察、欣赏演员的演出，则这种观察可能会分散她的注意力而影响到对唱词的欣赏。可见，曹雪芹是真正懂得艺术欣赏的真谛的。

　　可以说，曹雪芹的此处描写，深得"刹那即是终古""瞬间即为永恒"的诗意精神。这让我们想到《牡丹亭·寻梦》【江儿水】，这支曲子很可能在五十四回除夕的晚上，由芳官演唱过："偶然间，心似缱，梅树边。这般花花草草由人恋，生生死死随人愿，便酸酸楚楚无人怨。待打并香魂一片，阴雨梅天，守的个梅根相见。"清初才女钱宜评"偶然间"道:"子猷种竹,渊明采菊,亦是偶然,遂成千古。"黛玉这"偶然两句吹到耳内"的听曲感受,也是"偶然遂成千古"的范例了。

　　经过了上面的层层铺垫,作者才开始正面写黛玉听到《惊梦》唱词的感受:

　　　　偶然两句吹到耳内,明明白白,一字不落,唱道是:"原来姹紫嫣红开遍,似这般都付与断井颓垣。"林黛玉听了,倒也十分感慨缠绵,便止住步侧耳细听,又听唱道是:"良辰美景奈何天,赏心乐事谁家院。"听了这两句,不觉点头自叹,心下自思道:"原来戏上也有好文章。可惜世人只知看戏,未必能领略这其中的趣味。"想毕,又后悔不该胡想,耽误了听曲子。又侧耳时,只听唱道:"则为你如花美眷,似水流年……"林黛玉听了这两句,不觉心动神摇。又听道"你在幽闺自怜"等句,亦发如醉如痴,站立不住,便一蹲身坐在一块山子石上,细嚼"如花美眷,似水流年"八个字的滋味。忽又想起前日见古人诗中有"水流花谢两无情"之句,再又有词中有"流水落花春去也,天上人间"之句,又兼方才所见《西厢记》中"花落水流红,闲愁万种"之句,都一时想起来,凑聚在一处。仔细忖度,不觉心痛神痴,眼中落泪。①

----

① 曹雪芹:《红楼梦》,人民文学出版社 2008 年版,第 316—317 页。

先分析这时唱戏的人。根据描写，这时的演唱是两个人在对戏，一个是杜丽娘，一个是柳梦梅，故后文写道："又侧耳时，只听唱道：'则为你如花美眷，似水流年……'"那么，这时的演出是谁扮演了杜丽娘的角色呢？很有可能是正旦芳官，小旦龄官、蕊官和药官，也有可能串戏。但是，这次演出最有可能的是小生藕官和小旦药官。根据第五十八回芳官的叙述，小生藕官与小旦药官，在戏中"常做夫妻"，因而这时也可能是他们二人在演习戏文，正巧被黛玉听到。当然，也有可能是藕官和蕊官在演习，因为后来药官死后又补了蕊官，两人"一般的温柔体贴"。我们不知道药官何时去世，因而不知道是否是藕官和蕊官在此对戏。但是，估计此时药官去世的可能性不大，因为这一年的春天是元妃省亲结束后的第一个春天，只有几个月，药官不太可能在这时去世。此时最有可能扮演杜丽娘和柳梦梅对戏的，应该是药官。后来，藕官正好分在潇湘馆，侍奉黛玉，也是一种暗示。

黛玉欣赏的曲文是杜丽娘一进花园时所唱的【皂罗袍】和杜丽娘入梦后柳梦梅出场时所唱的【山桃红】。这中间存在一个故事演进的过程，即杜丽娘进园后游园然后休息而入梦，这个过程也是林黛玉心理情感逐渐深化的过程。书中写黛玉听到"良辰美景奈何天，赏心乐事谁家院"时，想到世人听戏而不注意领略戏文的心理活动，从"自叹"到"自思"，也是一个时间过程，因而当她回过神来继续听戏时，已经是柳梦梅的唱词。这中间虽然不一定将全部戏文唱出，但是这些经典的段落，肯定是要练习的。对于黛玉的情感过程，作者的描述十分准确。我们可以列个表格，把这个过程清晰地呈现：

序号	戏文 / 诗句	文本来源	情感效果
1	原来姹紫嫣红开遍，似这般都付与断井颓垣	《牡丹亭·惊梦》	倒也十分感慨缠绵
2	良辰美景奈何天，赏心乐事谁家院		不觉点头自叹，心下自思道："原来戏上也有好文章。"
3	则为你如花美眷，似水流年		听了这两句，不觉心动神摇
4	你在幽闺自怜		如醉如痴，站立不住，便一蹲身坐在一块山子石上
5	水流花谢两无情	唐崔涂《春夕旅怀》	都一时想起来，凑聚在一处。仔细忖度，不觉心痛神痴，眼中落泪。正没个开交
5	流水落花春去也，天上人间	南唐李煜《浪淘沙》	
5	花落水流红，闲愁万种	《西厢记·楔子》	情思萦逗，缠绵固结
6	忽有人从背后击了他一掌	《红楼梦》第二十四回	你这傻丫头，唬我一跳

可以看到，在阶段（1），黛玉是为【皂罗袍】中的句子所感慨，觉得很有意味，值得欣赏。在阶段（2），她的情感前进了一步，从一般性的感慨上升到对《牡丹亭》等戏文的艺术欣赏，认

为"戏上也有好文章",而且觉得戏文也需要品味赏析才能领略其中的趣味。这是较为客观、冷静的艺术作品赏析。这说明此时黛玉是带着一般的文艺欣赏的眼光来评判这些唱词的。阶段(3)是柳梦梅的唱词,深深地打动了黛玉的芳心。可以说,"如花美眷,似水流年"所咏叹的年华易逝而无可奈何之感,正切中了黛玉尚处在自发、朦胧状态的思考。阶段(4)"你在幽闺自怜"等句,越发诱发了潜藏在黛玉内心深处的感受,唤醒了她的青春意识和生命意识,同时也让她内心潜藏着的无可言说的孤独和痛苦获得了一次发泄的机会。这个阶段,是黛玉欣赏《惊梦》的高潮阶段,她完全把自己和唱词中的情感融合了。阶段(5)则是她从这种情感中抽身出来再又潜入的过程,她将自己素日所积累的阅读经验"凑聚在一处",觉得这些诗句无不契合自己的情感,好像从自己肺腑中流出一般,因而越想越悲,"不觉心痛神痴,眼中落泪"。阶段(6)说明,作者深刻理解这种完全沉溺在优美的情绪中的感受对黛玉身心所造成的影响,因而在黛玉"正没个开交"的时刻,让香菱从她背后击她一掌,让她从这种感伤的情绪中摆脱出来,从审美的世界转到现实的世界。然而,自此处闻曲之后,黛玉的病症似乎逐渐加深了。她的《葬花吟》《题帕三绝》《唐多令·柳絮》《桃花行》等诗作的创作,都加深了她的病情。

可以想见,如果没有听到这些唱词,黛玉自己可能都没有意识到自己的内心深处会蕴含如此缠绵、深刻的情思。在此之前,她还没有欣赏过如此切己的诗句,因而以往的阅读多少具有外在性的特点。这些诗句的主题在黛玉的诗歌作品中是常见的，甚至她还把这种无可奈何的情绪发展成为一种内心的绝望。她的哲思是冷静的，她看穿了人生的处境，写出了自己的诗作，比《惊梦》的浪漫性想象要深刻得多。

让我们把目光再转回到龄官的身上。根据书中描写，我们知道，十二官中，唯有龄官与黛玉最像，她是黛玉的又一分身："再留神细看，只见这女孩子眉蹙春山，眼颦秋水，面薄腰纤，袅袅婷婷，大有林黛玉之态。"实际上，这个描写用在林黛玉身上并无不妥："蹙""颦"等字，早在第三回就使用在对林黛玉外貌的描写中；"眉蹙春山""眼颦秋水"，对应的正是黛玉的"罥烟眉""含露目"。根据第三十六回的描写，可以看出，除了容貌、神态方面相似外，龄官和黛玉两人的病情、性情、身世也几乎一样。

其一，两人都有咯血之症，这与黛玉后来的病症是一样的。"今儿我咳嗽出两口血来"，"谁知今儿又吐了"，这说明龄官咯血的病症已有了一段时间，现在正在养病。其二，两人都父母双亡，客居贾府。这种客居无依的情感，带给她们深深的漂泊感、无力感和不安全感。龄官自己说："那雀儿虽不如人，他也有个老雀儿在窝里，你拿了他来弄这个劳什子也忍得。"其三，两人都深深地渴望自由，希望能过上自主的生活。龄官说，"你们家把好好的人弄了来，关在这牢坑里学这个劳什子"，对贾家将自己作为玩物对待表达了强烈的不满。这也可以解释她何以有三次罢演的行为。其四，两人性格都个性鲜明，言辞尖锐，且敏感多变，喜怒无常，是典型的"作女"。贾蔷买雀儿给她玩，她说是打趣她；她看到雀儿，又想到自己孤苦无依；贾蔷要去请大夫，她又说"这会子大毒日头地下……请了来我也不瞧"。贾蔷被龄官折磨得没有办法，宝玉出来他"也顾不上送"，心思全在龄官身上。

而且，"龄官画蔷"和"黛玉葬花"，也是书中两个相互对照的情节。书中写道：

> 只见赤日当空，树阴合地，满耳蝉声，静无人语。刚到了蔷薇花架，只听有人哽噎之声。宝玉心中疑惑，便站住细听，果然架下那边有人。如今五月之际，那蔷薇正是花叶茂盛之时，宝玉便悄悄的隔着篱笆洞儿一看，只见一个女孩子蹲在花下，手里拿着根绾头的簪子在地下抠土，一面悄悄的流泪。宝玉心中想道："难道这也是个痴丫头，又像颦儿来葬花不成？"因又自叹道："若真也葬花，可谓'东施效颦'，不但不为新特，且更可厌了。"①

类似的场景早已在第二十七回出现。这时正春花烂漫，然凋零的迹象也已显著，故落花成阵，可堪葬花。宝玉因不见了黛玉，"低头看见许多凤仙石榴等各色落花"，"便把那花兜了起来"，"直奔了那日同林黛玉葬桃花的去处来"，"将已到了花冢，犹未转过山坡，只听山坡那边有呜咽之声，一行数落着，哭的好不伤感。宝玉心下想道：'这不知是那房里的丫头，受了委屈，跑到这个地方来哭。'"除了时空的不同外，曹雪芹对这两个场景和事件

---

① 曹雪芹：《红楼梦》，人民文学出版社 2008 年版，第 411—412 页。

的描写基本上是一致的——共同的聆听者和观察者、共同的哭泣声、共同的内心活动，因而我们可以将这个经典场景以及龄官、黛玉二人放在一起比较。

不过，即使有这些相同之处，但不同之处也是明显的。此时黛玉的哭泣，乃是平日情绪集聚而成的"一腔无名"和"伤春愁思"，她哭泣的对象不太具体，更多是她自身的遭遇。她不能也不敢将自己和宝玉的关系在公开场合诉说出来，哪怕是无人的山坡下，其压抑之情可以想见。龄官感伤的对象是明确的，她是为自己和贾蔷的关系而哭泣。而且，两人的关系在梨香院是公开的，所以宝玉问宝官龄官何以不唱的缘故，宝官说："只略等一等，蔷二爷来了叫他唱，是必唱的。"后来，贾蔷买东西回来，见了宝玉也并不避嫌。从她"已经画了几千个'蔷'"的行为来看，她对贾蔷的情感是真诚、真挚的，她的哭泣估计是因为两人的感情不符合社会伦理的要求，两人也不能结为正式的夫妻，是一段无果的恋情。毕竟，她身为戏子，人身不属于自己，因而也无法掌握自己的命运。

自宝玉情悟梨香院，书中再无有关龄官的直接描写，这仍然是曹雪芹"不写之写"的笔法。可以推测，龄官在此后不久就病逝了。根据第五十八回描写，因宫中老太妃去世，"各官宦家，凡养优伶男女者，一概蠲免遣发"，十二官中有出去的，也有留下的。留下的共有八人，分别是小生文官、正旦芳官、小旦蕊官、小生藕官、大花面葵官、小花面荳官、老外艾官和老旦茄官。十二官少了四人，即宝玉进梨香院时遇到的小生宝官和正旦玉官，以及死了的小旦荷官和龄官。这四个人中，宝官和玉官可能属于那些自愿回乡的，但是，龄官已没有父母，如果她仍活着，就应和芳官等人一样在园中认个老婆子作干娘。贾府的这次分配，没有她的踪影，说明她可能已经不在贾府了，或者说她已经去世。根据芳官叙说的藕官和荷官的事情，可以推测，龄官也和荷官一样，死去了。

其实，龄官与贾蔷的故事正是宝玉和黛玉故事的缩影，这为我们全面了解黛玉的结局提供了参照。这也说明，在《红楼梦》中，《牡丹亭·惊梦》这出精美绝伦的戏文，也只有与她二人相配，才真正实现它的价值。

四、宝黛共读《西厢记》的版本问题

曹雪芹从不掩饰他对《西厢记》的偏爱和借鉴。据笔者统计，《红楼梦》中有 24 处直接或间接地引用或化用了《西厢记》的词句或意境，脂砚斋的批语中则有 17 条涉及《西厢记》文本或者金圣叹对《西厢记》的评点。刘鹗在《老残游记》的序言中说，"王实甫寄哭泣于《西厢记》，曹雪芹寄哭泣于《红楼梦》"[①]，则从主题命意上指出了两者之间的内在继承关系。

---

① 刘鹗：《老残游记自叙》，载一粟编：《红楼梦资料汇编》，中华书局 1964 年版，第 64 页。

在《红楼梦》中存在两种《西厢记》，一种是作为昆曲剧本演出的《西厢记》折子戏，另一种是作为文学文本阅读的《西厢记》。其中，作为昆曲演出的《西厢记》，是明代陆采和李日华由王《西厢》改编的；作为文学文本阅读的《西厢记》情况比较复杂，最核心的便是"宝黛读西厢"一节，历来歧义也最多，需要细致分析。

现在已知的明清两代《西厢记》刊本共有140余种，其中清代最流行的本子是金圣叹评点的《贯华堂第六才子书西厢记》，但从《红楼梦》写林黛玉"不到一顿饭功夫，将十六出俱已看完"的描写来看，宝黛共读的《西厢记》不是金圣叹评点的本子。因为金圣叹虽认为《西厢记》后四出是他人所续并深恶痛绝、处处批判砥砺之，但最终还是以"圣叹外书"的形式加以评点，并附在书后，因此，清代的金批《西厢》都是二十出，而不是十六出。徐扶明说："据我所知，《西厢记》从未有十六出的本子。在清代初期和中期，风行一时的《西厢记》本子，就是金圣叹的《第六才子书》，也有五本二十折，每本四折。"[1] 宝黛共读的《西厢记》是十六出还是二十出牵涉曹雪芹的创作态度。作者认为曹雪芹赞同《西厢记》到第十六出《草桥惊梦》而止。这个观点是对的，因为曹雪芹明确写"十六出俱已看完"。

在明代，也有一个十六出的本子，那就是《六幻西厢》中的《剧幻·王实甫西厢记》，蒋星煜先生认为"宝玉、黛玉看的就是

---

① 徐扶明：《红楼梦与戏曲比较研究》，上海古籍出版社1984年版，第174页。

《六幻西厢》本的《西厢记》"（蒋星煜《明刊本西厢记研究》）。但《六幻西厢》是将二十出《西厢记》分为《剧幻·王实甫西厢记》和《赓幻·关汉卿续西厢记》两部分刊印，"所以，《剧幻·王实甫西厢记》从'佛殿奇逢'到'草桥惊梦'，并不是一部真正具有独立性的十六出本"（徐扶明《红楼梦与戏曲比较研究》），因此宝黛共读的也不是这个本子。

需要指出的是，在清代众多《西厢记》刊本中，确实有一个十六出的本子，即《元本北西厢》，又名《西来意》《梦觉关》，刊刻于康熙十九年（1680），题署"渚山恒忍雪铠道人，本名潘廷章，号梅岩氏，述于渚山楼，时康熙十八年孟秋七夕"。乾隆四十三年（1778），浙江文士任以治又抄录了一次。徐扶明先生在文中引用了《西来意》的批语，却说未见有十六出的《西厢记》刊本，不知是怎么回事。

雪铠道人，本名潘廷章（1612—?），字美含，号梅岩，浙江海宁人，活了九十多岁，是一位明朝遗民，也是一位诗人和佛教徒，著有《渚山楼诗集》十二卷传世。潘廷章《西来意》是以佛家的色空观念为视点来评点、阐释《西厢记》的，在对待后四出的态度上，他比金圣叹更彻底，果断删去后四出，只刊印了十六出。这反映出潘廷章对《西厢记》悲剧主题的决然态度，所以周越然说"此书反驳圣叹，识见甚长"[1]。

从《西来意》刊刻的时间、曹寅对戏曲的痴迷和他丰富的藏

---

[1] 周越然：《言言斋书话》，陕西师范大学出版社1998年版，第202页。

书以及曹雪芹深厚的戏曲修养等方面来看，曹雪芹很有可能读到过康熙十九年（1680）刊刻的《西来意》，并影响到《红楼梦》的创作。从思想观念上看，《西来意》与《红楼梦》有很多共通之处。这一点主要体现在色空观、梦悟说和悲剧观三个方面。

　　"西来意"即"达摩西来"之意。潘廷章说："《西厢》何意？意在西来也。以佛殿始，以旅梦终，于空生即于空灭也，全为西来示意也。生自西来，灭亦从西去，来前去后，乌容一字，而其中所构诸缘，俱在西厢，故即以'西厢'名之。西厢者何？普救佛殿之西偏也。佛殿为大乘，其偏则为小乘。系之佛殿以西，是虽小乘佛，犹不失西来之意云尔。"潘廷章进而认为："《西厢》结束全在草桥科白中一'觉'字，前者都是梦。"潘廷章之孙潘景曾也说："《西厢》之名旧矣，冠以《西来意》如何？张生云'小生自西洛而来'，此即其意也。盖西洛者，西方极乐界也。……此命书之意也。"[1]这与《红楼梦》开篇处"西方灵河岸上三生石畔，有绛珠草一株……"的叙述方式有异曲同工之妙。而且，脂砚斋也认为书中所说"乐极生悲，人非物换，究竟是到头一梦，万境归空""四句乃一部之总纲"。

　　因此，曹雪芹让林黛玉和贾宝玉读十六出的《西厢记》不是偶然的。很显然，曹雪芹对二十出《西厢记》结尾所说的"愿天下有情的都成了眷属"不抱幻想。而且，《西来意》的别名"梦觉关"，也很契合《红楼梦》的旨趣。

---

① 潘廷章：《西来意·西厢说意》，国家图书馆藏清康熙十九年（1680）刊本。

上述论述仅揭示了《西来意》与《红楼梦》之间的可能性因缘，不能据此认为曹雪芹在创作《红楼梦》时没有受到金批《西厢》的影响。就当时"几于家置一编""天下只知有金《西厢》不知有王《西厢》"的情况来看，曹雪芹读到金批《西厢》几乎是必然的事，而且脂砚斋在《红楼梦》第五十四回回末总评中也曾表达过自己对金圣叹的敬佩之情，甚至还将曹雪芹与金圣叹并提："噫！作者已逝，圣叹云亡，愚不自谅，辄拟数语，知我罪我，其听之矣。"[①]

潘廷章评本虽是针对金圣叹评本而作，称贯华堂本《西厢记》为"伪本"，但他在体例、思想等方面都明显受到了金圣叹的影响：其一，两人评点的指导思想都是佛家思想，金圣叹以佛家"因缘生法"为逻辑起点，潘廷章则以"即色归空"为基础；其二，两人都倡导梦悟说，这从两人在《草桥惊梦》一出的评点中可以看出；其三，两人都主张《西厢记》是悲剧结局。这些内容，与《红楼梦》的主题思想和情节安排都是有联系的。除上面三点外，金批《西厢记》与《红楼梦》的思想观念还有两点是相通的：一是关于情、淫与文的看法，二是对男女主人公感情发展问题的看法。

其一，在《贯华堂第六才子书西厢记》第七卷，金圣叹首先论述了淫与礼的关系。他说，好色与淫，其实没有大多差别。金圣叹进一步认为以《国风》等作品来诫"淫"是完全没有必要的；

---

① 陈庆浩编著：《新编石头记脂砚斋评语辑校（增订本）》，中国友谊出版社1987年版，第620页。

而且，好色与淫是人之本性："人未有不好色者也，人好色未有不淫者也，人淫未有不以好色自解者也。此其事，内关性情，外关风化，其伏至细，其发至钜，故吾得因论《西厢》之次而欲一问之：夫好色与淫相去则真有几何也耶？"①据此，金圣叹提出文学创作涉及男女情事的两种情况，即"意在于文"和"意在于事"，两者具有本质区别："意在于事，故不避鄙秽；意在于文，故吾真曾不见其鄙秽。"②

关于情、淫、意的三维结构关系，曹雪芹借警幻之口说："尘世中多少富贵之家，那些绿窗风月，绣阁烟霞，皆被淫污纨袴与那些流荡女子悉皆玷辱。更可恨者，自古来多少轻薄浪子，皆以'好色不淫'为饰，又以'情而不淫'作案，此皆饰非掩丑之语也。好色即淫，知情更淫。是以巫山之会，云雨之欢，皆由既悦其色、复恋其情所致也。吾所爱汝者，乃天下古今第一淫人也。"③曹雪芹还更进一步提出了"意"的重要性，"淫虽一理，意则有别"，也就是说，主体的主观意趣是判断情淫的根本标准。男女情爱本是自然之事，关键看意在情还是意在淫。如果是两情相悦，自然结合，那么就是人伦物理自然之事；如果只以淫乐悦己，那仅是皮肤烂淫而已。当然，金圣叹所说的"意"是指作文的命意，曹雪芹所说

---

① 金圣叹：《金圣叹全集》第 3 册，曹方人、周锡山标点，江苏古籍出版社 1985 年版，第 162 页。

② 金圣叹：《金圣叹全集》第 3 册，曹方人、周锡山标点，江苏古籍出版社 1985 年版，第 163 页。

③ 曹雪芹：《红楼梦》，人民文学出版社 2008 年版，第 86—87 页。

的"意"还包括与淫相区别的痴情、体贴之意，两者内涵不同。

其二，金圣叹对崔、张二人感情发展的评点和改动，一定程度上影响了曹雪芹对宝黛二人感情发展的描写。张生对崔莺莺可谓是一见钟情，但金圣叹认为崔莺莺对张生不是这样，而是经过了惜张生之才、爱张生之貌、感张生之德、报张生之怨四个阶段，然后才毅然决定与张生私订终身。崔、张二人在佛殿偶然相遇时，张生对崔莺莺是"眼花缭乱口难言，魂灵儿飞去半天"，而金圣叹认为这时崔莺莺对张生是没有感觉的。针对颇有争议的"他临去秋波那一转"，圣叹说："妙眼如转，实未转也。在张生必争云'转'，在我必为双文争曰'不曾转也'。忤奴乃欲效双文转。"[1]金圣叹为崔莺莺抱不平，说她不是第一眼就喜欢上了张生，她的情感的产生是经历了一个过程的，这与张生是不同的。金圣叹认为莺莺对张生的首次感觉来自"墙角联吟"。针对张生"月色溶溶夜"一诗，莺莺认为是"好清新之诗"，并依韵和了一首。这是惜张生之才。当然，这也让张生领略了莺莺的锦心绣口，称赞她："是好应酬得快也呵！"通过诗的创作与欣赏，两个年轻人增进了对彼此的了解，促进了两人感情的发展。

在《闹斋》一折，莺莺再见张生，并偷察了张生，张生清俊潇洒的外貌、痴情憨厚的情态，给莺莺很深印象。这是爱张生之貌。后来，孙飞虎来袭，张生邀杜确解围，莺莺深感张生解救之

---

[1]　金圣叹：《金圣叹全集》第3册，曹方人、周锡山标点，江苏古籍出版社1985年版，第49页。

情。在【乔木查】"除非说我相思为他，他相思为我"后，圣叹评道："忽然将'他我'二字分开，忽然将'他我'二字合拢，写得双文是日与解元贴皮贴肉，入骨入髓，真乃异样笔墨。……意卿之与他同福共命遂至此耶！"①此乃感张生之德也。但随后崔夫人让莺莺"拜了哥哥者"，莺莺心中翻腾却无可奈何，感觉愧对张生。此后张生一病不起，莺莺才决定冲破阻碍，自己做主对张生以身相许。此为报张生之怨也。金圣叹对崔、张二人感情发展过程的这种解读，在情在理，精准深刻。

　　曹雪芹对宝黛二人感情历程的描写，其细腻之处与《西厢记》相比有过之而无不及，并屡次借用《西厢》文辞点缀其间，如"我就是那多愁多病的身，你就是那倾国倾城的貌""纱窗里也没有红娘报""每日家情思睡昏昏""幽僻处可有人行，点苍苔白露泠泠"等。这都收到了很好的艺术效果，也把两人情感从相互试探到互为知音再到私订终身的发展历程描写得很细腻，所以脂砚斋说："写宝黛无限心曲，假使圣叹见之，正不知批出多少妙处！"

五、曹雪芹对昆曲"以情言政"传统的延续

　　《红楼梦》与《牡丹亭》《长生殿》《桃花扇》等作品之间关

---

① 金圣叹:《金圣叹全集》第 3 册，曹方人、周锡山标点，江苏古籍出版社 1985 年版，第 104 页。

系密切，其一脉相承的是晚明以来以王阳明为代表的心学传统和以冯梦龙、汤显祖为代表的至情传统，四部著作都使用了的"情根"一词透露出这一信息：

> 《牡丹亭》第三十六出《婚走》【尾声】："（生）情根一点是无生债。（旦）叹孤坟何处是俺望夫台？柳郎，俺和你死里淘生情似海。"①

> 《长生殿》第五十出《重圆》【黄钟过曲·永团圆】："神仙本是多情种，蓬山远，有情通。情根历劫无生死，看到底终相共。"②

> 《桃花扇》第四十出《入道》："当此地覆天翻，还恋情根欲种，岂不可笑！……偏这点花月情根，割他不断么？"③

> 《红楼梦》第一回："原来女娲氏炼石补天之时，于大荒山无稽崖练成高经十二丈、方经二十四丈顽石三万六千五百零一块。娲皇氏只用了三万六千五百块，只单单剩了一块

---

① 汤显祖著，陈同、谈则、钱宜合评：《吴吴山三妇合评牡丹亭》，上海古籍出版社 2008 年版，第 224 页。
② 洪升：《长生殿》，徐朔方校注，人民文学出版社 1983 年版，第 224 页。
③ 孔尚任：《桃花扇》，王季思、苏寰中、杨德平合注，人民文学出版社 1959 年版，第 257 页。

未用，便弃在此山青埂峰下。"脂砚斋在"青埂峰下"四字旁评道："妙！自为堕落情根，故无天可补。"①

这些迹象表明，在这四部剧作中，"情根"是作者思考男女家国之事的一个出发点和评价准则，对情感的不同态度则形成了这四部著作不同的结构模式和叙事方式：在《牡丹亭》和《长生殿》中，至情可以使人超越时空和历史、贯通死生两界；在《桃花扇》和《红楼梦》中，情则成为作者思考人生和历史盛衰变化的立足点，具有价值评判的意义。对于《红楼梦》来说，情在一定程度上还是作者对抗时俗和礼制的武器，具有更为深厚的学理内容，所以脂砚斋说《红楼梦》"谁谓独寄兴于一'情'字耶"②。

曹雪芹等四位作者对情的看法的不同，还体现在他们对故事结构的安排上，也表现出至情传统从晚明到清代中期的发展历程。《牡丹亭》和《长生殿》带有浪漫色彩，并通过梦境和登仙等理想化手段，实现有情人的长相厮守。汤显祖《牡丹亭·题辞》"梦中之情，何必非真""第云理之所必无，安知情之所必有耶"的观点，突出了情对理的突破，柳梦梅与杜丽娘历尽曲折而终成佳配。

洪升也认为，"从来传奇家非言情之文，不能擅长"（《长生

① 陈庆浩编著：《新编石头记脂砚斋评语辑校（增订本）》，中国友谊出版社1987年版，第5页。
② 陈庆浩编著：《新编石头记脂砚斋评语辑校（增订本）》，中国友谊出版社1987年版，第22页。

殿·自序》），他在第一出【南吕引子·满江红】中明确提出了
"昭白日，垂青史。看臣忠子孝，总由情至"的创作主张。为了
践行这个主张，洪升一改传统，把与李、杨感情有碍的历史事件
几乎全部加以改写：他不仅把杨贵妃的身份从李隆基的儿媳改
为宫女，而且淡化了杨玉环与安禄山的关系，还把李、杨二人淫
靡奢侈的生活放在杨国忠和杨氏姐妹身上。这些改动，都是为
了突出李、杨爱情的纯洁和真诚。在结尾，他还利用登仙等幻笔
形式让两人永远在一起。这说明《长生殿》接续了《牡丹亭》的
唯情传统和浪漫精神。

在情感内容的深广度和多样性上，《桃花扇》和《红楼梦》有
更多的一致性，这突出表现在两部作品的情节安排和思想意蕴
上。《桃花扇》第四十出《入道》写道士张瑶星看侯方域与李香君
历经磨难、一时相见而有无限衷肠需要述说，心里耐烦不得：

> （外）你们絮絮叨叨，说的俱是那里话。当此地覆天翻，
> 还恋情根欲种，岂不可笑！
> （生）此言差矣！从来男女室家，人之大伦，离合悲欢，
> 情有所钟，先生如何管得？
> （外怒介）呵呸！两个痴虫，你看国在那里，家在那里，
> 君在那里，父在那里，偏这点花月情根，割他不断么？

侯方域听张道士一番话后，"冷汗淋漓，如梦忽醒"，并最终斩断
情缘，携李香君与之仙去。这与《红楼梦》写贾宝玉经历一番梦

幻后而离世出家是一致的。显然,在曹雪芹和孔尚任眼里,那种通过虚无、幻诞的手段达到情感的永恒性存在的方式只能是一种想象,在经历了盛衰起伏、大悲大喜者看来,是不切实际的,也缓解不了他们心中所蕴含的深沉的离愁别恨。就大概而论,如果说汤显祖和洪升是浪漫的诗人和歌者,孔尚任和曹雪芹则是现实的诗人和冷峻的历史家。

《红楼梦》与《桃花扇》除了对情的看法一致外,其他相似之处太多,以至于有些人还不无偏颇地把《红楼梦》的著作权归在孔尚任的名下。这里从主题思想、创作旨趣和作者心理等方面比较、分析。

其一,在主题思想上,两书皆以儿女之事表盛衰之感、历史之思,其事虽不同,其意则一。《桃花扇·小引》:"场上歌舞,局外指点,知三百年基业,隳于何人?败于何事?消于何年?歇于何地?不独令观者感慨涕零,亦可惩创人心,为末世之一救矣。"这种对时代盛衰之变根由的思考,在《红楼梦》中则通过宝黛爱情的悲剧结局来表现贾府的盛衰变迁,其中蕴含着曹雪芹对整个时代由盛而衰的历史变化的敏感体察。而且,两书都借对女子高贵品格的赞扬写出这一点。《桃花扇·小识》:"帝基不存,权奸安在?惟美人之血痕,扇面之桃花,啧啧在口,历历在目,此则事之不奇而奇,不必传而可传者也。"《红楼梦·凡例》:"忽念及当日所有之女子,一一细推了去,觉其行止见识皆出于我之上。何堂堂之须眉,诚不若彼一干裙钗?……虽我之罪固不能免,然闺阁中本自历历有人,万不可因我不肖,则一并使其泯灭也。""何堂堂之须眉，诚不若彼一干裙钗"，用于《桃花扇》中是再合适不过的了。

其二，与以往传奇"事不奇幻不传，辞不奇艳不传"[①]的创作旨趣不同，孔尚任和曹雪芹都追求以实录致新奇的审美艺术效果。《桃花扇》所写为"南朝新事，父老犹有存者"，其中"朝政得失，文人聚散，皆确考时地，全无假借。至于儿女钟情，宾客解嘲，虽稍有点染，亦非乌有子虚之比"（《桃花扇·凡例》）。而且，全剧结尾之辟空而来，转入仙道，打破了历来传奇团圆的结局，从而收到愈真愈幻的审美效果。《桃花扇》此出总评道："离合之情，兴亡之感，触合一处，细细归结。最散最整，最幻最实，最迂曲最直截。此灵山一会，是人天大道场。而观者必使生旦同堂拜舞乃为团圆，何其小家子样也。"[②]吴梅这样评价《桃花扇》："观其自述本末及历记考据各条，语语可作信史。自有传奇以来，能细按年月确考时地者，实自东塘为始。……又破除生旦团圆之成例，而以中元建醮收科，排场复不冷落。"[③]这自然让人想到《红楼梦》亦是作者半生"亲闻亲睹"的生活经历，其中"事迹原委""离合悲欢，兴衰际遇，则又追踪蹑迹，不敢稍加穿凿"。正是在这种"全无假借""追踪蹑迹"的写作中，两书皆"起伏转折，俱独辟境界；突如而来，倏然而去，令观者不能预拟其

---

① 茅暎：《题〈牡丹亭记〉》，载吴毓华编著：《中国古代戏曲序跋集》，中国戏剧出版社1990年版，第162页。

② 叶长海：《曲学与戏剧学》，学林出版社1999年版，第304页。

③ 吴梅：《中国戏曲概论》，中国人民大学出版社2004年版，第202页。

局面"(《桃花扇·凡例》)。

其三，在一些细节设计上，两者可资比较之处还有很多，例如曹雪芹和孔尚任对读者理解、领会自己的著作都觉渺茫，一种知音难觅的孤独感和虚无感充斥在两人的叙述中。曹雪芹"都云作者痴，谁解其中味"的诗性感叹，在孔尚任那里则是借事以抒情："今携游长安，借读者虽多，竟无一句一字着眼看毕之人，每抚胸浩叹，几欲付之一火。转思天下大矣，后世远矣，特识焦桐者，岂无中郎乎？予姑俟之。"(《桃花扇·小引》)再如，《桃花扇》的老赞礼苏昆生、道士张瑶星跟《红楼梦》中的"石头""一僧一道"一样，他们既是故事的讲述者，又是剧中人，并不时出场点评整个事件的前因后果。这种设计能有效沟通过去、现在与未来之间的联系，使时空转换灵活自如，也可以使前后结构严密整一，还可以增加盛衰变化的对比效果。此外，苏昆生与柳敬亭重游南京故都，见"那皇城墙倒宫塌，满地蒿莱"，平日长桥、旧院等熟游之地也是"长桥已无片板，旧院剩了一堆瓦砾"，不由感慨道："眼看他起朱楼，眼看他宴宾客，眼看他楼塌了。这青苔碧瓦堆，俺曾睡风流觉，将五十年兴亡看饱。那乌衣巷不姓王，莫愁湖鬼夜哭，凤凰台栖枭鸟。残山梦最真，旧境丢难掉，不信这舆图换稿。诌一套【哀江南】，放悲声唱到老。"这与贾宝玉病后重游大观园"只见满目凄凉，那些花木枯萎，更有几处亭馆，彩色久经剥落"有着惊人的相似，而且，这套【哀江南】不就是甄士隐《好了歌注》的另一个版本吗？

当然，《红楼梦》与《桃花扇》在精神意蕴、主题命意和作者的思想认识等方面都存在着明显的差异。针对《红楼梦》与《桃花扇》之间的不同，王国维的《红楼梦评论》较具辩证性。王国维认为《桃花扇》与《红楼梦》均具有厌世精神，但《桃花扇》借侯、李之事写故国之戚，非以描写人生为主，因此《桃花扇》的解脱非真解脱，乃是他律的、政治的、国民的和历史的，而《红楼梦》之解脱是自律的、哲学的、宇宙的和文学的。这一判断揭示了《红楼梦》与《桃花扇》的根本差异。

第四章
林黛玉的病与诗

　　林黛玉是《红楼梦》中最纯粹的诗人，这一点主要得自她自小形成的阅读习惯。从客观方面看，林黛玉生活的时代、家世及其师承，为她形成良好的阅读生活习惯提供了基础性条件。从内在方面看，林黛玉聪明毓秀且具文学天赋，她对文学阅读的嗜好已具有了上瘾的特性，并加重了她的病体，影响到她的婚姻和命运。她封闭、深远而纯粹的闺阁生活与她的阅读行为结合在一起，形成了她孤绝高傲的人格特征和深沉幽远的意境生活。

　　林黛玉对文学的阅读和创作已经成为她实现自我价值和生命意义的方式，由此形成了她的阅读式生存方式，阅读行为在林黛玉的生活世界里具有了本体意义。同时，林黛玉以自我才情和性灵为核心的阅读行为与当时以道德训诫为目的的阅读行为结合在一起，形成了《红楼梦》意象世界中复杂的阅读景观，对我们认识当时社会吊诡而复杂的女性阅读行为有重要的启发价值。林黛玉的阅读生活自小形成，并在她的生命历程中占据着核心位置，形成了她独特的阅读式生存方式，以及她幽远的意境生活。在这生活中，林黛玉实践着自我的性灵，蕴含着她对人生的期待、思索和绝望，具有深广的精神价值。曹雪芹用林黛玉及其诗歌意象触摸着中国人心灵世界中最为敏感、孤傲、深沉和纯粹的地方，并使这种触摸成为永恒。

一、林黛玉诗歌才能的养成

林黛玉的阅读行为是发自自我生命的渴望。她有着深厚的知识积累和广博的知识构成，还有着诗人的敏感和直觉，有着哲人的烦恼与深刻，也有着平凡青春女子的爱情理想和情感诉求。在她的生活中，这一切都只能通过她的阅读行为得到发现并获得自我肯定。可以说，对于黛玉来说，阅读已经成为一种精神的自律行为、一种她认识自我和认识世界的方式，同时也是她生命的存在方式。王昆仑在《红楼梦人物论》中说："没有恋爱生活，就没有林黛玉的存在。……林黛玉似乎不知道除恋爱以外，人生还有其他更重要的生活内容，也看不到恋爱以外还存在一个客观的世界。"[①]这两句话点出了黛玉作为一个恋爱主义少女的某一方面特质。实际上，林黛玉这一形象的魅力主要还来自她自小形成的对于文学艺术的嗜好以及由此形成的孤绝人格

---

① 王昆仑：《红楼梦人物论》，北京出版社 2004 年版，第 241 页。

和飘逸幽远的精神世界。

　　林黛玉成长中的各方面外在条件使她有可能成为一代才女。从社会文化环境、家世传统以及师承关系等方面看,林黛玉阅读生活的形成有着客观性和必然性,并由此形成了她的阅读式生存方式。首先,以苏州文化为核心的江南才女文化为林黛玉阅读生活的形成提供了外部环境。受此时代环境影响,林黛玉自小就在父母的有意培养下养成了潜心阅读的习惯。其次,林黛玉的父母具有较高的文学修养,他们在林黛玉极小的时候就有意培养她的文学艺术修养以及女子必备的各种生活技能和品德规范;在黛玉身上,最突出的是她的文学修养。最后,在为林黛玉选择启蒙老师的问题上,林如海夫妇甚为谨慎,选中了颇具文学才华和书画造诣以及有着清高孤傲人格的贾雨村,而且贾雨村的教学工作对林黛玉文学才华和艺术感悟能力的形成有着十分重要的作用。

　　总体来看,林黛玉出生成长的社会文化环境(姑苏、扬州)是她成为诗人的外在条件。林黛玉“本贯姑苏人氏”(第二回),此籍贯暗含微妙。因为明末清初时期,以苏州为核心的江南地区,商品贸易繁荣,坊刻发达,书肆林立,社会整体的经济文化环境以及随之发生改变的士大夫家族观念为女性教育提供了基础条件,女性作家随之大量出现。据胡文楷《历代妇女著作考》一书统计,有清一代苏州共出女作家466人,占当时总人口的0.83%,受苏州文化影响的杭州、嘉兴和扬州分别是387人、274人和103人,分别占当时总人口的1.21%、0.98%和0.31%。由此可见当时苏州一带女作家创作之繁盛。这一点是我们在研究林黛玉的阅读生活时不得不详加注意的文化事实，所以脂砚斋对"本贯姑苏人氏"一句评道："十二钗正出之地，故用'真'。"正因为明末清初以苏州为核心的江南地区是一个盛产才女之地，十二金钗也正应生长于此，故脂砚斋在批语中点明了这一点。

同时，这一时期的江南地区，以"德、言、容、功"为核心的女性规范也发生了变化，诗歌才华和艺术修养成为女性美的重要组成部分，妇德与妇才的完美结合才是理想女性的化身，而且一些大家族也以培养这样的女儿来抬高本家族的声望和地位。时人以为"妇人以色举者也，而慧次之。文采不章，几于木偶矣"[1]，"刺绣织纺，女红也；然不读书、不谙吟咏，则无温雅之致。守芬含美，贞静自持，行坐不离绣床，遇春曾无怨慕，女德也；然当花香月丽而不知游赏，形如木偶，踽踽凉凉，则失风流之韵。必也丰神流动，韵致飘扬，备此数者而后谓之美人"[2]。

当时，许多大家族都以家中才女来抬高自家的社会地位。这些家族首领不仅有意识地让他们的女儿识字读书，鼓励她们进行文学创作，而且还为她们的文学作品广为宣传，甚至刻印出版。这些书籍大多被赠出，用以巩固各种社会关系。林如海对林黛玉的教育与这一时代风尚有着内在联系。作者曾借叙述雨村闲居郊游之便，顺笔介绍了林家：

---

[1]　谢肇淛：《五杂组》，上海书店出版社 2009 年版，第 152 页。

[2]　鸳湖烟水散人：《女才子书》，春风文艺出版社 1983 年版，第 71 页。

　　那日，偶又游至维扬地面，因闻得今岁鹾政点的是林如海。这林如海姓林名海，表字如海，乃是前科的探花，今已升至兰台寺大夫，本贯姑苏人氏，今钦点出为巡盐御史，到任方一月有余。原来这林如海之祖，曾袭过列侯，今到如海，业经五世。起初时，只封袭三世，因当今隆恩盛德，远迈前代，额外加恩，至如海之父，又袭了一代；至如海，便从科第出身。虽系钟鼎之家，却亦是书香之族。只可惜这林家支庶不盛，子孙有限，虽有几门，却与如海俱是堂族而已，没甚亲支嫡派的。今如海年已四十，只有一个三岁之子，偏又于去岁死了。虽有几房姬妾，奈他命中无子，亦无可如何之事。今只有嫡妻贾氏生得一女，乳名黛玉，年方五岁。夫妻无子，故爱如珍宝，且又见他聪明清秀，便也欲使他读书识得几个字，不过假充养子之意，聊解膝下荒凉之叹。①

这段看似淡淡的文字却字字写黛玉文才。首先，这段文字暗示林如海夫妇本身有着极高的文学修养。脂砚斋在林家"虽系钟鼎之家，却亦是书香之族"一句"书香"二字旁批道："要紧二字！盖钟鼎亦必有书香方至美。"②在"姓林名海，表字如海，乃是前科的探花"一句之后，脂砚斋批道："盖云'学海'、'文林'也。

---

① 曹雪芹：《红楼梦》，人民文学出版社 2008 年版，第 23 页。
② 陈庆浩编著：《新编石头记脂砚斋评语辑校（增订本）》，中国友谊出版社 1987 年版，第 40 页。

总是暗写黛玉。"①林黛玉的母亲贾敏是荣府的小姐，从迎、探、惜等人所受的教育及其文采来看，她自然也受到良好的诗书礼仪的教育，贾雨村就曾说过"度其母必不凡，方得其女"（第二回）的话。林黛玉在林家的独特地位决定了林如海夫妇有意识地对她进行文化教育，这使林黛玉在极小的时候就有可能受到良好的家庭文化教育。而且作者又说林如海"虽有几房姬妾"，却"没甚亲支嫡派的"。这既暗点贾敏贤德，又明叙黛玉在林家之地位，正可显林如海夫妇对黛玉的看重，所以就有意识地教她识字念书，"假充养子之意"。

其次，林如海对黛玉的教育具有继承家学、维护家族声望和知识财富的用意，而且长子早夭的林如海对天资聪颖的林黛玉也寄寓了更大的期望。所以，即使是黛玉母丧之时，林如海也坚持要黛玉"守制读书"（第二回），这更点明林如海对黛玉期望之高，可以说，日后为林家光耀门楣者必黛玉无疑。可见，这段介绍林家的文字实际上隐含了作者对林黛玉文采形成的说明。所以，针对这段文字，脂砚斋批道："总是黛玉极力一写。"②

林黛玉在林家既有如此重要之地位，林如海在为黛玉寻找启蒙老师的时候当甚为慎重，绝不像作者书中一笔带过之轻松。当然，贾雨村的文才是胜任的。他是饱学的鸿儒，在当时全中

---

① 陈庆浩编著：《新编石头记脂砚斋评语辑校（增订本）》，中国友谊出版社1987年版，第40页。

② 陈庆浩编著：《新编石头记脂砚斋评语辑校（增订本）》，中国友谊出版社1987年版，第40页。

国消费水平最高、姑苏城里最为繁华的文化生活社区，他凭借出售自己的书法作品和文学作品就可以生存下去，姑苏名士甄士隐也因爱慕他的文才而对他倍加青睐。当黛玉母终守丧尽哀、雨村意欲"辞馆别图"（第二回）时，林如海又再三挽留他。这是林如海对雨村才学和教学工作的肯定，故当贾雨村向林如海提出需要帮助时，林如海不仅慷慨答应，而且还打理了所需的一切费用。

　　贾雨村虽性格有些傲慢，但这也是读书人特有的孤傲和清高。脂砚斋包括作者对雨村也并不厌恶，甚至还相当喜爱，认为雨村心胸豁达"气象不俗"，并反复申说"写雨村真是个英雄""写雨村真令人爽快"。在贾雨村考中进士、穿着"乌纱猩袍"回到姑苏时，脂砚斋关切道："雨村别来无恙否？可贺！可贺！"[①]可见脂砚斋深知雨村恃才傲物的性格，也深切关怀他的行踪。贾雨村仕途中的波折乃作者故意设置，好让他有机会成为一代才女林黛玉的启蒙老师，然后作者才开始正面写他的仕途生涯。

　　按周汝昌《红楼纪历》，《红楼梦》第二年雨村及第、黛玉出生，第六年黛玉五岁时雨村入馆林家为西宾，第十一年黛玉十岁时林如海去世。而且，在这一年黛玉因奔父丧返京时，贾雨村吊丧之后仍一路依附黛玉北上。也就是说，黛玉跟随贾雨村学习大约有四五年的光景。一个孩童五至十岁期间所受到的文学

---

① 陈庆浩编著：《新编石头记脂砚斋评语辑校（增订本）》，中国友谊出版社1987年版，第33页。

艺术教育对他（她）一生的阅读生活、文学创作及其各方面艺术修养的影响是相当巨大的。因此，贾雨村的人格特征、文学修养和艺术才能对林黛玉阅读习惯的形成的影响是不可忽视的。

　　正因为让林黛玉成为诗人的各外在条件均已齐备，所以等到介绍黛玉时，作者仅以"聪明清秀"四字作结，以表明黛玉本身的先天条件也极有可能成为一代才女和诗人。己卯本第十八回亦评道："阿颦之心臆才情原与人别，亦不是从读书中得来。"①这是作者"欲将真事隐去"的笔法之一，如不稍加留心，就可能不明白上段文字对研究林黛玉所受到的教育以及她的阅读、创作和心灵形成的重要性。所以脂砚斋说："看他写黛玉，只用此四字。可笑近来小说中满纸'天下无二'、'古今无双'等字"，"如此叙法，方是至情至理之妙文。最可笑者，近来小说中满纸班昭、蔡琰、文君、道韫"②。

　　实际上，黛玉本人也是嗜书如命之人，她虚弱的体态大部分是由于她极小的时候就勤奋读书所造成的。关于黛玉后天的勤奋学习，作者似无明显描写；而作者在写到黛玉时却处处与此有关，这一点将在下文表述。林黛玉形象的永恒魅力主要来自她长期阅读生活所形成的幽远的精神世界，这个世界是一个以真诚、才情和性灵为核心的意象世界。林黛玉在她的诗歌意

① 陈庆浩编著：《新编石头记脂砚斋评语辑校（增订本）》，中国友谊出版社1987年版，第330页。

② 陈庆浩编著：《新编石头记脂砚斋评语辑校（增订本）》，中国友谊出版社1987年版，第41页。

象世界里既创造了自我又消亡了自我，她的阅读行为由此具有了情感生存的本体意义。林黛玉以才情为核心的阅读行为又与宝钗以训诫为核心的阅读行为结合在一起，既集中体现了时人对女性阅读的不同态度，又与之相互牵制、彼此引发，形成了互动的张力结构，构成了《红楼梦》艺术世界中独特而复杂的阅读景观。

二、林黛玉：主观之诗人

林黛玉的生活阅历原十分有限。除了往返于江南与京城的三次经历（一次从扬州出发，一次从苏州出发，还有一次是从京城回苏州老家）以及在贾府中有限的几次出游外，她几乎一生都过着与外界隔绝的生活，但我们不能因此否定这样的生活阅历对黛玉精神世界的形成所起的积极作用。对于像黛玉这样心思细密、体验精微的诗性女子来说，日常生活中的每一个细节都可能成为她发现自我、抒发性灵的机缘。

事实上，往返于江南与京城的三次旅程已给黛玉的意象生活以极大陶养。黛玉虽生在苏州、长在扬州，但以吴地文化为核心的杭州、无锡、惠山、镇江、南京乃至古徽州等江南文化胜地的诗文、园艺、绘画、戏剧等艺术形式也时刻给她以营养，且扬州本身即是一个蕴含着梦境的地方，黛玉对扬州的各种文化形式亦知之甚详。

　　此外，黛玉从江南坐船北上至天津，由陆路转入京城，这一路上的风物人情自然不会放过，宝玉就曾向她询问过进京时沿途的见闻。而且，黛玉是一个最善观察的人，她一进京城，就见"其街市之繁华，人烟之阜盛，自与别处不同"，荣府仆妇的衣着、大门的建筑等全在心里。脂砚斋在这一回曾反复用"黛玉之心机眼力""写黛玉自幼之心机""写黛玉心到眼到"等语来写黛玉的善于观察以及她在一些细微事物上的敏感洞见，所以蒙古王府本侧批道："以下写荣国府第，总借黛玉一双俊眼传来。非黛玉之眼，也不得如此细密周详。"[①] 因此，这沿路的风土人情、社会世象也会留存在黛玉记忆的深处。这是她从小就培养起来的独特的诗人式的对外在世界的观察方式所致。

　　我们还应知道，像黛玉这样的闺中女子，出门远行的机会少得可怜，这样的旅程可能是她唯一观察外在世界的机会，故她会更加留心，并成为她诗性体验的机缘。这一点可通过香菱对上京途中的一段叙述得到证明：

　　　香菱笑道："……还有'渡头余落日，墟里上孤烟'，这'余'字和'上'字，难为他怎么想来！我们那年上京来，那日下晚便湾住船，岸上又没有人，只有几棵树，远远的几家人家作晚饭，那个烟竟是碧青，连云直上。谁知我昨日晚上

① 陈庆浩编著：《新编石头记脂砚斋评语辑校（增订本）》，中国友谊出版社1987年版，第59页。

读了这两句，倒像我又到了那个地方去了。"①

香菱上京途中的一个生命体验的瞬间在她品味王维诗歌意象时重获了生命，王维的诗歌意象也与她的生活经历融为一体。因此，香菱的阅读行为并不存在一种读者对作品的居高临下的裁断，也不是平复心头不平的补偿行为，而是以心无成见的生命情感参与、投入到作品的意象世界中去。这种阅读行为具有发现自我人性的意义，即是说，王维的诗歌意境在香菱身上得到了复现，香菱也借王维的诗歌意境来思考和申明自己的生命情感经历。这难得的旅途经历对香菱的诗意体验来说多么宝贵！《红楼梦》中游历经验最丰富的女子要数宝琴，她还曾把自己所游览过的十处名胜古迹编写为怀古诗十首。在聆听宝琴叙述她丰富阅历的过程中，黛玉诸姐妹无意间皆充当了"深闺卧游人"的角色。因此，对于这些具有诗人式敏感的女孩子来说，这难得的出门游历经历对她们的诗歌艺术创作有着重要而积极的意义。对于黛玉来说，情况大致也是这样。

但这样与外在现实生活世界相交流的经历在黛玉的生活中原是很短暂的，她生命中的绝大部分时光还是在闺中度过，这决定了黛玉只能是一位纯而又纯的诗人。因而我们在她的诗境里只能领略到那种清冷孤傲而又饱含自我情思的深沉灵动的思绪，她所选用的白海棠、冷月、秋菊、寒蛩等诗歌意象也绝少人

---

① 曹雪芹：《红楼梦》，人民文学出版社 2008 年版，第 647—648 页。

间烟火气。

这让人想起王国维对客观诗人与主观诗人的划分。王国维在《人间词话》第十七则中说："客观之诗人，不可不多阅世。阅世愈深，则材料愈丰富，愈变化，《水浒传》《红楼梦》之作者是也。主观之诗人，不必多阅世。阅世愈浅，则性情愈真，李后主是也。"紧接其后，王国维又引用尼采"一切文学，余爱以血书者"的话规定了主观诗人的特征，并说："后主之词，真所谓以血书者也。"①这又让我们想到了脂砚斋对"绛珠"二字所做的评点："点'红'字。细思'绛珠'二字，岂非血泪乎？"②这则批语用来总括黛玉饱含血泪而孤绝高傲的诗歌创作是再合适不过的了。王昆仑说："黛玉由于孤芳自赏，与人群隔离，就善于接近自然，体验自然。她向外的人世接触越小，内心的发展越抽象、越深细，于是养成一种别人所不能捉摸得到的意境生活。"③这是真切、准确的评论。实际上，在黛玉的生命历程中，她的诗作很少是为了与宝玉之间的一己私情而作，她所表达的更多的还是她对自我生命意义与价值的沉思和追问，这些沉思和追问早已先于宝玉的生命体验而存在。因此，在认识林黛玉的时候，如果老是纠缠于她与宝玉、宝钗三人之间的恋爱关系及其性格、生理上的某些缺陷，这无疑是对黛玉以诗性气质为核心的精神

① 王国维：《人间词话》，人民文学出版社1960年版，第198页。
② 陈庆浩编著：《新编石头记脂砚斋评语辑校（增订本）》，中国友谊出版社1987年版，第17页。
③ 王昆仑：《红楼梦人物论》，北京出版社2004年版，第260页。

世界认识不足所造成的。

　　黛玉对读书似乎也比别的女孩子有着更为强烈的自觉。在刚入贾府回答贾母的问话后，她由不得就问起姐妹们读何书；进入贾政房中时，她首先见到的也是"桌上堆着书籍茶具"：这些都是出于一个好读书的女子的天性。黛玉在父亲病故后回京时，只带了"许多书籍"（第十六回），并将纸笔等物分送给宝钗、宝玉等人，并不见她从家乡苏州带些土特产回来以笼络人心。刘姥姥，这位不识文墨的乡村农妇，一进黛玉房中，就"见窗下案上设着笔砚，又见架上垒着满满的书"，还以为是"那位哥儿的书房"（第四十回）。可见，在黛玉的日常生活里，她是时刻离不了书本的。

　　虽然脂砚斋曾因黛玉的杂学不及宝钗而为黛玉做过辩解，说黛玉"非不及钗，系不曾于杂学上用意也"，但黛玉的学问，着实十分广博。她不仅有着深厚的佛学修养，而且棋艺过人，并谈得一手好琴；她的蝇头小楷也写得娟秀玲珑，令宝玉喜爱，还擅长模拟他人的书写风格；其他如古文、旧诗、骨牌、曲牌等旁门杂学，她也无所不晓。可以说，黛玉的知识储备是相当深厚的。然而，对于黛玉来说，能引起她强烈兴趣的还是诗歌。黛玉不仅本身是一位纯情的诗人，对诗歌的批评和欣赏颇有深刻的研究，而且经常进行诗歌创作，并手编了自己的诗集；甚至在诗歌教育方面，她还充当过"闺塾师"（第四十八回）的角色。

　　林黛玉对诗歌有自己独特的体会。在众多诗人诗作中，黛玉最喜爱王维的诗歌，对李杜诗作也颇为喜爱，并熟读汉魏古诗，尤其喜爱《乐府》诗作，她对"凸""凹"二字用法的探讨和运用又足得宋诗的精神和神韵。黛玉说她一年中总共只能睡十个好觉，我们知道，以她的秉性自不会在那里任时间白白流走，她在深夜中所做最多的事情恐怕还是读书。而且，作为一位博学、聪颖而有着浓浓忧郁气质的早慧少女，黛玉对文字有着天然的敏感，即使是在行走间"不留心"听到十二个女孩子演习戏文，也"明明白白，一字不落"地"吹到耳内"（第二十三回），并且只听得其中两句便已深得三昧，以至于脂砚斋也不得不佩服她对文学的极强的感悟能力，说她对戏曲"将进门便是知音"。同时，黛玉又是有着极强的文学创作天赋的女子。在进行文学阅读时，她不仅一目十行、过目成诵，而且能自然地融入自己的创作，所以脂砚斋说黛玉的聪慧灵智"非学力所致"。例如《红楼梦》第四十五回"金兰契互剖金兰语，风雨夕闷制风雨词"，写黛玉身犯旧疾，仅喝了两口稀饭就歪在床上：

> 不想日未落时天就变了，淅淅沥沥下起雨来。秋霖脉脉，阴晴不定，那天渐渐的黄昏，且阴的沉黑，兼着那雨滴竹梢，更觉凄凉。知宝钗不能来，便在灯下随便拿了一本书，却是《乐府杂稿》，有《秋闺怨》《别离怨》等词。黛玉不觉心有所感，亦不禁发于章句，遂成《代别离》一首，拟《春江花月夜》之格，乃名其词曰《秋窗风雨夕》。[1]

---

[1] 曹雪芹：《红楼梦》，人民文学出版社 2008 年版，第 607—608 页。

可见，在林黛玉阅读式生存方式中，她既是作者，又是读者和批评者，她的阅读行为与她的创作行为统一在一起。她把汉魏以来的优秀诗篇，与深藏在自己内心深处的意象世界进行互动交流，并在自我内心深处探寻到了那些洋溢着生命情趣的诗歌意象。这就是说，她的阅读行为已不仅是参与他人的诗作，而且是自我生命情感的诗化。林黛玉正是通过她借以在想象世界时与世界相适应的那种情感呼应来意识自我的，并通过她对前代诗人怀有的深刻同情在内心深处唤醒一个个鲜活的诗歌意象，实现了自我精神世界对日常生活的审美诉求和情感渴望。

因此，林黛玉的阅读行为不像宝玉那样多作消遣解闷的工具。对于黛玉来说，她的阅读行为多会开阔她的心灵，启发她的情感，引发她对人生、爱情和理想的思考。即使在偶然的瞬间听到一两句戏曲中的唱词，她也会把前人的相关诗句与之比较赏鉴，仔细忖度，在诗人的直觉之中体会出自然、人生与无情时间之间的深度关系。

与黛玉相比，宝玉的阅读行为带有更多的消遣意味，他甚至还要在黛玉阅读行为的触发引导之下，才能明白黛玉对书中诗句的领悟。相比较而言，黛玉正是通过她的阅读行为把生命中的一切都已洞晓心中。因此，黛玉的阅读感受具有精神向度的卓绝、深沉与饱满。黛玉正是通过自己的阅读行为把日常生活中的琐事升华为具有雅趣、诗意和哲理的人生体悟，所以她宁愿在芭蕉掩映的月窗之下教鹦鹉读自己的葬花诗，也不愿费尽心机地去思考怎样处理生活中的种种人事。这一点，在《红楼梦》的意象世界里，除了黛玉是绝无仅有的。

　　林黛玉这种诗化的阅读行为对宝玉尤具吸引力，王昆仑说："被珠光宝气腻绿肥红所围困的宝玉，他所要追求的是抽象的超现实的灵感：黛玉幽僻的生活，奇逸的文思，超越的意境，对宝玉的确能给予一种别人所无有的满足。"[1]可见，只有黛玉这种情怀高逸的诗境生活和阅读式生存才能使宝玉的灵魂得到清醒、升华和净化。因此，在某种意义上，林黛玉及其阅读行为形成了一种难以索解而独具魅力的精神境界，也使她成为《红楼梦》悲剧的核心。

　　针对黛玉的这种精神世界，脂砚斋说："吾不知颦儿以何物为心、为齿、为口、为舌，实不知胸中有何丘壑？"[2]脂砚斋曾屡次用"实不知颦儿心中是何丘壑"一语来写黛玉言语机锋之不可妄断出处，由此可见黛玉精神世界之邈远幽深。林黛玉独特的精神世界反映在其日常生活之事件上就形成了她独特的处事风格。她的每一次娇嗔、打趣乃至垂泪都充满诗意和情趣，都会引起大观园中人对她的无限怜爱，脂砚斋就曾用"令人疼煞黛玉"一语表示自己对黛玉的怜惜。林黛玉的阅读生活带给读者的是哀怨感伤的隐微和袒露，彰显着人的精神境界的力量。她以蕴含着生命信念的诗歌意象带给我们人类意志的强度、宇宙人生感触的深度以及独特精神气质的自由度。

---

[1]　王昆仑：《红楼梦人物论》，北京出版社 2004 年版，第 252 页。
[2]　陈庆浩编著：《新编石头记脂砚斋评语辑校（增订本）》，中国友谊出版社 1987 年版，第 182 页。

三、危险的诗歌阅读行为

　　林黛玉的阅读行为是她抒发自我性灵与才情的生命存在方式。与此种阅读行为不同的是，在《红楼梦》产生的时代还有另一种阅读行为，即许多女性接受教育（以阅读为主）实出于实用的考虑，因为女性既需要教养下一代，还要辅佐丈夫、掌管家政、进行道德自律。在《红楼梦》中，这种阅读方式是以薛宝钗为代表的。在这种情况下，林黛玉痴迷于阅读的生存方式就面临了诸多的否定和压制，从而成为一种至为危险的行为。

　　实际上，在《红楼梦》中一直就存在着这样两种相互交织的阅读现象：一种是以黛玉为代表的生存式阅读，这种阅读以怡情养性、陶冶性灵和塑造人格为旨归；一种是以宝钗为代表的规训式阅读，这种阅读以训诫、培养女性的道德职责为目的，用以明确女性作为妻子和母亲的社会职责。这种道德式阅读在《红楼梦》中与主流社会意识形态统一在一起，占据了主导地位，由此形成了黛玉生存式阅读的艰巨和困难。薛宝钗针对黛玉《五美吟》创作所发表的一番言论具有代表意义：

　　　　宝钗道："……自古道'女子无才便是德'，总以贞静为主，女工还是第二件。其余诗词，不过是闺中游戏，原可以会可以不会。咱们这样人家的姑娘，倒不要这些才华的名誉。"[1]

---

① 曹雪芹:《红楼梦》，人民文学出版社 2008 年版，第 890—891 页。

宝钗一直认为"做诗写字等事"，不是女孩子们的分内之事，"究竟也不是男人分内之事"（第四十二回），所以她对以诗歌创作为核心的女性阅读，基本持否定态度。《红楼梦》第三十七回写薛宝钗与湘云谈论诗歌的立意、题目和用韵等问题后，话锋一转，说道："究竟这也算不得什么，还是纺绩针黹是你我的本等。一时闲了，倒是于你我深有益的书看几章是正经。"宝钗还说："一个女孩儿家，只管拿着诗做正经事讲起来，叫有学问的人听了反笑话，说不守本分。"（第四十九回）

宝钗的这些言论代表了时人对女性阅读行为的一般性态度，也深深地影响着林黛玉、史湘云等人的阅读观念和创作行为。也正是从这个立场出发，她对薛宝琴的十首怀古诗中最后两首取自《西厢记》和《牡丹亭》的《蒲东寺怀古》和《梅花观怀古》即持否定态度，认为："前八首都是史鉴上有据的；后二首却无考，我们也不大懂得，不如另做两首为是。"（第五十一回）当然，薛宝琴并非随波逐流之人，她没有遵从这位以道德师尊自居的堂姐的意见，而坚持了自己的判断。

在《红楼梦》中，这两种阅读行为之间的界限并不十分清晰，它们往往交织在一起，互动发展，形成丰富多彩的阅读景观。在封建家长的思想中，他（她）们有时候也允许女孩子们读一些女诫之书来消磨寂寥的闺中时光，而且还积极鼓动她们去参加一些文化娱乐活动。贾母就曾以自己慈祥的命令让黛玉姐妹去清虚观参加戏剧欣赏活动，来代替她们在单调枯燥的夏日时光中的长日酣眠。这样，女性阅读在封建家长的无意默许之中由训诫转向娱乐。正是这种情况的存在形成了上述两种阅读方式之间的相互渗透，也使两者之间的界限变得难以区分。如果没有这样一个流动的阅读空间，黛玉的生存式阅读是难以存在的。因此，林黛玉的阅读行为虽以私人化阅读为主，但也存在与其他阅读主体相互交流的情况。

　　一方面，在黛玉生活的时代，刻本印刷繁盛，大量书籍借插图风行于世。读者在阅读作品的时候首先面对着一个由图画和文字共同组成的奇异世界，这个世界也在要求着读者去与之交流双方共同的热诚和感情。另一方面，在明末清初的阅读环境下，一个人想要保持自我阅读的纯粹私密化也是绝难达到的。当时社会环境中已有很多闺中知识女子开始了社交式阅读，她们经常在一起讨论诗歌创作，并组成像"蕉园七子"式的诗社，这类公众文学阅读行为具有相互启发的作用。

　　在黛玉的生活空间里，诗社吟诗活动是她与众姐妹交流情感和思想的主要场所，众姐妹也更多地通过她的诗作而走进她高洁而不流俗的心灵深处。这种相互批评、鼓励和促进的诗歌创作活动，在一定程度上让黛玉更清楚地明白她自小形成的对于文学阅读和创作的高超天赋，并使她在众姐妹面前获得价值肯定，所以她才会有"重建桃花社"的诗意行为。同时，在贾府的生活空间里，以贾母为首的上层领导阶层的戏剧观赏活动也是林黛玉公众阅读行为的重要组成部分，以至于她对众多戏曲名目了如指掌，并巧妙地运用在对宝玉的讽刺上。她不仅在宝玉的生日宴会上听到过《邯郸记·度世》【赏花时】中的生动唱词，而且还在葬花归途中聆听过《牡丹亭》中的感伤诗句，并在宝钗生日宴会上领略过【北点绛唇·寄生草】中深刻的佛理。

实际上，人们希望体现才情和规训的两种阅读能够很好地结合在一位女子身上，这样她就是一位完美的母亲、恋人和教育者的统一体。有学者曾概括出这样的女性对当时男性所具有的强大吸引力："一个能够用一清如水的语言直抒胸臆的女人，一个真正的红粉'知己'，一个满腹诗书的异性，她在男性心中唤起的反应绝不止是智力上和审美上的。她令人想入非非吗？她使人感到威胁吗？曾经围绕着她展开的那些争论告诉我们二者皆有可能。"①《红楼梦》问世以来，人们对黛玉、宝钗二人的众多争论正是对当时女性两种阅读行为不同态度的真实反映。从这个角度看，研究林黛玉的阅读行为还具有普适意义。

黛玉虽痴迷于阅读，但并没有妨碍她成为一个德、才、美兼备的闺中女子。在处事方面，她行事谨慎，处处知礼，在贾府中人缘颇佳，深得上下喜爱；在女红方面，她经常进行针织活动，并为宝玉做过多件细致精巧的贴身饰物；黛玉的文采人所共知，无须提及。因此，在《红楼梦》众多女子中间，黛玉除了身体虚弱外，她几乎是一个完美无瑕、不可挑剔的女子，所以贾雨村对黛玉有"言语举止另是一样，不与近日女子相同"（第二回）的高度评价。即使如此，林黛玉的生存式阅读行为在贾府的生活世界

---

① 曼素恩：《缀珍录——十八世纪及其前后的中国妇女》，定宜庄、颜宜葳译，江苏人民出版社 2005 年版，第 103 页。

中仍处于一种尴尬境遇。一方面，她的博学多才在她的生活世界里对众多男性形成了一种潜在的压力和威胁，虽然黛玉的诗才曾得到过元春的赞赏，她对大观园诸多景观所拟的匾额也一字不动地全部使用，但她的阅读嗜好在刚进贾府时就被贾母否定过，并受到薛宝钗的监督。另一方面，针对女性而言，过多的阅读并不能使其获得当时社会妇女规范的高度肯定，以至于黛玉本人也对宝钗的道德训斥心悦诚服。在这一点上，黛玉的阅读行为与宝钗的阅读行为之间形成了一种张力关系，反映出社会妇女规范对女性阅读行为的态度，也体现出她们二人两种不同的处事观念。

王昆仑说："宝钗在做人，黛玉在作诗；宝钗在解决婚姻，黛玉在进行恋爱；宝钗把握着现实，黛玉沉酣于意境；宝钗有计划地适应社会法则，黛玉任自然地表现自己的性灵；宝钗代表当时一般家庭妇女的理智，黛玉代表当时闺阁中知识分子的感情。"[1]黛玉的诗作多有主观的心灵感受，也很切诗题；而宝钗的诗作虽吟咏工细，却缺少超逸的意境。可见，宝钗与黛玉两人生存方式和生存智慧的差别通过她们不同的阅读行为有着最为显著的体现。

四、林黛玉：被制造的病人

现在，我们可以把目光投向林黛玉的病症，思考其病症与

---

① 王昆仑:《红楼梦人物论》，北京出版社 2004 年版，第 258 页。

她的诗歌创作之间的意蕴关联。不仅在《红楼梦》中，即使在整个中国文学史上，作为病人的林黛玉，其身份的著名程度也无人可比。虽然极富文学天赋的林黛玉与西方某些作品的同类男女主人公有类似之处，但仍不能消减这一形象所具有的独特价值；林黛玉所承载的文化符号和精神价值既是民族性的，同时也是世界性的。

与黛玉的病体一样著名的，是她的爱情与诗歌，三者之间似乎形成了一个不可调和的矛盾：如此病态的躯体为何具有如此深邃曲折的情感体验和不可企及的艺术才华？林黛玉忘我的创作及阅读行为，加重了她的病情。在专注于她的病体的时候，人们大多注意到她娇弱的身体好像先天如此，实际上也与她长年累月不知疲倦地读书有关。可以说，林黛玉的阅读行为已经具有了上瘾的特性，她从"年又极小"（第二回）时养成的对阅读的痴迷最终发展成为她对学问和文学尤其是诗歌的狂热献身。宋淇说："病体虽然为死亡的阴影所笼罩，心灵反而更为纯净，几乎达到透明的地步。……黛玉可以说是《红楼梦》中天分最高也最具诗人气质的人物。"①这一评点正指出了黛玉的病体与她的诗作之间的内在关联：正是她的病体让她醉心于阅读，她的阅读又加重了她病体的衰弱。

脂砚斋在庚辰本二十三回回末评道："前以《会真记》文，

---

① 陈存仁、宋淇：《红楼梦人物医事考》，广西师范大学出版社 2006 年版，第 180 页。

后以《牡丹亭》曲，加以有情有景消魂落魄诗词，总是争于令颦儿种病根也。看其一路不迹（即）不离，曲曲折折写来，令观者亦难持，况瘦怯怯之弱女乎！"①这一点脂砚斋看在眼下，记在心里，以至于在二十八回回前又评道："自'闻曲'回以后，回回写药方，是白描颦儿添病也。"②作者在第三十四回又明写黛玉因为创作而加深了她的病情：

> 林黛玉还要往下写时，觉得浑身火热，面上作烧，走至镜台揭起锦袱一照，只见腮上通红，自羡压倒桃花，却不知病由此萌。③

因此，林黛玉的阅读行为令她在感伤中愉快，但却相当耗费精力，甚至可能足以致命。王昆仑评论黛玉说："她把全部自我沉浸在感情的深海中，呼吸着咀嚼着这里边的一切，从这里面酿造出她自己的性灵、嗜好、妒恨，以及她精巧的语言与幽美的诗歌；以后就在这里面消灭了自己。"④实际上，明末清初时期，像黛玉这样完全了为兴趣读书而亡的女子为数不少。在明清之际以"冷雨幽窗"之诗广受赞誉的才女冯小青，她的死亡大半与她的忘我阅读有关；而现实生活中的陈同（约1650—1665），这位

---

① 曹雪芹：《红楼梦》，徐少知新注，（台北）里仁书局2018年版，第616页。
② 曹雪芹：《红楼梦》，徐少知新注，（台北）里仁书局2018年版，第721页。
③ 曹雪芹：《红楼梦》，人民文学出版社2008年版，第456页。
④ 王昆仑:《红楼梦人物论》，北京出版社2004年版，第241页。

生于古徽州黄山的才女就因痴迷阅读常带病熬夜读书，以至于她的母亲把她的书籍夺走烧掉，但这仍未能挽救她的性命，她十五岁时便已登仙界，这与黛玉焚稿身亡时的年龄也极为接近。因此，在当时像黛玉这样热爱文学而早死的女子竟成为一种常见现象，由此而形成的"女人才高便福薄"的迷信观念也得到广泛流布，这一点也在影响着黛玉的婚姻和命运。

书中的众多描写，让人们认为黛玉的病体似乎自小形成进而忽略黛玉与健康的关系。有生养经历的父母都知道，由于婴儿尚未形成完整的生命防御系统，每个小孩在幼儿时都体弱多病，经常多病多灾的巧姐儿或多或少可以反映黛玉小时候经常生病的情景。就黛玉的体质看，她很可能是未足月而生，因而先天体弱。毕竟，她多病的母亲怀上她时已是中年时期，她的父亲也是先天体弱，常需服药调养，因而黛玉在母腹中时就不具有获得健康身体的条件。但这种情况可通过后天的调养而弥补，而且，明清时期全国最著名的医药世家和治疗婴儿之病的专家多集中在杭州、苏州、扬州一带，其中尤以苏州的吴县最为著称，而这里正是黛玉的家乡。

根据书中描述，可以明确，黛玉先天本无病，只是身体较弱，所以癞头和尚可以给宝钗之病开出绝异的药方，却无法给黛玉之病开出类似的药方。林黛玉只是一个被制造出来的病人，她作为病人的身份与其说是生理上的，还不如说是艺术上的。有医学专家（陈存仁、宋淇《红楼梦人物医事考》）根据书中描写的黛玉的病症做出详细分析，认为黛玉所犯为慢性支气管炎和肺结核（俗称"女儿痨"），且有逐渐加重的趋势。但是，我们同时应该注意，书中关于黛玉病症的描写，虽然与痨症接近，但不能把这种病症与黛玉所犯之病等同。毕竟，与我们阅读一部艺术作品不同，在日常生活中，痨病的传染性在人们心中所唤醒的恐惧要多于审美，即使这种病已过了传染期，人们也不会因此而消减对这种病的恐惧甚至厌恶之情。而且，作为贾府唯一的接班人，贾母等人也不会允许贾宝玉与黛玉如此亲近。根据黛玉的生活状态可知，不仅宝玉自小与她耳鬓厮磨、同吃同睡，其他姐妹也经常在黛玉房中嬉乐。

在大观园中，按照规定，一旦有人生病一定要搬出去待到病好之后才能重新进入，所以当晴雯生病时宝玉严肃吩咐他人不许张扬，以免被迫搬出园子。在书中，我们也未看到黛玉因为犯病而被撵出大观园，如果黛玉所犯之症是让人谈之色变的痨症，估计大观园中早已没有她的生存位置。

在书中，作者的笔触时时给人这样的印象：黛玉之病先天如此，并由此生成其独特的柔弱之美。在第二回，作者叙黛玉情况时用"怯弱多病"加以描述；母亲病重期间，她日夜"侍汤奉药"，这让她与治病之药结下了亲缘关系。在第三回作者的笔下，"娇""愁""弱""病""症"等字样交替出现，以时刻提醒读者注意黛玉的体态特征：娇弱风流与体弱多病的形象，由此成为黛玉的典型特征。这一特征既是生理上的，也是审美上的："身体面庞虽怯弱不胜，却有一段自然的风流态度。"按照健康的观点，黛玉之美根本不是"自然之美"，她的怯弱之美与中国古典小说中对仙界美女举不胜举的"弱不胜衣"之类的描写一脉相承。这种以柔弱为美的审美观念与讲究潇洒无羁的中国审美传统是契合的,《庄子》《离骚》《淮南子》等早期著作中经常出现这类仙人形象:她们不食五谷、餐风饮露,因而体态轻盈、恍若飞仙;她们的形象转移到人间,就转换成了人们对柔弱之美的欣赏。这些特点多被作为绛珠仙子在凡间化身的林黛玉所继承。

　　作为一位承载诸多精神含义而在人间真实生活的女子,林黛玉须以病体的形象出现,她生理上的疾病由此也被无限制地强调,并随着故事的发展而逐渐加重。在生活中,林黛玉对吃药治病保有深深的怀疑,因为她的母亲和父亲虽然常年吃药,但最终都未能挽回生命。黛玉说自己会吃饭时便吃药,因而她短暂的生命历程可以说就是一个不断与疾病和药物打交道的过程,但她的病症也未能因吃药而得以缓解,这无疑巩固了这一观念。因而,在她的生活范围内,如此众多的药物治疗失败的例子已让她失去了被治愈的信心,她对自己的生存希望也已基本放弃。在她的内心独白中,我们经常看到她对自己病症的担忧,并认为自己近来"神思恍惚,病已渐成"(第三十二回)、"是再不能好的了"(第四十五回)。她并没有宝钗那样幸运,冷香丸虽然有些奇异,却真的可以治病。无可否认,林黛玉希望能通过这唯一的途径治愈自己的疾病并进而改变自己的命运,因而她一直在积极配合治疗。当然,这也可能是因为对她来说,吃药就像吃饭一样已为常态。

不知是否出于生理原因，还是出于审美的需要，黛玉本人对自己的病症也形成了矛盾心理：一方面，她希望自己的病症能通过有效的治疗而被彻底治愈；另一方面，在漫长的生病状态中，病症同时又成为另外一个"自己"，一旦这个"自己"被无情的药物扼杀，本来的自己也会不由怜惜。这个因病而成的"自己"在黛玉的生活中以各种方式存在，是它陪着黛玉一起生活，与她同忧同泪。

比如，在书稿接近尾声的时候，作者让久病的黛玉与姐妹们一起出来放风筝，众人让黛玉先放，黛玉笑道："这一放虽有趣，只是不忍。"

> 李纨道："放风筝图的是这一乐，所以又说放晦气，你更该多放些，把你这病根儿都带了去了就好了。"紫鹃笑道："我们姑娘越发小气了。那一年不放几个子，今儿忽然又心疼了。姑娘不放，等我放。"说着便向雪雁手中接过一把西洋小银剪子来，齐夔子根下寸丝不留，咯登一声铰断，笑道："这一去把病根儿可都带了去了。"那风筝飘飘摇摇，只管往后退了去，一时只有鸡蛋大小，展眼只剩了一点黑星，再展眼便不见了。①

这"展眼间"剩下的黑星与神秘莫测、不可究竟的病根之间，具

---

① 曹雪芹：《红楼梦》，人民文学出版社 2008 年版，第 975 页。

有相似性。在众人心目中，风筝的象征含义不言而喻，黛玉本人也甚为清楚。根据紫鹃的说法，可以知道，在以往的春季岁月中，这样放风筝图吉利的做法几乎每年都有，大家对黛玉的祝福也大多如此。但黛玉今年却表现出令人不解的一面：她比往年放风筝时多了很多不舍之情，因为摇摇荡荡的风筝不知将飘落何方，就像当年她所咏叹的柳絮一样。风筝此时也成了黛玉"另一个自我"的呈现物，它们都不能自主自己的生命。

在黛玉的生命历程中，与她朝夕相处最多的大约也是这个带有病征的"自己"：她与它说话、向它倾诉自己的抑郁之情，同时又责备它给自己带来如此众多的不幸，等等。它实际上成为黛玉最为信任的一个"知己"。毕竟，对于具有浓浓忧郁气质和坎坷生命经历的黛玉来说，让自己处于一种抑郁或感伤的情绪世界中，是她最能贴近自己的方式。这种贴近虽然带有病态的成分，但也比在冷漠而充满猜忌的外在世界中更让人安心。

林黛玉这种心态的形成也可以通过她的审美态度而得以体现，或者说，她的审美态度加速了这另一个自我的形成与实现。在更早的叙述中，元妃游幸大观园之后，贾母在这座著名的园子中宴请刘姥姥，宝玉和黛玉在画舫中一起欣赏残败的荷叶。黛玉说她最不喜李义山的诗，但唯独喜欢"留得残荷听雨声"（第四十回）一句。无论是"残荷"还是"枯荷"，都无疑表明了黛玉独特的审美情趣：在自然物的衰败中玩味生命的流逝或枯萎。可以想见，随后所见的"阴森透骨""衰草残菱"的景象，自然也引起了黛玉的感慨：

> 宝玉道："果然好句，以后咱们就别叫人拔去了。"说着已到了花溆的萝港之下，觉得阴森透骨，两滩上衰草残菱，更助秋情。①

我们不能推测作者此处描写的衰败景象到底具有何种寓意，但此前花团锦簇的"蓼汀花溆"在此时以这种面目出现，实在不可思议，因而可以将之作为黛玉最为主观的印象的产物。

还是要回到黛玉的病症之上。与她对待残荷的态度比较类似的，是她对花香的态度。在我们的生活中，几乎每一个女孩子都逃不了对花的喜爱，作为"草木之人"的黛玉却与此不同。虽然她对白海棠和菊花的经典吟诵至今堪称绝唱，但这也不能证明黛玉是爱花之人，因为黛玉之所以有这样出色的描写是因为她将二者作为"另一个自我"来咏叹的，同时它们同样盛开在万物开始凋零的秋季。在作者的描写中，黛玉从来不熏香。从生理的角度解释，这是因为黛玉体质较弱，不能被花香熏染，但疑问是：花香既不能熏染，药香却为何可以熏染呢？这自然是主观情感上的选择。在一次冬季的聚会中，宝琴携同姐姐宝钗、邢岫烟一起到黛玉房中闲话，宝玉也在此时出现，在看到她们四个围坐在一起的情景后，他以"冬闺集艳图"（第五十二回）为这一

---

① 曹雪芹：《红楼梦》，人民文学出版社 2008 年版，第 539 页。

场景命名，《红楼梦》也出现了书中少有的温馨场面。这样的场景自然应有花香陪伴，但可惜的是，经由宝琴转手赠给黛玉的水仙却被放在暖阁中。

在宝玉由衷的赞赏中，黛玉马上表达出要将之赠给宝玉的想法，在宝玉说出"断使不得"的原因后，黛玉说："我一日药吊子不离火，我竟是药培着呢，那里还搁的住花香来熏？越发弱了。况且这屋子里一股药香，反把这花香搅坏了。不如你抬了去，这花也清净了，没杂味来搅他。"[①] 可见，在黛玉生活的世界中，久病服药的状态使她将治病的药香看作香气的一种，药由此转变为花，花在她生活中的位置也被药取代。更为重要的是，黛玉将花与药相互置换的行为，反而成为她与宝玉之间互通情意的契机，她的病症由此被赋予别样的情感色彩。

怡红公子作为总花神，自然对花情有独钟，但他对药并不排斥，还将药香凌驾于花香之上。如王昆仑所说，黛玉这种幽深的意境生活，是在"珠光宝气""腻绿肥红"世界中生活的贾宝玉所企羡的，宝玉并未因此而对病体恹恹的黛玉产生厌恶的情绪，毕竟两人经过众多情感折磨后早已心灵相通。更有甚者，宝玉也在黛玉的感触下"弄了一身的病"（第三十二回），似乎只有这样两个人才能真正做到"同病相怜"：病症在这里由此转化为情感的共鸣，这样的隐喻也同样渗透在上述细节之中。在黛玉发表关于药香的言论之前，怡红院因为晴雯生病也在熬药，宝

---

① 曹雪芹:《红楼梦》，人民文学出版社 2008 年版，第 706 页。

玉道:"药气比一切的花香果子香都雅。神仙采药烧药,再者高人逸士采药制药,是最妙的一件东西。这屋里我正想各色都齐了,就只少药香,如今恰好全了。"① 这里的解释让黛玉何以喜欢药香的问题有了答案。更令人吃惊的是,宝玉在说完这段话之后就来到潇湘馆,同样遇到黛玉对药香讨论。两人此前是否就药香的问题进行过讨论,我们不得而知,但黛玉此番言论无疑获得宝玉的深深认同。黛玉熬药治病的行为由此转化为审美行为,因为只有高人逸士甚至神界仙子才精于此道并乐此不疲。

实际上,对于黛玉来说,真正致命的并不是这些似有实无的病症,而是弥漫在她生活周围的冷落与漠视。这种冷落不是来自生活上的物质需求,而是来自精神上的否定:除了礼节性的关注之外,没有人会考虑黛玉真正喜爱什么、需要什么,以及她的人生理想为何。这种难以愈合的精神创伤,在黛玉的早期诗作中往往以"同谁诉""偕谁隐"的询问方式出现,但在后期诗作中我们再也看不到这种询问而只有对不能把握的生命存在状态的悲叹,因为除宝玉外根本无人对此理会。林黛玉对生活和生命的期望此时已转化为绝望,因而她也无须在诗中询问生命的意义。

在作者的描述中,我们看到,在贾母看似独特的关爱下,黛玉所受到的礼遇和照顾甚至超过了探春姐妹。正如作者本人、脂砚斋甚至后来的评批者所指出的,《红楼梦》的妙处全在反面:

---

① 曹雪芹:《红楼梦》,人民文学出版社 2008 年版,第 699 页。

当作者想要表达他真实的意图时，他往往要施以各种手段以掩盖之。对于黛玉来说，情况也是这样：在贾府中，真正关心黛玉的除了宝玉之外再无旁人，袭人等的所谓关心更转为"监视"，这些当然被心思细密的黛玉所察觉。所以，王昆仑说："环境对他们是一贯地起着分离作用，宝黛冲突大多因为受了别人之冲进他们的情感藩篱而诱发。"①我们看到，每当两人将要深入交换思想时，那如幽灵般的袭人或宝钗马上出现。这些并非偶然的事件让黛玉时刻生活在紧张、惊恐和疑虑之中，并最终导致黛玉如惊弓之鸟般生存。虽然贾母因对女儿的怀念加深了她对黛玉的感情，但这毕竟只是表象：在黛玉刚进贾府的闲谈中，她爱读书的喜好一开始就被贾母否定；在三番五次的宝玉议婚事件中，贾母也从未将黛玉提及，她也不曾想过黛玉的感受！同样，虽然黛玉一进贾府就说过自己平日所服何药，但在随后的日子里，王夫人早已忘得一干二净。在元妃省亲的夜晚，想大展其才的黛玉也只得作了一首颂圣之作，但最终因为实在想要表现，又以宝玉之名作了一首《杏帘在望》，但却被认为是"前三首之冠"（第十八回）。

总之，想要展现自我才华的林黛玉，在贾府中根本得不到人生价值的正面肯定。生活中的被监视，精神上的被冷落，注定成为林黛玉真正的致病因素，也最终导致林黛玉的消亡："零落成泥碾作尘，只有香如故！"

----

① 王昆仑：《红楼梦人物论》，北京出版社 2004 年版，第 213 页。

五、黛玉与宝钗病症的比较

在书中，宝钗与黛玉虽是"双峰并峙"，但终究"二水分流"。在病症的描写上，这一点同样如此。一个冬日的下午，周瑞家的往梨香院来寻王夫人，在进角门时看到了刚被薛家买来的丫头香菱。等进屋见到王夫人正与薛姨妈——她唯一的娘家妹妹在"长篇大套的说些家务人情"，周姨娘——这位负责向贾府上下人等传话办事的王夫人的陪房便未敢打扰，遂向里屋寻宝钗说话，这时的宝钗因生病而在家休养。在随后的闲谈中，周姨娘推测是宝玉冲撞了宝钗，以至于后者已几天未到贾府中去，宝钗否定了这一推测并主动说出原因："只因我那种病又发了，所以这两天没出屋子。"（第七回）随后，宝钗向周姨娘详细叙说了自己的病情。

宝钗说"那种病又发了"，可以给人无限联想：丰润如宝钗者难道也有奇异之症？"那种病"到底是何病，以至于不能用具体的名称表述？因此，与黛玉之病一样，宝钗的病症同样充满了神秘性。从接下来的问答中，我们得到了肯定的答复：宝钗也有宿疾，而且是由"从娘胎里带来的一股热毒"所致。宝钗的父母也曾为这病遍请名医花钱医治，但效果甚微。可以发现，宝钗的病症与黛玉有着诸多相同：均为先天痼疾、无名之症，均求治多年不愈，治病药方均为一名不知是何来历的和尚所给，犯病时均伴随着咳嗽。

显然，宝钗之病在这次闲谈后也将成为贾府全府共知的秘密，虽然与黛玉相比这种范围要狭小很多。除了其病症的神秘离奇之外，传话办事本就是周姨娘的分内之事，而且周姨娘对此还表现出极大的兴趣，希望宝钗能将此病的药方告知于她，她准备记下以便在合适的时候"说于人知道"。各种迹象表明，宝钗之病具有可供传播并加以演绎的充分潜质：先天宿疾、久治不愈、无名之症、"娘胎里带来的一股热毒"、无名奇特的游方僧人、美丽端庄的大家闺秀、奇异优美的冷香丸，等等；而且，根据贾府中人的医疗观念和他们对待病症的态度，很多道德伦理意义也应该被附加在这神秘的病症之上。但最终的结果并非如此。

可以断定，在日后的人际交往中，薛宝钗灵活实用的处事原则和温暖感人的实际行动化解了本应被附加在自己身上的负面道德评价：病症不仅没有妨碍贾府中人对宝钗进行积极的道德认同，而且还因为冷香丸奇异的制作方法和诗意的名称而被审美化，为此她还获得一个"冷美人"的称号，以至于作者也引用"任是无情也动人"的诗句对其进行评价。毕竟，有情与否需要长时间的观察才能证明，动人却一望而知；更何况，宝钗更会以自己独特的方式去处理与各种人的实用关系。同时，黛玉的任性自我、目下无尘式的处事方式更易于凸显宝钗的高尚的道德质量。于是，同样的病症对于黛玉和宝钗二人，却具有了不同的生存价值和道德含义。

作者似乎专意突出病症之于宝钗、黛玉二人的重要性：林黛玉进入贾府刚刚落座不久，人们就看到眼前这位少女有"不足之症"，紧接其后，林黛玉又在众人的询问下述说了自己的病情，随后各种故事才得以展开；宝钗虽然在第四回进入贾府，除了在第五回开始处有几句话交代其容貌为人外，直到第七回作者才开始正面描写宝钗，并为后文宝玉的探视奠定基础。因此，作者对两人病症描写的不同需要进行更深入的发掘。

虽然在以病写人的方式上二者有太多共同之处，但细节上的差别仍不能小视。这里，我们从黛玉的病症开始分析。可以发现，众人的想象性建构、黛玉"童言无忌"的描述及其病症的神秘性和奇异性，使林黛玉再无法与病症撇清干系。根据作者的描写可知，黛玉的病症是在她刚进贾府中在众人的询问下由其本人说起。对于在场诸人来说，这时的她们对黛玉充满了无限想象：她来自人间天堂苏州，俊美聪明而富有文采，自小被当作男孩抚养，因母亲刚刚去世而来到贾府。这些信息在黛玉尚未进入贾府前，估计已被贾母述说多遍而为人熟知。当她们与贾母一样在焦急的等待后见到黛玉时，不由会把这些道听途说的内容和想象与眼前这位柔弱的女子进行匹配；在她们尚未完成这种匹配时，黛玉对自己病症的描述又让她们惊异异常、不知所措。这样奇怪的事情她们此前从未闻见，这无疑又开拓了众人的想象空间和情感建构的可能性维度。

当她们听黛玉说自己的病"从此以后总不许见哭声，除父母之外凡有外姓亲友之人，一概不见，方可平安了此一世"（第三回），这更增加了在场诸人情感上的不快，或许也增加几许厌恶感——贾府诸人对于黛玉来说都是"外姓亲友"。结果是，黛玉在进贾府的当天就无意间让自己与贾府对立起来。虽然黛玉后面解释说这些话是癞头和尚的"不经之谈",但这番话对在座诸人的刺激却并未因此平息。于是,黛玉病症的神秘性和排他性在她一进贾府就在极为公开的场合下而广为人知,并为后来人们对其进行各种评价埋下了伏笔。当然,这些评价主要是道德方面的。与黛玉不同,作者对宝钗病症的描写则要从容得多,直到把几件重大事件处理妥当后才正面描写她。当然,这种描写也是从病症开始的。

在两人病症的呈现方式上,作者故意设置了公共性呈现与私密性呈现两种截然不同的叙述格局,因而所激起的情感反应也截然不同。黛玉是在贾母宏伟轩昂的会客厅中描述自己的病情的,这种极端私密化的生理事件在极为公开的场合被众人知晓,对于黛玉来说无论如何都不是一件好事情,毕竟这些人如何看待自己尚不能得到清晰的断定,因而它所能唤起的只能是惊异而甚少怜悯与同情。与此相反,宝钗对自己病症的描述是在温馨狭小的私密空间进行的,因而她的描述虽然同样奇特但换来的却不是惊异而是温馨的关切。同时,周姨娘也会因为宝钗私下与自己说这些话而觉得宝钗是将她当作"自己人"来看的。可以推测,周姨娘此后的日子虽然也向他人宣讲过宝钗的病,但其感情色彩与黛玉相比却大相径庭,因为在随后送宫花的过程中,她还受到了黛玉无情而敏感的嘲讽和对待。此外,无论是药方还是治疗效果,黛玉的描述都给人不可思议之感,因而只会引起他人更多的怀疑和猜测;宝钗的描述却具有现实性与可信性，并且有现实中的冷香丸作证，因而也更容易获得别人的认同，而不会被人以异类视之。

通过黛玉的描述可知，癞头和尚提出的治疗方案根本不具有可行性，因而黛玉的身体未见好转、至今吃药，所以在黛玉回答自己在吃人参养荣丸时，贾母几乎未加思索就说："正好，我这里正配丸药呢。叫他们多配一料就是了。"（第三回）黛玉的药不对症就这样在闲谈中被忽视了，留下的全是未解之谜。这实际上也说明黛玉本就无病，只是体弱而已，根本无须吃药。两相比较可以发现，宝钗的冷香丸虽然配制过程极为繁杂，但终究"一二年间可巧都得了"，药方和制作过程虽然奇特，但毕竟变成了现实且疗效显著。黛玉所吃的人参养荣丸由人参、肉桂等药材制成，虽常年服用但几乎没有效果。进入贾府后，贾母为治好黛玉的病想尽各种办法，早引起贾府中人诸多不满，黛玉由此成为浪费、不知节俭而又恃宠而骄的符号。宝钗之药在进贾府前即已制成，且成分为雨水、露水、花瓣等自然之物，虽难得但常见清新，给人诗意的遐想，本身就是美的符号。因而，两个药方虽然同为不知名的游方僧人所给，但一个是"不经之谈"，一个从奇异变成现实，一个劳民伤财、不见效果，一个自然节约、疗效显著，给人的主观印象和情感评价自然天地之差。两人的病症虽然都是先天所致，但命运显然站在宝钗一方，黛玉由此成为一个不被上天眷顾、命该如此的不祥女子，宝钗则是上合天意、宜室宜家的美妙少女。两人不同的生命存在通过病症得以完整呈现。

可见，作为诸多因素综合作用的结果，《红楼梦》中的病症具有较为丰富的象征意蕴和道德伦理色彩，同时也是病者所处的复杂社会关系和生存状态的反映。林黛玉的病症与其说是生理上的，不如说是心理上的，她的焦虑情绪和抑郁情怀是她生活状态的真实写照——她对病症的体验深化了她对生活和生命的认识。薛宝钗与黛玉一样，同样具有先天的奇异病症，但由于她善于处理各种社会关系，因而她的病症不仅未影响她的生活，反而在某种程度上衬托出黛玉的某些缺陷并美化了自己，进而引发人们对二者的不同道德评价——疾病由此转变为一种道德隐喻。

作为《红楼梦》中最著名的病人和诗人，林黛玉似乎是我们探讨贾府中的疾病观念的最好切入点，但事实恰恰相反。贾府中的疾病观念在某种程度上加剧了林黛玉的病症，或者说，林黛玉的病症及过早夭折恰好印证了贾府中人疾病观念的正确性，并促使这种观念更加广泛的流传，虽然这种正确性并无客观的标准。秦可卿，这个与林黛玉同样著名的女性病人在此同样不能成为研究对象，因为她本身奇特而迷离的身世和情感纠葛遮蔽了其病症的真实性，对她病症的分析自然而然会滑向情感和道德领域。因而，为了呈现病症在贾府中的真实面貌，我们应将目光从林黛玉和秦可卿身上移开，寻找另外的研究对象。

在《红楼梦》的生活世界中，几乎所有人都曾经不同程度地与疾病相遇。就连贾环——这个被人们视为顽劣、不成才而多被忽视的少年公子，在书中也曾多次以病人的身份出现。生病固

然是每个人都会出现的生物学现象，但其在书中的普遍程度仍
不得不让人惊叹而引起重视。毕竟，在同一或前后时期甚至整
个中国文学史上的其他作品中，我们不能发现类似的现象。可
以推测，作者对如此众多的疾病进行描述应是有意为之，因而
也是一种叙事策略：书中人物虽然确实存在各种病症，但更主
要的是因为它们需要在作者传达某种思想或情感时出现；有时，
作者则会因为情节的需要而使某人生病修养以让他暂时从情节
中消失。

　　事实确实如此，这可通过一个细小的例子得到证明。在元
妃省亲的过程中，一向难登大雅之堂的贾环被作者以生病为由
排斥在外；但省亲活动一结束，贾环就活蹦乱跳地出现，并与莺
儿"瞪着眼""掷骰子"；在与莺儿争执的过程中，贾环不仅受到
兄长的严厉训斥，而且随后又受到王熙凤的无情恐吓。在宝玉
和凤姐的言行中，我们不能看到他们对从年内就开始养病的贾
环的丝毫关爱或怜悯。虽然贾环有时是因不想上学而装病，但
这次显然是因为作者为不让其出现在省亲的场合而故意说他生
病。一旦省亲结束，贾环的疾病也不治而愈。于是，作为叙事策
略的疾病由此与作为隐喻的疾病获得了同质性，并与作为生物
学的疾病时时交织在一起。三者之间彼此交织并随时可以发生
转化，构成了书中极为复杂而难以辨析的病症世界。

　　实际上，书中几乎所有成人生病都具有类似的特点，社会
关系的纠缠和人生理想的阻隔往往成为他们致病的关键因素。
巧姐，这个尚处于襁褓中的婴儿，在书中故事开始不久后"出

喜"，作者为此对她的治病过程进行了详细描述。毕竟，此时的巧姐尚未与各种纠缠不清的社会关系发生联系，因而作者对她病症的描绘更能显示贾府中人对待病人的客观态度，虽然她此次生病也在某种程度上制约、催生了诸多事件的展开。为了分析的方便，我们不妨把这段原文引下：

> 　　谁知凤姐之女大姐病了，正乱着请大夫诊脉。大夫便说："替夫人奶奶们道喜，姐儿发热是见喜了，并非别病。"王夫人凤姐听了，忙遣人问："可好不好？"医生回道："病虽险，却顺，倒还不妨。预备桑虫猪尾要紧。"凤姐听了，登时忙将起来：一面打扫房屋供奉痘疹娘娘，一面传与家人忌煎炒等物，一面命平儿打点铺盖衣服与贾琏隔房，一面又拿大红尺头与奶子丫头亲近人等裁衣。外面又打扫净室，款留两个医生，轮流斟酌诊脉下药，十二日不放家去。贾琏只得搬出外书房来斋戒，凤姐与平儿都随着王夫人日日供奉娘娘。①

如前所述，这段话是作者对书中病症最为客观的一段描述。之所以选择巧姐此病作为考察对象，还有一个重要原因，那就是痘疹在《红楼梦》诞生前后的清朝社会是一种比较典型的病症。因为世宗皇帝曾因这种病而死，而且很多旗人，尤其是尚未出

---

① 　曹雪芹：《红楼梦》，人民文学出版社 2008 年版，第 285—286 页。

疹的人，也因这种病而不能获准进入京城。后来在康熙皇帝的
英明决策之下，满族统治者才开始从南方选拔优秀的医生为满
族旗人治疗此病，并收到了很好的效果。因而此病也能从一个
角度反映出前清时期人们对疾病的一般态度。

从这段描写可以看出，贾府对待病症的各种态度和行为极
具普遍意义：积极的医疗措施与民间宗教、巫术治疗被综合在
一起使用。首先，利用医疗手段治疗痘疹在此时的贾府中已达
成共识，而且治疗效果明显——巧姐在医生的日夜看护下顺利
地度过了人生中的第一次劫难。因此，对于生物学意义上的疾
病来说，贾府中的统治者有着鲜明的判断和措施。在进行积极
的药物治疗的同时，还伴随着一系列的禁忌和宗教活动。由于
特殊的原因，满族贵族对痘疹之症十分惧怕，在当时的达官显
贵家中普遍存在供奉痘神娘娘的习俗，这一点在贾府中也得到
反映。此外，与治疗和宗教相伴的是一系列的行为禁忌和巫术
行为：忌男女同房、煎炒等事；父母还要给亲近之人裁剪红色新
衣，希望以此转移痘疹对犯病儿童的危害。

总之，在贾府中，一旦病症出现，诊疗措施、宗教信仰和巫
术行为往往被综合在一起使用，以至于人们也不能分清到底是
哪种方式起到了决定性效果。一旦药物治疗不能起到明显效果，
后者则会转化为主导方式，进而影响甚至决定他人对病者的种
种猜测和评价。

根据上文描写可以看到，作者对于病症的物理治疗基本持
积极肯定的态度，并认为大多数病症是可以通过药物治好，因

此书中才写到如此众多的医疗事件。根据书中描写，即使是秦可卿和薛宝钗的无名之症，作者也暗示读者她们的病症已得到了很好治疗，因为这些病症毕竟只是牵涉到生理问题。作者在书中着意强调的是人们心理上的疾病，以及各种纠缠不清的人际关系对个体身心的伤害。由于这些复杂的社会关系像蛛网一样具有极强的控制作用，陷入网中的生存主体又不具有挣脱的能力或可能性，因而她们由此而形成的病症也就没有被治愈的可能。

于是，我们经常看到社会关系与个体身体健康之间的互动关系：一旦这种束缚稍微减轻，她们的身体也会随之得以恢复，反之则会加重。在书中故事后来发展的过程中，王熙凤，这位素日处于贾府人际关系网络核心的女性管家，她的生理疾病一日重似一日。归根结底是这种因素作用的结果，以至于贾琏也对她失去了欣赏与情谊，毕竟，没有一个男人喜欢一个整日为这些俗物纠缠而毫无审美情趣的女人。但在日常的思想观念中，人们往往忽略前者，而将之转化为病者本身的先天禀赋和性格因素。这样，引起病症的客观因素由此转化为主观因素；随之，一旦患者之症不能得到治愈更会被归结为个体原因，进而患者本人就会被冠以各种人格的和道德的评价——某人之所以得病完全是咎由自取。

贾府众人对这一观念有着惊人的一致认同，即使是患者本人在进行自我反省时也对此表示赞同。在秦可卿久远的病期里，这种观念被反复提及。尤氏在与金寡妇的谈话中一语中的："他可心细，心又重，不拘听见个什么话儿，都要度量个三日五夜才罢。这病就是打这个秉性上头思虑出来的。"①即使是医道精湛的张太医也持这种观点："大奶奶是个心性高强聪明不过的人；聪明忒过，则不如意事常有；不如意事常有，则思虑太过。"②于是，持有这种秉性或性格的人的病症自然形成，而两者之间互成因果，使人难以脱身，几成悖论。

这些病因分析用在黛玉身上毫无不妥，作者在书中也反复以各种方式提醒读者对此留意。紫鹃在她对黛玉的规劝中多次提及黛玉之病皆是"想不开的缘故""姑娘这病是从忧伤思虑上起的"，所表达的也是这一观念，对此黛玉以沉默的方式表示同意。凤姐、尤氏、柳五儿、晴雯、小红、宝玉、贾珍等，皆是因为心中有未解之事而以不同方式生病。怡红院的袭人、麝月等也时常回家养病，作者虽未明言，但实际上也同样如此。她们会被生活中的各种不平而"气病"以至于香消玉殒，所反映出的正是她们脆弱、敏感而纯洁的情感心理，以及她们对理想生活所具有的超乎常情的期待。对晴雯和黛玉来说，这还包括了她们对自我人格的积极维护，虽然这种维护以失败告终。

以此观之，贾府中的生病之人几乎都有难以解决的生存难题。他们所受的病痛的折磨，实际上就是她们所受的生存问题的折磨，病症由此与个体的生存状态对等起来：生存状态的好

---

① 曹雪芹：《红楼梦》，人民文学出版社 2008 年版，第 143 页。

② 曹雪芹：《红楼梦》，人民文学出版社 2008 年版，第 148 页。

坏程度决定了病症的深浅程度。这种被存在化和心理化的疾病观念，否定了纯粹的生物学因素在病症形成过程中所起的作用。一切都是心理原因所致，这种疾病观念准确反映了传统中国人对疾病的看法：疾病从来都是道德化和哲学化的。一旦某人生病，不是由于他在某一方面破坏了身体或身体存在环境中各种因素之间的和谐关系，就是因为其本人具有某种心理或道德缺陷，因而他也就不是一个健康完美的人，即病态的人。由此人们也就获得充足的理由对他进行道德评价，并生成情感和心理上的厌恶；更有甚者，人们还会将患者的生病行为与因果报应结合在一起，认为犯病是上天对其某一方面的极端不足所施与的惩罚。即使此人的病症是纯粹生物学意义上的，这诸多意义仍可能被附加到病人身上。

《红楼梦》中的这种疾病观念具有更为广泛的象征意义和普适性。这种疾病观念所导致的直接后果是疾病与健康之间的标准变得越来越模糊；而且，在书中占据诸多病症核心位置的也是宝玉之类的"痴病""心病"，生物学意义上的疾病往往依附于这类疾病而存在。更确切地说，人们对疾病与健康的区分往往不是从生物学的角度而是从心理学和伦理道德的角度进行的。在我们的日常生活中，当某人说出不合逻辑的奇谈怪论或提出某种异想天开的想法或要求时，听者往往会以"你有病啊"对其进行否定，所表达的其实也是这种观念。于是，不合情理的言行或心理由此也具有了病症的特征。鲁迅，这位对中国传统医学深恶痛绝的留日学者，在看到国民麻木的神情和行为之后，他对疾病的态度瞬间发生了翻天覆地的变化：他放弃了学习日本现代医学拯救国内深受疾病折磨的人的人生理想，因为他认识到，生物学意义上的疾病远没有心理学意义上的疾病对个体与整个民族的影响深远。于是，传统的疾病观念在瞬间改变了鲁迅。

我们也看到，在《红楼梦》中，癞头和尚和跛足道人是真正具有生理缺陷的病人，但作者显然未将之作为病人，因为他们是自由来往于各种时空的神仙人物，因而在身体上和道德上都是完美的，即使身体上有瑕疵但对其本身性质也没有影响。这种由多种因素构成的疾病观念具有极强的变异性和生成性：构成这种观念的各种因素及其主导作用在致病的过程中会因患者的不同而发生相应的转移，进而导致人们对患者的病因分析、治疗和评价。林黛玉，这个从会吃饭时就吃药的聪慧少女，就是这种疾病观念的牺牲者。

六、黛玉之死：关于毁灭的诗

林黛玉是《红楼梦》中最为至情至性的诗人，黛玉之死，是诗人之死，象征了美与理想的破灭。林黛玉是《红楼梦》中对死亡思考最多的人，这是由她的生活经历所决定的。首先，她在年纪极小的时候就父母双亡，死亡带给她的打击超过了其他人；其次，她自小就吃药，长年累月的病体所造成的死亡阴影一直在影响着她的生活和命运；再次，她对死亡的思考与她的情感历程紧密地联系在一起，爱情的欢乐和忧愁，都成为她思考死亡的契机；最后，林黛玉还运用自己天才的艺术手段，对死亡进行诗意的表达和深刻的思考，凸显了死亡所具有的审美价值和精神价值。林黛玉的诗歌创作行为，更多地是以落花为代表的死亡意象为思考对象，在某种程度上说，她以艺术的手段化解了死亡带给主体的恐惧，从而对死亡进行了审美观照。

　　林黛玉的死亡意识有一个逐渐形成的过程。从内在方面看，林黛玉从小就受到病体乃至死亡的威胁，她"从会吃饮食时便吃药，到今日未断，请了多少名医修方配药，皆不见效"[1]。黛玉三岁时节，又有癞头和尚来化她出家，并说"只怕他的病一生也不能好的"。癞头和尚这谶语似的评论，无疑让黛玉时刻感受到沉重的精神压力。正是她的病体，使她在极小的时候就有可能对死亡产生最初的思考。从外在方面看，林黛玉经历了太多的死亡，尤其是亲人的过早离世，给她造成了极大的心灵打击和伤害。黛玉稍长之后，就曾听闻过兄长的夭亡。黛玉五岁上下，母亲又一疾而终。在这期间，黛玉"侍汤奉药，守丧尽哀"，无疑使她原就"极怯弱"的身体更加虚弱。她病体稍愈后，贾母又屡次派船只接她，这样她又离开"年将半百"的父亲到贾府中去。直到三年后，黛玉才因父亲病重而回家一次。在家将近一年的时间里，林如海病势渐重，竟至于亡故，这又是她与父亲之间的永别。父亲的亡故，使黛玉不得不最终离开家乡，常住贾府，

---

[1]　曹雪芹:《红楼梦》，人民文学出版社 2008 年版，第 39 页。

过起了常年寄人篱下的生活。正是这样的生活经历，使黛玉对无常的生命和死亡有着常人所不能及的敏感体验，而死亡所形成的威胁力量也伴随着她的一生。到黛玉泪尽而亡时，她才仅有十五岁左右的年纪！

林黛玉对死亡的思考，使她对生命有了更为清醒的认识。进入贾府后，在重重的压力之下，给黛玉生存下去以信心的，一是宝玉的爱，一是对自我高洁生命本质的爱，这两种爱让黛玉对生命和死亡有着高于他人的深刻理解。而当前者遭遇危机、后者无以为继时，黛玉宁愿死去也不愿再苟活于人世。因此，林黛玉的死亡选择具有丰厚的主体性价值。

无论金玉良缘是否为薛氏母女的精心设计，在黛玉明白宝玉对自己的一片真心之后，金玉良缘对黛玉的威力已不复存在，倒是寄人篱下的生活状况时刻地撩拨着黛玉敏感的心弦。父母的因病而亡、兄长的早夭，使黛玉对自己的病体时刻悬心；但限于贾府日常生活中种种琐事，并没有良好的条件对黛玉的病体加以医治和保养，所以黛玉认为自己的病"是不能好的了"。《红楼梦》第四十五回，写她秋分之际又犯了嗽疾，宝钗晚间来看她时，黛玉说道："我知道我这样病是不能好的了。且别说病，只论好的日子我是怎么形景，就可知了。"又说："'死生有命，富贵在天'，也不是人力可强的。今年比往年反觉又重了些似的。"[1]寄人篱下的生活状态和常年缠身的疾病又使她

---

① 曹雪芹:《红楼梦》，人民文学出版社 2008 年版，第 605 页。

为死亡的阴影所笼罩，加以她敏感细腻的情思，让她时刻感受到生存环境的恶劣。她对宝钗所说的一席话，正是现实生活的写照。

林黛玉的死亡意识早已渗透在她的日常生活中，使她敏锐地感觉到来自各方面的压迫以及随之而来的死亡威胁。对于像黛玉这样热爱自由和性情真挚的人来说，日常生活中的各种实用关系无疑是她生活中的束缚和牵绊。脱离贾府回自己的老家去，已断不可能，那么在这烦琐的日常生活中，黛玉所能够依赖的，唯有自我的才思和宝玉的呵护。与宝玉之间志趣相投、心心相印的感情使她感受到生活中的温暖和希望所在，但诗人的敏感和哲人的深刻，又使她知道这一切都是暂时的幻象，并不能达到理想和幸福的彼岸。在冷雨幽窗之下，独自对镜垂泪的黛玉，无时无刻不在思考着自己的生命和未来。

正是对死亡和生命的深沉思考，成就了林黛玉幽远的情思和文思；也正是这种思考赋予林黛玉的日常生活以诗意价值，使黛玉超越了日常生活中的压迫、无奈和枯燥，而获得心灵的深化和净化。林黛玉的这些经历，使她对死亡有着极为切身、敏感的体验和思考，因此死亡母题才频频出现在她的诗作中。黛玉的《葬花吟》《桃花行》两首长诗以及《唐多令·柳絮》一词，其主题都是对暮春和落花的悲悼，并以此叹息生命易逝、繁华不再的落寞和寂寥，而其创作的心理动力则来自她对生命与死亡的切身感受。在欣赏林黛玉的诗作时，如果离开死亡之思的维度，我们很难神会这些诗作的精神和神韵。她将落花盛以锦囊,"拿土埋上,日久不过随土化了"的诗意而伤感的行为,不仅带着浓郁的忧伤,而且她所期待的仍是一种自然质朴的死亡方式,具有返璞归真、与大自然的生机盎然相契合的哲人智慧。

但是,这种以艺术超越日常生活的做法并不具有彻底性。在生活环境发生变化、自我不再拥有诗意和尊严而生活的权利时,选择死亡或许是林黛玉最后的诗歌绝唱,这是整部《红楼梦》的结穴之处。王昆仑先生甚至将"黛玉之死"看成是曹雪芹创作《红楼梦》的根本性动力,也是《红楼梦》得以存在的基础之一;"黛玉之死"描写的是否成功也是《红楼梦》续作是否成立的主要标准。

林黛玉通过葬花而产生的这番对死亡的思考,让人想起王阳明的一段经历。明正德三年(1508),王阳明到贵州龙场驿任驿丞。在一个阴雨昏黑的黄昏,这位驿丞遇到了自京城而来的一个官吏,只带着他的儿子和一个仆人,与他投宿在同一个苗庄之内。王阳明本想向他打听京城里的事情,只是天色已晚,只得等到第二天清晨。等王阳明第二日清晨再去询问时,主仆三人已然离去。至中午时分,有人自蜈蚣坡回来,说有一老者死在那里,旁边有两个人在哭泣;薄暮时分,又有人回来,说坡下死有二人,旁有一人坐叹。次日,有人过来再询问时,三人都已死去了。于是:

> 念其暴骨无主,将二童子持畚锸,往瘗之,二童子有难色然。予曰:"嘻!吾与尔犹彼也!"二童悯然涕下,请往;

就其傍山麓为三坎，埋之。①

面对这三位与自己一样远离家乡而客死他乡的人，王阳明仿佛看到了自己的未来。与黛玉葬花以自喻不同的是，王阳明的此番遭遇发生在秋雨淋漓的时节，加以被贬荒远之地，其对生命的感悟同样是如此切己。

正因为这样，王阳明又以一只鸡、三盂饭来祭奠他们，并和他们进行了一番对话。王阳明反复发问死者来自何处，在得不到答复之后，他向死者陈述了自己的身份，并指明自己和死者一样，皆来自中土而游宦千里。王阳明最后说：只是我是被贬至此，但你又何辜呢？大约你也是热衷于五斗米欣然而来的吧？昨天我看到你的时候，你眉头深锁，似有无限忧愁；你顶风霜，行万峰，饥渴劳顿，来到这瘴疠重重之地。我料定你在此不会长久，但没有想到你竟然如此快的死去了，这都是你自取的。只是我可怜你尸骨暴露于荒野才来把你埋了，可没有想到你竟让我也有了无限的悲凉。于是，王阳明作歌曰：

连峰际天兮，飞鸟不通。游子怀乡兮，莫知西东。莫知西东兮，维天则同。异域殊方兮，环海之中；达观随寓兮，莫必予宫？魂兮魂兮，无悲以恫！②

① 王守仁:《王阳明全集》，吴光等编校，上海古籍出版社1992年版，第951页。
② 王守仁:《王阳明全集》，吴光等编校，上海古籍出版社1992年版，第952页。

可见，远离故乡的王阳明与死者的这番交流，实际上就是他与自我的一番对话；埋葬死者，实际上也是对自我生命的一种思考行为。与王阳明对死者的悲悼就是在悲悼自己一样，黛玉对落花纯洁本质的维护和追问也是她对自我纯洁生命本质的维护和追问。由此可知，常年寄人篱下的林黛玉，她见到落红成阵，首先想到的并不是落花的绚烂之美，而是落花在其坠落之后的归宿所在。与其让它们"零落成泥碾作尘"，或者随水流流到外面的肮脏之处，还不如埋葬它们，日久随土化了，与自然同在，从而达到永恒的纯洁之境。

　　正因为黛玉之死如此重要，历来学者对黛玉的死因和死亡方式都进行了详细研究，有投湖而死、自缢而死等奇说，莫衷一是。平心而论，《红楼梦》后四十回所写的"林黛玉焚稿断痴情""苦绛珠魂归离恨天"两节文字，沉痛曲折，悲愤深沉，确有成功之处。尽管如此，蔡义江认为，黛玉之死在曹雪芹原稿中并不是如此，而是因为贾府经历了一连串的重大变故。宝玉和凤姐在这年的秋天因罪出逃，黛玉受不了这个打击，急痛忧忿，日夜悲啼，终于在次年春天"泪尽而亡"，后来她的棺木送回苏州安葬了。就《红楼梦》前八十回和脂批的提示来看，黛玉之死是必然的事；而所谓"泪尽而亡"，所指应是心痛绝望而死。黛玉之死自不必非要如同秦可卿、屈原等，或自缢或沉湖，这种死亡方式皆落了俗套，不若"心痛而死"更符合黛玉这种至情至性之人。那种纯洁如睡莲般的死亡，不正是作为诗人、恋人的林黛玉的最好的死亡方式吗？

这一点与《牡丹亭·闹殇》一折写杜丽娘之死倒颇为相似，同是"从来雨打中秋月，更值风摇长命灯"的情景：

　　【鹊桥仙】（贴扶病旦上）拜月堂空，行云径拥。骨冷怕成秋梦。世间何物似情浓？整一片断魂心痛。[1]

　　【集贤宾】（旦）海天悠问冰蟾何处涌？玉杵秋空，凭谁窃药把嫦娥奉？甚西风吹梦无踪，人去难逢，须不是神挑鬼弄。在眉峰，心坎里别是一般疼痛。[2]

　　【前腔】你便好中秋月儿谁受用？剪西风泪雨梧桐。楞生瘦骨加沉重，趱程期是那天外哀鸿。昌际寒蛩，撒剌剌纸条窗缝。（旦惊作昏介）冷松松，软兀剌四梢难动。[3]

杜丽娘自游园惊梦之后，就为梦中人郁郁不乐；至写真时，她又惊叹于自己的花容在这短短时间中的骤然消瘦，顿生离魂之感；后病转沉重，至中秋雨夜心痛绝望而死。杜丽娘临死前还有诗两首：

---

[1]　汤显祖:《牡丹亭》，载《汤显祖戏曲集》，钱南扬校点，上海古籍出版社 2010 年版，第 311 页。

[2]　汤显祖:《牡丹亭》，载《汤显祖戏曲集》，钱南扬校点，上海古籍出版社 2010 年版，第 311 页。

[3]　汤显祖:《牡丹亭》，载《汤显祖戏曲集》，钱南扬校点，上海古籍出版社 2010 年版，第 312 页。

其 一

枕函敲破漏声残，似醉如呆死不难。

一段暗香迷夜雨，十分清瘦怯秋寒。[①]

其 二

轮时盼节想中秋，人到中秋不自由。

奴命不中孤月照，残生今夜雨中休。[②]

　　这里"世间何物似情浓？整一片断魂心痛""在眉峰，心坎里别
是一般疼痛"的情感体验，对现实生活的无奈和对情感自由的
追求，是杜丽娘与林黛玉的共同心声。其中"秋雨""梦境""寒
窗""梧桐""冷风""寒蛩"等意象，也是黛玉诗歌中多次出现
的意象群体。由此似可推测，黛玉当是在中秋雨夜之时心痛绝
望而死，脂砚斋也在其批语中多次提到黛玉之死与《牡丹亭》之
间的密切关系。就黛玉之性情和宝黛爱情之深沉来看，这种死
亡方式是合乎情理的，相对于自缢等死亡方式也更为诗意而富
有凄美之感。

　　如果说杜丽娘临死前"月落重生花再红"的复活愿望充满
了对爱情的信仰式崇拜而具有较为强烈的浪漫色彩的话，那么

---

① 　汤显祖:《牡丹亭》，载《汤显祖戏曲集》，钱南扬校点，上海古籍出版社 2010
　　年版，第 311 页。

② 　汤显祖:《牡丹亭》，载《汤显祖戏曲集》，钱南扬校点，上海古籍出版社 2010
　　年版，第 312 页。

林黛玉对死亡却不停留在对现实生活的期待之上。在林黛玉的精神世界里，唯一能够超越冷酷现实的绝望和爱情理想的破灭的，就是她通过艺术哲学思考活动所形成的理想化的诗歌世界。这个世界也是《葬花吟》所反复吟唱、追问的世界，它通过对以往的现实生活的否定而达到对未来理想生命的期待，具有鲜明的审美意义。那种把黛玉之死看成是封建社会压迫所致的看法，无疑否定了黛玉之死的精神价值和美学价值。

林黛玉的死亡意识虽然具有较为强烈的形上色彩，但她并不以抽象的概念对死亡进行学理的探讨，而是以生命的敏感和直觉对自我生命进行一种诗意化、艺术化的直观把握，从而在精神上达到对死亡意识的超越，达到对自我生命本质的最深刻的体认，因此也就带有更为浓厚的个体性和自由性的色彩。

某种程度上说，林黛玉如同屈原等诗人一样，也是一位乐于吟咏死亡的诗人，一个热爱死亡和超越死亡的诗人，她凄美深邃的诗歌意象使她凄美绝伦、惊采绝艳的生命存在和死亡方式成为永恒。林黛玉的艺术创作来自她对冷酷的现实生活的冷静思考，来自她敏感、纯粹而高洁的人格精神和诗人之思。正是在对这个现实世界的深刻绝望中，她祈求着一个超越于现实世界之外的世界；在这个世界里，她可以如列姑射山上的仙子一样，餐风饮露，保持自我人格的纯洁、明净。

她用诗歌吟唱道："天尽头，何处有香丘？未若锦囊收艳骨，一抔净土掩风流。"这个处于天尽头的"香丘"，即是落红净化之所，也是林黛玉死亡之思中的彼岸世界。在她看来，这种"日久不过随土化了"的死亡世界，是自我复归生命本相之路；个体可以超越各种现实的束缚而与自然大化同在，从而在根本上否定了现实人生所具有的审美价值。由此，在她面临各种冷酷的人际关系的背叛之时，她毫无顾惜之意，不仅弃之如敝履，而且还从容自在地放弃了自我生命本身，走向了死亡，从而显示出斩断尘缘的坚决。因此，彼岸世界的纯净之美与现实世界的无情之丑两相对照，义无反顾地放弃生命本身的诗意行为，由此超越了死亡所带来的恐惧和不安，走向了自我性灵和人格精神的形上之境，也体现出主体精神人格对现实世界的反抗精神和自由色彩。

第五章

贾宝玉：女性悲剧的见证者

死亡是文学的永恒主题，对于《红楼梦》来说，也是这样。《红楼梦》不仅写了很多死亡现象，而且还专门写了许多美丽的女子的死亡，给人以永恒的震撼和启迪。这让我们想起艾伦·坡的话："如果一个美丽女性的死亡，毫无疑问，它是世上最富有诗意的题材。"[①]这些青春女子的死亡事件，呈现了伦理与尊严之间的复杂关系。《红楼梦》中那些青春美丽的女子的死亡方式多为自杀，形成了书中非常独特的非正常死亡群体。这些死亡的见证人就是贾宝玉。《红楼梦》中青春而亡的女子有宝珠、秦可卿、晴雯、黛玉、鸳鸯、迎春、元春、鲍二家的、金钏、蕾官、尤二姐、尤三姐、香菱、司棋、金哥等，此外作者还写到了秦钟、贾瑞、冯渊等男青年的死。《红楼梦》对死亡的描写各有不同，基本上都与情/淫有关。有因淫而死者，如贾瑞；有因情而死者，如黛玉等人；有以淫乱情者而死，如秦可卿、秦钟等。如

---

① 陆扬：《死亡美学》，北京大学出版社 2006 年版，第 55 页。

此众多的死亡面相，使《红楼梦》的死亡现象呈现出复杂的样态。曹雪芹借如此众多的死亡描写表达了他对死亡的看法和他的"末世意识"，正所谓"好知青冢骷髅骨，就是红楼掩面人"是也。从整体上看，红楼女儿们的死亡选择，大都具有维护自我的生命尊严和人格精神的价值。因此，死亡不仅不是对生命的否定，反而是对生命的一种肯定形式。个体对自我死亡方式的自由选择，使主体超越了死亡对其精神所造成的困顿和恐惧；正是这些义无反顾地走向死亡的个体选择，给人一种人格精神的崇高感:《红楼梦》中的死亡现象由此具有了丰富的审美价值。作为这些死亡事件的见证者，贾宝玉由此具有了重要的意义。

一、贾宝玉"以情悟生"的生命历程

贾宝玉是红楼女儿之死的见证人，他的死亡感悟是在他与众女子一起生活中所积淀而来的。这奠定了他对象征着美丽、纯洁的女儿生命进行呵护、忧虑和思考的基础，也奠定了贾宝玉死亡之思的基础。贾宝玉，这个"富贵不知乐业，贫穷难耐凄凉"而不乏诗意、哲思的纨绔子弟，他对死亡的思考有个渐进层深的过程，而不像林黛玉那样对死亡有着切身的理解和体验。可以说，在聆听《葬花吟》以前，他还没有深入思考过关于死亡的问题。虽然在这之前，秦可卿和秦钟的死也给他以打击，金哥的死或许也传入他的耳中。实际上，贾宝玉本身所具有的聪慧灵智，使他迟早要遭遇死亡意识并对之进行深入思考。第二十二回"听曲文宝玉悟禅机"一节，他对《寄生草》和《庄子》的思考，正是对这问题的迫近。其间，"情切切良宵花解语""意绵绵静日玉生香""西厢记妙词通戏语"等，这些美丽缠绵、无忧无虑的生活，让他深深体验到女儿之美、生活之美和生命之美。可以说，第一次引发他对死亡进行深刻思考的，还是林黛玉的《葬花吟》。

《红楼梦》中最先体会到林黛玉对死亡的深刻思考的应是贾宝玉。第二十八回，宝玉听《葬花吟》之后，"不觉恸倒山坡之上，怀里兜的落花撒了一地。试想林黛玉的花颜月貌，将来亦到无可寻觅之时，宁不心碎肠断！"第七十回，贾宝玉看到《桃花行》之后，"并不称赞，痴痴呆呆，竟要滚下泪来"，并说"林妹妹曾经离丧，作此哀音"。显然，能够设身处地为黛玉着想、能够体贴到黛玉潜藏在内心深处的悲伤与痛苦并为之唏嘘、感伤的，也仅有贾宝玉。正是与林黛玉的交往过程，促使贾宝玉不断对人生中的功名富贵、爱情理想等问题进行思考，进而提升了他的精神境界。

贾宝玉对死亡的思考，一开始就具有较为深广、深刻的理性质量。从"试想林黛玉的花颜月貌，将来亦到无可寻觅之时，宁不心碎肠断"到"推之于他人，如宝钗、香菱、袭人等，亦可到无可寻觅之时矣"，再到"斯处、斯园、斯花、斯柳，又不知当属谁姓矣"，是个逐渐深入的思考过程，让他认识到世间现实的暂时性和幻灭感。如何超越现实人生的短暂、虚幻，就成了贾宝玉此后生命中所时常思考的问题。就像有的学者所说的那样：

"死亡意识的哲学功能，最重要的也正在于它是我们超越对事物的个体认识、达到对事物的普遍认识、达到万物生灭流转、'一切皆一'认识的一条捷径，是我们达到哲学意识（认识）的充分条件。"[①] 因此，林黛玉的死亡之诗成就了贾宝玉的死亡之思。

贾宝玉的这个人生片段可分为三个性质截然不同的阶段。第一个阶段，他在"落花""残春""红颜"等意象的触发下，"不觉恸倒山坡之上，怀里兜的落花撒了一地"。这是贾宝玉对上述意象进行情感体验的结果，他已经把自己完全融合其中了，意象和他自身此时是同一的。这个阶段是审美的阶段，他的悲痛的情感占中心地位。"试想"二字是其体验的第二个阶段。在这个阶段里，贾宝玉因上一阶段的触染，联系到黛玉、宝钗等人以及自己生活的环境，这就使他从审美体验中脱身出来，进入现实世界中。在这两个阶段基础之上，他把第一阶段的悲痛与第二阶段的现实人生结合起来，进行深入思考，不知此为何地、我为何物，因而起了"逃大造，出尘网"的想法，这是贾宝玉生命体验的第三个阶段。在这个阶段，贾宝玉对生命和死亡的哲理化思考占据了核心地位。

在这里，贾宝玉感受到了无情时间与有限生命之间对立统一的深度关系，其共有的流逝性使他觉得现实人生的一切属性都无法把握，而只能眼看着美好人生在这末世中不可避免地走向破灭，让他对生命充满了暂时性和幻灭感的体验。贾宝玉这

①　段德智：《西方死亡哲学》，北京大学出版社 2006 年版，第 11 页。

种思索性的文本结构与其说是一种文学叙述，还不如说是对生命体验的诗性总结。曹雪芹对主体生命情感的深刻理解也形成了《红楼梦》文本结构的自足的生命空间，从而体现出其意象世界的永恒魅力。

金钏的跳井而亡，才真正让贾宝玉明白生命的脆弱和美好的易逝。如果说秦可卿与秦钟的死在某种程度上引起了贾宝玉对死亡的初步认识，黛玉的《葬花吟》开启他对死亡进行形上思考的话，那么金钏之死更增加了他的生命无常、好花易逝之感，并深深地郁结心中，不能通其意。第三十四回，宝玉挨打之后，"昏昏默默，只见蒋玉菡走了进来，诉说忠顺府拿他之事；又见金钏儿进来哭说为他投井之情"[1]。第四十三回写宝玉来到水仙庵，见那庵里的佛像，"也不拜洛神之像，却只管赏鉴。虽是泥塑的，却真有'翩若惊鸿，婉若游龙'之态，'荷出绿波，日映朝霞'之姿。宝玉不觉滴下泪来"[2]。这是宝玉对金钏的思念和痛惜，无疑加深了他对生命的体验和理解，但女儿之美并非全是他实践自我情趣和人生理想之地。在经历"情悟梨香院"和众多的死亡事件后，他明白那样浪漫而奢侈的死亡只是一种幻想，以后再也不能得了。死亡之思加深了贾宝玉对生命的理解，其哲学意义渐次凸显。

贾宝玉对死亡的看法和理解是在与女孩子们的交往过程中所形成的，清静纯洁之境是他对死亡的期待，这里既是对女子

---

① 曹雪芹：《红楼梦》，人民文学出版社 2008 年版，第 450 页。

② 曹雪芹：《红楼梦》，人民文学出版社 2008 年版，第 582 页。

之美的爱，也是对美好而易逝的生命之美的留恋。贾宝玉对死
亡的体验和理解，还与他的情感历程结合在一起。在"识分定情
悟梨香院"一节，龄官对他厌烦、厌恶的态度使他认识到用天下
所有女孩子的眼泪来葬自己是不可能的，便痴痴地回到怡红院，
向袭人和黛玉说道："我昨晚上的话竟说错了，怪道老爷说我是
'管窥蠡测'。昨夜说你们的眼泪单葬我，这就错了。我竟不能全
得了。从此后只是各人各得眼泪罢了。"[1]第七十九回，薛蟠娶妻
之时，宝玉首先是为香菱"担心虑后"，待到香菱气恼而去之后，
宝玉"便怅然如有所失，呆呆的站了半天，思前想后，不觉滴下
泪来，只得没精打彩，还入怡红院来。一夜不曾安稳，睡梦之中
犹唤晴雯，或魇魔惊怖，种种不宁。次日便懒进饮食，身体作
热。此皆近日抄检大观园、逐司棋、别迎春、悲晴雯等羞辱惊恐
悲凄之所致，兼以风寒外感，故酿成一疾，卧床不起"[2]。这些天
翻地覆的情感经历无疑促使他不断对生命和死亡进行深入的思
索，而在与黛玉的情感发展到进退维谷之际，宝玉对未来和生
命的焦虑更日益甚矣。

　　贾宝玉与林黛玉之间曲折的情感经历以及黛玉虚弱的病体，
也加深了贾宝玉对死亡的认识。如果说贾宝玉此前对死亡的理
解和思考还仅停留在感性的层面，那么在他与黛玉的交往过程
中，黛玉幽僻的文思、奇异的情思和孤绝的意境生活所形成的

---

[1]　曹雪芹：《红楼梦》，人民文学出版社 2008 年版，第 482 页。

[2]　曹雪芹：《红楼梦》，人民文学出版社 2008 年版，第 1122 页。

精神世界和诗歌意象，逐步提升了他对死亡的认识和理解，具有浓厚的审美意味和形上色彩。最典型的例子，是他在黛玉《葬花吟》的触发下，更加感觉到生命的渺茫、脆弱和珍贵。

有一次，宝玉顺路到潇湘馆见黛玉："瞧黛玉益发瘦的可怜，问起来，比往日已算大愈了。黛玉见他也比先大瘦了，想起往日之事，不免流下泪来。"① 贾宝玉小时候就目睹了哥哥的死亡，贾珠的"一病而亡"让他对林黛玉的病体时刻悬心。在病后，他在杏花树下对着花落莺啼所生发的哀思也具有较为普遍的意义。在这里，自然生命的死亡在贾宝玉的生命思考中被置换了，他把女儿的生命设定在她们出嫁之时，日常生活的种种限制抹杀了女儿们的清净性灵，在宝玉看来，这无疑是女儿生命的终结处。此处宝玉之问，亦有"侬今葬花人笑痴，他年葬侬知是谁"之意，与黛玉"桃李明年能再发，明年闺中知有谁"的忧虑也是相通的。

二、"心诚意洁"与"归彼大荒"：宝玉死亡观的超越性

正因为对生命和死亡有着这样的认识，所以贾宝玉还以一己之诚心体察逝者，表达他对逝者已矣的哀痛之情。他说祭奠亡魂，"只一'诚心'二字为主"，并不在虚应景物。《红楼梦》第

---

① 曹雪芹:《红楼梦》，人民文学出版社 2008 年版，第 802 页。

五十八回写宝玉遇到藕官为死去的菂官烧纸钱以祭奠，当宝玉
为藕官挡过、问她是怎么回事时，藕官让宝玉回去问芳官。等芳
官告诉宝玉事情的原委之后，宝玉叮嘱芳官让藕官以后"断不
可烧纸钱"，祭奠"只一'诚心'二字为主"：

> 这纸钱原是后人异端，不是孔子的遗训。以后逢时按
> 节，只备一个炉，到日随便焚香，一心诚虔，就可感格了。
> 愚人原不知，无论神佛死人，必要分出等例，各式各例的。
> 殊不知只一"诚心"二字为主。即值仓皇流离之日，虽连香
> 亦无，随便有土有草，只以洁净，便可为祭，不独死者享
> 祭，便是神鬼也来享的。你瞧瞧我那案上，只设一炉，不论
> 日期，时常焚香。他们皆不知原故，我心里却各有所因。随
> 便有清茶便供一钟茶，有新水就供一盏水，或有鲜花，或有
> 鲜果，甚至荤羹腥菜，只要心诚意洁，便是佛也都可来享，
> 所以说，只在敬不在虚名。①

在第四十三回，水仙庵的姑子见宝玉要祭奠，便连"香供纸马都预
备了"，宝玉却道"一概不用"，遂用自己随身携带的香到井台上祭
奠了。第四十七回，贾宝玉对柳湘莲说："上月我们大观园的池子里
头结了莲蓬，我摘了十个，叫茗烟出去到坟上供他去。"②第七十八

---

①　曹雪芹：《红楼梦》，人民文学出版社 2008 年版，第 807 页。

②　曹雪芹：《红楼梦》，人民文学出版社 2008 年版，第 633 页。

回宝玉又以"群花之蕊、冰鲛之縠、沁芳之泉、枫露之茗"[1]等四样"晴雯所喜之物"祭奠晴雯。宝玉这种只以"诚心"为主的祭奠方式，与他对死亡的认识是联系在一起的。在宝玉看来，没有真实情感的祭奠，对于逝者和祭奠者本人来说又有何意义呢？

在贾宝玉的生命情感历程中，那些美丽的女子的死亡不时撞击着他的心灵，由此而形成的对生命和死亡的无常感和寂灭感，一直潜藏在宝玉的内心深处。秦可卿的悬梁自尽、金钏的跳井而死、尤二姐的吞金自逝、尤三姐的为情自刎、司棋的撞墙而死、晴雯的悲愤而死等等，每一桩都尖锐地撩拨着他敏感而脆弱的心弦。贾宝玉从不讳谈死亡，在他心里，死亡并不可怕，关键是要死得其所，即他所谓之"正死"。他生命中所经历的众多死亡事件以及由此所形成的对生命的幻灭之感，使他想超越那种不能自主的死亡，而应该有着一种优美而理想的死亡方式。这样才算死得其所、死得得时，才真正达成死亡之于生命的意义。

贾宝玉通过对文臣武将邀功留名之死的批判，表达了他的死亡观。在贾宝玉看来，文臣武将之死皆是邀功无能、沽名钓誉之死。那么宝玉所说的"大义"是什么呢？在他看来，文臣武将之死全是为名而死，与本己无关，这是虚伪的死。贾宝玉认为：死亡应该是自我理想的实现，以获得永恒的寂灭和清静；在死的方式上，要具有诗意，是个人理想的死亡方式。这样，哪怕

---

[1] 曹雪芹：《红楼梦》，人民文学出版社2008年版，第1108页。

是横死，也是在所不惜的了。贾宝玉还屡次谈到，要在女孩子们在他身边的时候死去，并以她们的眼泪埋葬自己，或者"化烟化灰"（第十九回）等。因此，贾宝玉对死亡的思考与他对以美丽的女儿为代表的美好事物的喜爱是联系在一起的，他害怕繁华消逝、生命无常并孤老终身。这种思想意识中所蕴含的，是贾宝玉对死亡的焦虑和恐惧，他还不敢面对美好生命的破灭。

贾宝玉虽然此时还未能深刻领会死亡之于生命的重要价值，但一系列死亡事件使他对死亡有了新的理解。他所设想的"化烟化灰"并不是想创设一个彼岸世界以逃避死亡，而是想以自我生命的消逝和融化而达到与万物同在之境界。这个永恒不觉、无知无识的境界与现实生活世界的短暂、幻灭两相对照，从根本上否定了现实人生所具有的美的价值，而赋予死亡以崇高的美学价值，这也最终使他对红尘世界断然决裂——他义无反顾地弃红尘而去。从这个角度看，《红楼梦》写贾宝玉披着大红斗篷在雪地拜别贾政后的那首诗颇为深刻、独到：

> 我所居兮，青埂之峰。我所游兮，鸿蒙太空。谁与我游兮，吾谁与从。渺渺茫茫兮，归彼大荒。[①]

这种复归大荒山中神话世界的观念，无疑是一种至为深刻的死亡哲学。大荒山就像一种具有故乡一样的魔力的所在，在召唤

---

① 曹雪芹：《红楼梦》，人民文学出版社 2008 年版，第 1592 页。

着贾宝玉回归到自我的原初起源之地，而这里是一个超越时空、永恒寂灭的世界，自女娲补天以来就已亘古存在，并还将继续存在下去。对《庄子》颇为喜爱的贾宝玉，他的思想受庄子思想影响的痕迹甚为明显，他追求的无知无识、无形无迹之死亡境界，无疑来源于《庄子》。但庄子所追求的，是一种"乐死"的精神境界。庄子甚至借髑髅之言，将死亡世界当作一种"至乐"。

据庄子说，有一次他到楚国去，在野地里看到了一具空枯的髑髅，就用马捶敲敲它，问道："你是贪生失理而死的吗？你有亡国之事、斧钺之诛吗？你有不善之行，感觉愧对妻子父母吗？"说完，他就枕着髑髅睡了一觉：

> 夜半，髑髅见梦曰："子之谈者似辩士、诸子所言，皆生人之累也，死则无此矣。子欲闻死之说乎？"庄子曰："然。"髑髅曰："死，无君于上，无臣于下，亦无四时之事，从然以天地为春秋，虽南面王乐，不能过也。"庄子不信，曰："吾使司命复生子形，为子骨肉肌肤，反子父母、妻子、闾里、知识，子欲之乎？"髑髅深矉蹙额曰："吾安能弃南面王乐而复为人间之劳乎？"①

庄子借髑髅所谓的"至乐"的死亡境界，是无任何牵绊的自由境界，其哲学基础是他的齐物论思想。庄子又借支离叔和滑介

---

① 陈鼓应：《庄子今注今译》，中华书局 1983 年版，第 454 页。

叔的问答说:"亡,予何恶! 生者,假借也;假之而生生者,尘垢也。死生为昼夜。且吾与子观化而化及我,我又何恶焉!"[1]这里所谓的"观化",就是"对万物的变化,保持观照而不牵惹自己的感情判断的态度"[2]。这种将自我生命与万物齐一的死亡观,无疑可以超越人们对死亡的焦虑和恐惧。但与庄子的"乐死"倾向和叔本华所谓"大自然的永生奥秘"都不同的是,贾宝玉对死亡的认识是他通过对现实生活中美与丑的生存体验所获得的,欢乐与哀愁在他看来都不应该是死后世界所具有的,那里本就是无乐也无忧、无知也无识、无形也无迹的永恒寂灭之境。

总之,贾宝玉是大观园中众多女儿之死的见证者和反思者,他的死亡之思也是在这个过程中逐渐形成的。贾宝玉追求那种永恒寂灭、无始无终的始源境界,只有这个境界才能超越生命和死亡所带来的种种喜乐哀怨之情。这或许就是曹雪芹用"情不情"来概括宝玉的内在指向。

三、情淫之分界: 自我的毁灭与人格的重生

《红楼梦》的主题之一是揭示情与淫之间的关系,因此探讨红楼儿女的死亡也应该由此出发。曹雪芹明确以情、淫对人物

---

[1]　陈鼓应:《庄子今注今译》,中华书局 1983 年版,第 452 页。
[2]　徐复观:《中国人性论史 (先秦篇)》,上海三联书店 2001 年版,第 349 页。

进行评价的，唯有秦可卿。曹雪芹的判词写道："情天情海幻情身，情既相逢必主淫。"①又说："擅风情，秉月貌，便是败家的根本……宿孽总因情。"②这些判词给读者提出尖锐的问题：情与淫到底该如何区分？它们对个体的人生际遇乃至家族的盛衰到底起着怎样的作用？这两个问题都凝聚在秦可卿身上，造成了可卿之死。

秦可卿的死甚为复杂，不能将之简单化。秦可卿身上凝聚着情与淫之间说不清道不明的、千丝万缕的关系，但无可否认的是，淫是秦可卿之死乃至整个宁国府衰败的重要原因。因为可卿之淫致使珍、蓉父子不和，进而导致了整个家庭矛盾丛生，并为这个家族的衰败埋下了伏笔。青山山农《红楼梦广义》："观其经理丧殡，贾珍如此哀痛，如此慎重，而贾蓉反漠不相关，父子之间，嫌隙久生。向使可卿不早自图，老贼万端之祸，未必不见于阿翁也。"③这里所谓"早自图"就是指秦可卿要趁早结束自己的生命，以减低因淫而带来的危机。死还是不死，给了秦可卿以最大的煎熬。不管秦可卿之死是否因为她怀上了贾珍的孩子，但由淫所造成的家族危机须以她的死为解决的契机。

正是在这样的环境之下，秦可卿还来不及实现她的才能，便走上了死亡之路。在这个抉择过程中，秦可卿对现实人生有了深刻的理解和体验，认为人生富贵等不过是"瞬间的繁华，一

① 曹雪芹：《红楼梦》，人民文学出版社 2008 年版，第 79 页。
② 曹雪芹：《红楼梦》，人民文学出版社 2008 年版，第 86 页。
③ 一粟编：《红楼梦资料汇编》，中华书局 1964 年版，第 212 页。

时的欢乐"。这种对现实生活所产生的幻灭感，也使她具有一种强烈的忧患意识："万不可忘了那'盛筵必散'的俗语。此时若不早为后虑，临期只恐后悔无益了。"①如此具有"家计长策"之人的死，暗示了贾府衰败的必然。此外，就《红楼梦》的整体架构来看，秦可卿之死还具有更为重要的意义。那就是在秦可卿之死的前后，曹雪芹还写了两个人的死：前为贾瑞，后为秦钟。

秦可卿、秦钟和贾瑞等人是因淫而死的代表。这种放纵淫欲、为所欲为的生活方式最终走向了自身的反面，自身也随之消亡。在写秦可卿之死之前，作者详写了贾瑞之死，之后又略写了秦钟之死，从这些描写可以看出秦可卿的某些故事。第十二回写贾瑞在小屋中等待凤姐，只见黑暗中来了一个人，"便如猫捕鼠的一般抱住"，"抱到屋里炕上，就亲嘴，扯裤子"。第十五回写"秦钟趁黑无人，来寻智能"，"只见智能独在房中洗茶碗"，"跑来，便搂着亲嘴"。此时，却正是秦可卿丧服期间，秦钟对自己此举不知做何感想。这两个贪恋淫欲者，在死前均见到鬼判来拿，贾瑞还要"拿了镜子再走"，秦钟惦记着父母"留积下的三四千两银子，又记挂着智能尚无下落"。他们虽死到临头，但牵挂之心未除，就像警幻仙子对宝玉所说："痴儿竟未悟也。"

作者对贾瑞、秦钟之死，其态度是复杂的，既有对人性淫欲之本质的揭露和批判，也有对人性弱点的叹息和怜悯。对这两位"欲根未断"（脂砚斋语）之人，曹雪芹有一种悲天悯人的

① 曹雪芹：《红楼梦》，人民文学出版社 2008 年版，第 170 页。

慈悲情怀。对贾瑞、秦钟等辈，曹雪芹称其为"愚情"、为"情种"、为"痴子"，道出了情淫之间的复杂关系，而没有将之简单化、片面化。对于因淫送命而至死不悟者，曹雪芹是抱有怜悯之心的。《红楼梦》第十六回，在写秦可卿丧事结束、秦钟命归黄泉的同时，黛玉回府，"贾元春才选凤藻宫"并获准省亲。此时，作为贾宝玉和红楼儿女人生乐园的大观园的建造被提上了日程，不日便工程告竣。元春省亲之后，这个"天上人间诸景备""未许凡人到此来"的人间仙境，便成了一个纯洁的乐园。

到第六十三回"寿怡红群芳开夜宴"，红楼儿女们在大观园中的青春纯洁而无忧无虑的生活达到了顶峰。而就在此时，贾敬——这个与秦可卿具有说不清、道不明关系的好道人物却因服食丹药死去，而道教的房中术在世俗社会中的影响却是不可不加以注意的事实。在他的丧事中，贾琏——这位以淫乐悦己的浪荡公子得遇了尤氏姐妹，并与尤二姐成亲，不久尤三姐又因淫/情而自杀身亡。这时候，情与淫的关系再度成为《红楼梦》不可忽视的主题。此后，大观园中无忧无虑、青春纯洁的生活结束了。曹雪芹如此安排秦可卿等人的死亡，不仅仅是出于小说结构上的安排：在这些人物的人生历程和死亡经历中，情与淫之间所形成的紧张关系不仅支配着人物命运的选择，影响着人与人之间关系的变化，而且还在某种程度上影响了整个家族的更迭与变迁。

红楼儿女对死亡方式的选择，与她们的生命存在一样，都具有纯洁与高雅的个性色彩。在面对来自外在世界的辱蔑和压迫时，她们高洁的心灵使她们不愿意苟活于人世，而选择了结束自我生命的方式。这种选择说明，主体虽不能选择自己的出身，但在自我生命受到辱蔑、压迫之时，却可以自由地选择自我生命的死亡方式。因此，她们的死亡选择具有强烈的个体性色彩和反抗价值，由此，自我得到了解放，精神得到了净化，生命得到了永存。

司棋、金钏、晴雯、宝珠等人之死也是迫于外界压力而不得不死耳，但其中又有区别：鸳鸯、宝珠之死是迫于上层统治者之淫威，司棋之死乃为情而死，晴雯、金钏、尤三姐之死则以死明志。她们的死，都与情／淫有关：鸳鸯之死死于贾赦之淫志，宝珠知秦可卿之淫事而死，司棋因情而死，晴雯和金钏亦因宝玉之情羞愤而死。她们的死亡选择虽迫于无奈，但像晴雯、金钏等，却是为了维护自我的人格尊严而死，情的纯净性在她们身上又化作了一种强大的精神力量。死亡照亮了她们的人格精神，是一种壮烈、崇高的美。

正是在不自由中，她们自由地选择了自己的死亡，她们的精神由此具有了个体性和自由性。她们诚可谓是孔子所说的"志士仁人"："志士仁人，无求生以害仁，有杀身以成仁。"[①] 在她们眼中，人格尊严和自我精神的纯洁性，高于肉体生命的存在，迫近于道德境界的最高范畴"仁"，大有孟子所谓的"舍生取义"

---

① 　杨伯峻：《论语译注》，中华书局 1980 年版，第 163 页。

的精神。孟子说："生亦我所欲也，义亦我所欲也，二者不可得兼，舍生而取义者也。生亦我所欲，所欲有甚于生者，故不为苟得也；死亦我所恶，所恶有甚于死者，故患有不所辟也。"[①] 因此，尤三姐、金钏等人的死亡选择具有伟大、崇高的人格精神的美和社会伦理意义。

有些人认为，这种死亡方式对生命和死亡缺乏形上思辨的精神，死亡仅具有社会伦理属性，而缺乏主体性和个体性。但从人格尊严和道德理性对死亡的超越来看，死亡既使她们完善了自我的道德境界，又证明了自我精神的纯洁性，在某种程度上也激发了人们去追求超越于肉体生命的东西。这种志气和追求，或多或少具有死而不朽的精神价值和审美价值：为科学而献身，为真理而献身，为真和善而献身，都是美的；而为自己的情感而献身，为自己人格精神而献身，无疑也是美的。娥皇女英的死、刘兰芝的死、韩凭夫妇的死，都是千古传唱的。

正是这种由死亡所锻炼出的精神的美和人格的美，使她们成为后人永远的歌颂对象。但与孔子的"仁"、孟子的"义"所蕴含的社会性和整体性内涵不同，她们的死亡带有着鲜明的个体性和自由性精神。也就是说，红楼女儿们的生命抉择，既来自外在礼仪和道德理性的束缚，同时也是对这些礼仪和道德的一种抗争、一种颠覆，两者之间既是统一的关系，也是对立的关系。

---

① 方勇译注：《孟子》，中华书局 2015 年版，第 225 页。

司棋、金钏、尤二姐和尤三姐等自由地选择了自己的死亡方式，凸显了她们玉洁冰清的人格质量。她们为什么选择自杀呢？王夫人在驱逐金钏时的一番话具有代表性：

　　　　只见王夫人翻身起来，照金钏儿脸上就打了个嘴巴子，指着骂道："下作小娼妇，好好的爷们，都叫你教坏了。"……登时众丫头听见王夫人醒了，都忙进来。王夫人便叫玉钏儿："把你妈叫来，带出你姐姐去。"金钏儿听说，忙跪下哭道："我再不敢了。太太要打骂，只管发落，别叫我出去就是天恩了。我跟了太太十来年，这会子撵出去，我还见人不见人呢！"①

第七十四回，王夫人向晴雯喝道："去！站在这里，我看不上这浪样儿！谁许你这样花红柳绿的妆扮！"②王夫人不问青红皂白，将晴雯等人甚至还包括林黛玉，一概斥之为"妖精似的东西"。在那个时代，这种道德评价无疑断绝了清白女儿们的生路，除非她们能像多姑娘一样放荡地生活。王夫人给她们所定的罪名，顿时之间使她们与原来的生活世界相隔离，生活变得遥远，人格变得低贱，理想随之破灭。一种放逐感、屈辱感以及由此所形成的孤独感和幻灭感，充斥了她们的精神世界——她们成了这

---

① 曹雪芹：《红楼梦》，人民文学出版社 2008 年版，第 411 页。
② 曹雪芹：《红楼梦》，人民文学出版社 2008 年版，第 1028 页。

个世界上的局外人！这时，自杀成为她们为自我辩护的方式和手段。这就像孟德斯鸠所说的那样："当社会对于我成了负担的时候，谁又能阻止我离弃社会呢？上天给我生命，这是一种恩惠，所以，生命已经不成其为恩惠时，我可以将它退还。因既不存，果亦当废。"①

金钏等人的死亡选择无疑是对中国传统的"身体发肤，受之父母"的礼教观念的一种抗争，她们宁愿失去自己的生命，也不愿含辱忍垢地活在这个世界上。她们的死亡选择彰显了人格和生命的尊严，而给她们以动力、支持她们做出选择的，正是那种与欲无关的纯洁的情。在自杀问题上，历来有两种看法：一种观点认为自杀是懦弱者的行为，另一种观点认为自杀是勇敢者的行为。金钏、司棋、晴雯和尤氏姐妹等人也可以不选择自杀而背负着"狐狸精""下作小娼妇"等名声而含辱忍垢地活下去，可以设想，这样的一生注定是屈辱的一生。王熙凤对尤二姐说："妹妹的声名很不好听，连老太太、太太们都知道了，说妹妹在家做女孩儿就不干净，又和姐夫有些首尾，'没人要的了你拣了来，还不休了再寻好的'。我听见这话，气得倒仰，查是谁说的，又查不出来。这日久天长，这些个奴才们跟前，怎么说嘴。"② 如果她们不选择死亡，那么就要认定自己的罪名，并在这个罪名之下受各种人的鄙视和嘲讽；而选择死亡，则还有还自己清白

---

① 孟德斯鸠：《波斯人信札》，罗大冈译，人民文学出版社1984年版，第133页。
② 曹雪芹：《红楼梦》，人民文学出版社2008年版，第955页。

的机会。因此，她们的死亡更是一种无奈的选择，其背后是灰色生命的苦涩和难言的隐痛。日常生活中的悲喜苦乐再没有尊严存在的位置，她们唯有以生命本身毅然选择死亡来超越生活中的苦难。当她们被剥夺了热爱生活、生命的基本权利后，只有这种凄美、苦涩与无奈的选择，才能让她们赢得自我生命的尊严。

可见，晴雯等人选择自杀，只是为了摆脱屈辱，还自我清白以避免带着肮脏的罪名而生活，因而她们的死亡选择是勇敢的而不是懦弱的，是自律的而不是他律的，是崇高的而不是低微的，是高尚的而不是下流的，是伟大的而不是渺小的。正像康德所说的那样："当一个人不再能继续热爱生命时，正视死亡而不害怕死亡，这显然是一种英雄主义。"[①]这是她们以死而生的价值所在。

四、诗与禅：诗意在日常生活中产生

诗意与日常生活也不是对立的，否则诗便失去了产生的基础。但是，日常生活中的复杂关系，又时时在瓦解着诗意。如何处理两者的关系，是人生中的一个难题。唐君毅在《中国文化之精神价值》一书中提出了解决方案："吾人复须知，求吾人日

---

① 伊曼努尔·康德:《实用人类学》，邓晓芒译，上海人民出版社2005年版，第174页。

常之生活与吾人未来之生活，或更高之精神文化之生活相配合，尚不如直接贯注更高精神文化生活之意义于吾人最平凡之生活，以使其当下极其丰富充实圆满，而无待未来更高生活之意想以为补充者。"①日常生活与人类的一切生存活动深刻地联系着，涵盖了一切有着差异性、冲突性的活动，也是这些活动会聚的场所和共同基础。同此，人类的审美信息、宗教诉求和艺术实践作为生产和接受的调节活动，本身就存在于日常生活中。文学艺术家所创构的意象世界可以把这些经验涵盖其中，并形成他们对日常生活批判和超越的思想姿态。以《金瓶梅》《红楼梦》等为代表的日常生活小说既对当时社会的日常生活世界进行了全景式的记录和展现，也与时代思潮紧密联系在一起，表达着作者对当时整个社会的审美、宗教和艺术的态度。从"三言二拍"、《金瓶梅》到《红楼梦》的日常生活史描述，形成了中国古代小说日常生活叙事独特的话语情境、逻辑言路和思想质量。《红楼梦》出现以后，中国古代小说中的生存主体及其审美诉求才开始在日常生活中显示出其坚韧的力量和高贵的质量，日常生活开始具有了批判的意义。

《红楼梦》中的日常生活描写首先展现了个体生存在社会关系中的局限性以及人生价值的虚无性，因为人生意义在一切前在而潜在发生作用的道德、伦理、宗教、人情等关系之中既被预先规定又被现实消解了。这一切，曹雪芹是借助佛道观念（尤其

---

① 唐君毅：《中国文化之精神价值》，广西师范大学出版社 2005 年版，第 181 页。

是佛家观念）的形式来表达的。曹雪芹在精神层面上表现了佛家
思想的一些精神价值和对世界的认识眼光：一方面，曹雪芹在
情节设置上借助了佛道，以佛道始，以佛道终，贾宝玉的一生也
不离一僧一道的观察和谈论；另一方面，曹雪芹对日常生活中
个体生命及其生存状态的认识也深入到了佛道思想的精髓，表
露出佛教哲学的思辨和睿智，书中人物和情节的精神气质也深
受佛道的影响。在全书开卷处，作者就借《好了歌》表达了人生
无常变迁的无奈与感慨：

> 世人都晓神仙好，惟有功名忘不了！
> 古今将相在何方？荒冢一堆草没了。
> 世人都晓神仙好，只有金银忘不了！
> 终朝只恨聚无多，及到多时眼闭了。
> 世人都晓神仙好，只有娇妻忘不了！
> 君生日日说恩情，君死又随人去了。
> 世人都晓神仙好，只有儿孙忘不了！
> 痴心父母古来多，孝顺儿孙谁见了？ [1]

功名与富贵、爱情与亲情，这些日常生活中被人们赋予积极人
生价值的生命追求全被"好便是了，了便是好"消解了。人生的
价值和意义顿时间荡然无存，连生命本身也失去了存在的意义，

---

[1]　曹雪芹:《红楼梦》，人民文学出版社 2008 年版，第 17 页。

即使是具有佛教第一要义的因果论在这一视野下也失去了意义。因为太多事实总在证明，"好有好报，坏有坏报"的观念与生活事实相违。这不是消极的避世之语，而是一番寒彻骨之后的人生感悟。可以说，《好了歌》的含义就是在消解日常生活中一切可以让人留恋的追求。因为这一切在存在与时间的维度上变得不堪一击，时间的无边无际、无始无终可以把一切都融化于无形；而溶解人世间一切的又不仅仅是时间，还有生活本身。

日常生活中的诸多烦恼是与生俱来、不可抛除的，这决定了世间的一切都只是有限的。功名金银、孝子贤妻，不都是人们在日常生活中所极力追求的吗？正在这个认识的基础上，《红楼梦》中的诸多人物才时时流露出对功名的狂热、对金钱的执着、对情爱的痴迷、对不肖子孙的痛恨，这一切都是生活中不可脱离的"苦"。也就是说，世间一切都是变迁不息的，人也处在各种相互牵绊的物我和人事之中；一切众生不能自我主宰，不能自我主宰就是苦，就是烦恼、困惑和悲哀：这是《好了歌》的境界。可以说，整部《红楼梦》的日常生活描述都是在为《好了歌》做注解的工作，日常生活的解构功能消解了其中可能蕴含的诗意和审美。曹雪芹借助巧妙而深刻的情节，用活生生的人物形象和生动细节把这一点传达给我们了。下面我们就以宝玉参禅的事情说明这个问题。

要明白宝玉参禅的含义，就要把这次参禅的前因后果理清楚。这一事件的起因是在宝钗的生日宴会上，宝钗念了一首【北点绛唇·寄生草】给宝玉听。那词写道：

漫搵英雄泪，相离处士家。谢慈悲剃度在莲台下。没缘
法转眼分离乍。赤条条来去无牵挂。那里讨烟蓑雨笠卷单
行？一任俺芒鞋破钵随缘化！①

宝玉听了，"喜的拍膝画圈，称赏不已"，但这还不是他参禅的结
果。这时的宝玉还只在品味辞藻，并没有置身其中，因此尚未切
身体会词中的哲理。同时，宝玉所处的社会人际关系也没有发
挥作用，他还没有陷入左右为难的处境中。实际上，这一处境的
来临势成必然，因为贾母、凤姐、宝钗三人之间的关系已在悄悄
起着作用。贾母重视宝钗的生日，凤姐要把生日的等级办得超
过黛玉，这就使贾母、宝钗、黛玉三人之间发生了关系。这三人
与宝玉都是至亲之人，宝玉自然被卷入其中。最先把这矛盾体
现出来的是黛玉，当宝玉来找黛玉去听戏并问她爱听何戏时：

林黛玉冷笑道："你既这样说，你就特叫一班戏来，拣
我爱的唱给我看。这会子犯不上跐着人借光儿问我。"②

可是，宝玉没有考虑到这些，还只在兴头上。听戏时，宝玉听到
宝钗的话后又赞宝钗无书不知，惹得黛玉说："安静看戏罢，还
没唱《山门》，你倒《妆疯》了。"这无疑是矛盾的发展，宝玉在

---

① 曹雪芹：《红楼梦》，人民文学出版社 2008 年版，第 294—295 页。
② 曹雪芹：《红楼梦》，人民文学出版社 2008 年版，第 293 页。

无意间发展了矛盾。后来贾母因喜欢一个小戏子，叫了来赏钱。凤姐说这戏子"扮上活像一个人"，湘云心直口快地说了出来，但宝玉忙拿眼色止住，这就一下把自己卷入矛盾中了：在湘云那里被湘云抢白一顿，在黛玉那里又被黛玉抢白一顿。他本是处处为别人着想，反而处处受人指责，想来实在无趣得很：

> 细想自己原为他二人，怕生隙恼，方在中间调和，不想并未调和成功，反已落了两处的贬谤。正合着前日所看《南华经》上，有"巧者劳而智者忧，无能者无所求，饱食而遨游，泛若不系之舟"；又曰"山木自寇，源泉自盗"等语。因此越想越无趣。再细想来，目下不过这两个人，尚未应酬妥协，将来犹欲为何？①

脂砚斋在此处批道："前文无心云看《南华经》，不过袭人等恼时，无聊之甚，偶以释闷耳。殊不知用于今日，大解悟大觉迷之功甚矣。"又说："看他只一笔，写得宝玉又如何用心于世道。言闺中红粉尚不能周全，何碌碌偕欲治世待人接物哉？"可见，宝玉本想阻止矛盾的产生却制造了矛盾，贾母与矛盾无关却是矛盾的前因。

可知生活中的一切并非会如你所想象的那样，日常生活中前在的关系网络和社会结构已经先在地制约着一个人的喜与乐、

---

① 曹雪芹:《红楼梦》，人民文学出版社 2008 年版，第 297 页。

痛与苦，并不是个人所愿意的一切关系都无条件地嫁接在生命存在之上，即使是一些十分简单的牵绊也会让人不得自由。牵绊的多与少并不决定牵绊程度的深与浅：爱上一人，可以牵绊终生；恨上一人，也可以至死不能原谅。这些都是生活牵绊的体现。更何况，人生的情与爱、功名与富贵，这些社会上早已确认的价值观念和人生评价尺度都在促使着生存个体不断为这些价值评判而活，而不是为了自己的本质生命而活。这是一对本质上相互否定的矛盾，矛盾的发展自然产生出生命的虚无感和幻灭感。但是，个体生命如不与这些观念与尺度结合在一起，就会返回到动物式的生存状态，这同样是对个体生命的否定。这个悖论决定了生命存在的本质。

如果说日常生活中种种前在关系的制约是一切生存个体不可避免的人生境遇，那么《红楼梦》时代的日常生活描述还具有特殊的意义。《红楼梦》产生的时代是中国封建社会行将崩溃的时代，中央集权的统治延缓了崩溃的进程，至康乾时期出现了回光返照的迹象。因此，集权化官僚体制对日常生活产生了无所不在的渗透性控制，《红楼梦》的作者对本时期日常生活状态的有意描绘无疑是对这种控制的考察与暴露；而且，作者在其叙述设置中处处渗透着这种考察和暴露，亲情、友谊、爱欲无不打上了规训的烙印，教育、宴饮、吟诗作赋、琴棋书画无不陷入规训之铁笼。日常生活中的每个微观领域都融化为无限、无形而无处不在的规训和制约，一切关系都在这种隐含的规训和制约下悄悄进行，直至成为日常；个体的每一个细小的、无意的疏漏都有可能形成对这暗中潜藏的规训的触犯：

> 贾母因问黛玉念何书。黛玉道："只刚念了《四书》。"黛
> 玉又问姊妹们读何书。贾母道："读的是什么书，不过是认
> 得两个字，不是睁眼的瞎子罢了。"①

可见，《红楼梦》中的日常生活问题不仅蕴含着作者对个体生存
意义的思考，还可以归结为对社会文化权力和理性控制的描述。
在这个社会中，体制规范、条例习俗无处不在，其触角弥漫于社
会生活的各个角落，一个人的饮食、体型、姿势都要合乎传统的
行为模式。在黛玉拜见贾赦的一段简短的描述里，我们能深切
体会到日常生活中"风刀霜剑"般的权力控制："不要外道才是"
是对言行的控制，"黛玉忙站起来""笑回道"是对姿态的控制，
"恐领赐去不恭"是对个人行为的控制，诸如此类。同时，作为
日常生活的组成部分，处于宏观统治力量执行者地位的统治者
们，其自身也是被压迫者，他们的享乐消费与狂欢纵欲对其日
常生活统治也有瓦解腐蚀的作用。贾敬的"一味好道，只爱烧丹
炼汞，余者一概不在心上"，贾珍、贾蓉等"那里肯读书，只一
味高乐不了，把宁国府竟翻了过来"，兼之以聚赌嫖娼，"爬灰的
爬灰"等，这一切狂欢式的日常生活，打破了实用理性和伦理道
德的规范和限制。出自本能欲望的越轨行为给呆板的日常生活

---

① 曹雪芹：《红楼梦》，人民文学出版社 2008 年版，第 47 页。

带来快乐和新奇，似乎是对日常生活的激烈重构，实际上其最终还是要被还原为平庸呆板的被压迫状态中去。如此平庸的日常生活图式注定对主体的创造性和生命精神具有抑制作用，它不仅限制了生活其间的人们的视野，使之目光狭窄，而且通过过度类同化和平庸化的精神力量抹杀一切新思想的诞生。于是整个封建肌体便体现出末世景象，"一代不如一代了"。

那么，在"使人类成为一个整体的所有关系获得形式"的日常生活中，人类到底如何实现自我生命的审美化生存呢?《红楼梦》的日常生活史描述同样给了我们答案。充满意义丰富、形式多样的感性力量的大观园将被压迫的主体精神解放了出来，日常生活可以成为"有意义的生活"，就像席勒所指出的完美的古希腊人性："他们既有丰满的形式，又有丰富的内容；既能从事哲学思考，又能创作艺术；既温柔又充满力量。"①就像荷尔德林所说的那样："危险所在之处，也生成着解救！"于是，《红楼梦》日常生活史的审美阐释得以在日常生活本身的基础上展开。《红楼梦》的作者不仅透过日常生活史描述，带给我们的是背离本质人生的窘境；他更通过反抗者们的艺术活动打破这窘境，重建了一种具有诗意的日常生活状态，实现了人类心灵在大地上的"诗意的栖居"。

因此，写诗、作画、游戏、梦境、参禅及至离世、死亡都成了个体摆脱日常生活实用主义原则的有效形式，具有对日常生

---

① 席勒:《美育书简》，徐恒醇译，中国文联出版公司1984年版，第69页。

活超越和批判的功能。为了达到这个目的，作者运用了各种手段：诗社吟诗、梦境指迷、离家出世、死亡抗争等，而最主要的是以诗歌创作为主导的艺术活动。这几种形式交相结合，统一于大观园与太虚幻境，共同组成了严密的体系，浑然天成。于是，审美的、自由的精神世界与现实的、日常生活的世界进行交流，并消除了虚构与现实之间的两极对立，由此形成了《红楼梦》里理想世界与现实世界之间的融合与交叉。以宝玉、黛玉为代表的反抗者们在大观园内或读书写字，或弹琴下棋，无所不至，大观园内的日常生活蕴含着把世界变成"为自我而存在"的充分潜力；通过诗社、谈禅等艺术、哲学活动的化合，他们的生活成为一种有着充分审美意义的生活。日常生活在这里才开始具有内在的诗意和创造性，反抗者们痛苦的精神也得到了暂时回归安息的场所。

然而，反抗者们痛苦精神的暂时回归并不具有终极的意义，因为压抑者们的时时入侵使他们敏感的内心荡出涟漪：外界日常生活的呆板、单调及其背后无所不在的规训还时常幽灵般地在大观园内闪现。史太君在园内的几次宴饮、薛姨妈与黛玉的同住、袭人的通风报信，尤其是后来王夫人的抄检大观园，不都是规训幽灵的身影吗？所以，大观园内反抗者们的日常生活史描述不能简单地停留在诗意层次，它们还包含着异质性因素，由诗意回归而至哲学反思，再到反抗批判，始终涌动着变革的激流。反抗者们即使损失了自己的生命也不向那种平庸之味、压制人性的日常生活模式低头，金钏、晴雯、司棋等对自身人性价值的维护在一定程度上就是对这种压抑性日常生活的反抗与挣脱。

而以艺术活动拯救日常生活中的完美心灵的最典型人物是黛玉，她的艺术理想、诗性智慧使她成为最具形象化、生动性的反思者和反抗者的形象。黛玉诗集中所记载的有她对纯粹压抑性的日常生活的反叛，黛玉焚稿便应具有崭新的意义：这既是对宝玉血泪交织的爱与恨，也是对自我人性的诗意救赎；既是对理性规范生活的彻底绝望，也是对人生自由本质的至情维护。她不愿意让自己一片纯洁的诗意心灵，留存在那个压抑、平庸的日常生活世界中，而愿意让它们和自己一起在烈火与死亡中升华。可见，大观园内以黛玉为代表的反抗者们的日常生活已经由一个权力控制的领域变成反抗权力的基地，在这单调的日常生活中也孕育了石破天惊的批判奋进的力量！

通过上文对《红楼梦》日常生活史的批判解读，可以发现封建时代日常生活的一般特征：第一，日常生活中既定的价值图式、行为准则是个体日常生活中的枷锁和制约，其平庸、呆板和重复性模式在无形地解构着生存主体的生命追求和价值寻觅；没有艺术、哲学活动的日常注定会使每个主体变成同一个主体，昨天、今天和明天也失去了可以分辨的界限。第二，这种过度一般化和平庸化的生活模式还具有强烈的遗传作用，其强大的惯性可以通过血缘、宗法、习俗等文化因子一代一代地传递下去，使接受者的创造能力渐渐衰竭，走向末路。第三，在这种生活模式下的主体生活只能同大自然的节律和生理规律一致，日出而作，日落而息，生老病死，婚丧嫁娶，走向终结。

但是，就像马克思所说，对物质生产的超越只存在物质生产的彼岸一样，过度重复性和平庸化的生活图式也具有超越自身的因素，其形式就是一些充满生命活力、理想诉求和形上思考的艺术生命活动。只是，在前三者的强大力量面前，这些活动的力量显得很弱小，还不足以改变整个传统日常生活的强大惯性，这种惯性有时还可能使主体失去宝贵而年轻的生命（如黛玉、晴雯、金钏等）。因为历来的统治集团也注意到了日常生活对其统治的意义，其统治理念必然要内化到日常生活的每一个角落，而实现这一目的的手段就是确立日常生活中的价值观念、伦理道德、风俗习惯以及宗教信仰。它可以让社会成员以它预先设定的评价体系为日常人生的目标，并在这一体系之中设置重复性和平庸化的文化遗传因子，使之成为主体生命的重要组成部分。正是因为这些有意设置，才使后来者在突破之路上倍感艰难（如宝玉的被迫出家）。

在我国，对日常生活现象进行关注并认识到其哲理意义的著作，可追溯到《礼记·礼运》对日常生活中礼乐思想的探讨。实质上，中国文化的实用理性主义精神与儒道互补的文化模式都是依附于日常生活而得以展开的，历代王朝的统治集团也注意到了这个问题。具体说来，统治集团对文学、艺术、宗教等精神世界的掌控渗透到了现实日常的每一个细节。与海德格尔、许茨、列斐伏尔等人的日常生活社会批判理论相比，中国自古以来的封建艺术品质还不能完全承担生命个体的救赎责任。从《诗经》时代，周王室就已注意到采诗以察民风，以诗歌为核心、具有启发人性自觉价值的艺术形式从一开始就被加上了意识形态的色彩，孔子确立的"诗教"观念是这种情况的典型反应。《礼记·礼运》："夫礼之初，始诸饮食。……犹若可以致其敬于鬼神。"①《周易·豫卦·象传》："先王以作乐崇德，殷荐上帝，以配祖考。"②可见，"礼乐教化"观，从一开始就把政治、教育、宗教信仰和艺术活动等非日常生活内容与日常生活内容连接在一起了。

可以说，把诗歌、音乐等艺术形式赋予其教化和统治功能在一定意义上就剥夺了艺术作为日常生活中个体生命救赎工具的可能性，艺术作为艺术的本质属性让位给了国家意识形态。荀子的《乐论》是这一理论主张的集大成者，也是儒家诗教观的总结。他说礼乐两者相辅相成，是有效地维护社会和谐统一与等级秩序的工具，主张政府应该运用行政手段来控制文艺，审定诗章，禁止"淫声""夷俗邪音"，"凡非雅声者举废""凡非旧文者举息"③。清人俞正燮说："通检三代以上书，乐之外无所谓学。"④因此，从上古之时起，我国就以乐教为本，六艺尽在其中，成为乐教的工具和载体。这就使具有生命自由精神的艺术活动与国家行政活动媾和，并成为后世学者的集体情结。如果

---

① 李学勤主编：《十三经注疏·礼记正义》，北京大学出版社 1999 年版，第666页。

② 周振甫：《周易译注》，中华书局 1991 年版，第 64 页。

③ 梁启雄：《荀子简释》，中华书局 1983 年版，第 280 页。

④ 俞正燮：《癸巳存稿》，辽宁教育出版社 2003 年版，第 65 页。

政治、经济、教育等非日常生活内容与广大民众的日常生活处于分离状态，其作用可能会弱小一些。关键是，作为以农业为本的中国传统社会，其日常生活涵盖了个体生存几乎所有的领域，非日常生活活动和日常生活活动融为一体。这样，其作用就强大多了，这一特点在《红楼梦》中表现得尤为明显。

通过艺术超越日常生活的意义，在明中叶兴起的以《金瓶梅》、"三言二拍"为代表的世情小说中还处于潜伏状态，并没有清晰地呈现出来。虽然有些作品表达了对人性自由自觉的追求，但对日常生活及其批判价值的关注还处在一种自发的状态。除《牡丹亭》《金瓶梅》等思想内涵丰富的作品外，这一意义还付诸阙如。在"三言二拍"等小说中，其日常生活史描述还只是刚刚兴起的商品经济下消费观念、生活方式转变的反映，大都是一些"离合悲欢及发迹变态之事，间杂因果报应，而不甚言灵怪"[1]。我们看到的多是金钱观念对人性的扭曲、极端纵欲的行动对传统礼教的反动以及商品贸易繁荣发展的风俗画卷，它们对日常生活的批判观念还没有成熟起来，对自由完满人性的追求往往通过对人性的扭曲的形式来反映，个体生存中的艺术和审美的维度还没有成为作家的自觉意识。

即使是《金瓶梅》这样内容丰富的著作，其日常生活史描述也离人性的诗意生存和审美救赎相差甚远，充其量只是对当时世态炎凉的刻绘。人性的圆满还没有成为作家创作的自觉追求，

---

[1] 鲁迅：《中国小说史略》，人民文学出版社 2006 年版，第187页。

这与《红楼梦》日常生活史描述的审美价值和思想意蕴相比差得很远。至于《玉娇李》《平山冷燕》《好逑传》等末流,"至所叙述,则大率才子佳人之事,而以文雅风流缀其间,功名遇合为之主,始或乖违,终多如意"①,这种描写模式和主体诉求在《红楼梦》中被加以批判。以《平山冷燕》为例:

> 二女上轿,随妆侍妾足有上百,一路火炮与鼓乐喧天,彩旗共花灯夺目,真个是天子赐婚,宰相嫁女,状元探花娶妻:一时富贵,占尽人间之盛。……若非真正有才,安能如此?至今京城中俱传平山冷燕为四才子;闲窗阅史,不胜欣慕而为之立传云。(《平山冷燕》第二十回)

可见,这些小说虽然也赞扬女子,显其才能,但大多与封建时代的科举、富贵、团圆等伦理要求和价值观念联系在一起,还没有上升到形上思考和审美救赎的层面。只有到《红楼梦》,日常生活史描述才具有批判意义,这也是曹雪芹的良苦用心之所在。有人说明清世情小说"在与理性批判的配合中,一方面强化了自己批判的深度,另一方面也通过文学方式把理性批判渗透到群众头脑中,扩张成为群众性的批判和自我批判,最终使理性批判和日常生活批判在群众中实现了根本的统一"②,这种观点明

---

① 鲁迅:《中国小说史略》,人民文学出版社 2006 年版,第 194 页。
② 金民卿:《文学对日常生活的批判——明清世情小说的文化透视》,载《求是学刊》1996 年第 3 期。

显拔高了《玉娇李》等明清世情小说在日常生活史批判方面的作用和意义，忽略了《红楼梦》在这方面的价值。

可见，《红楼梦》中的日常生活事件描写是对中国封建社会日常生活景观的全景式展现，既揭示了个体生存状态中的种种局限和对生存自由的渴望与追求，也涵盖了整个封建社会几乎所有的文化模式、宗教景观和审美信息，具有极大的包容性。作为我国前现代社会的集大成式著作，《红楼梦》的日常生活史描述与我国以农业为本的社会经济状况是密切相关的，具有自己的特点，在中国小说史上具有不可替代的地位和价值。

第六章
《红楼梦》：记忆的诗学

　　曹雪芹对以往日常生活的深入思考，必然带来一种哀伤和惋惜的情感反思。汉代无名氏《古艳歌》唱道："茕茕白兔，东走西顾。衣不如新，人不如故。"与《红楼梦》一样，这是一曲关于故人与往事的挽歌。《红楼梦》审美意蕴的生成有其独特的内在机制。作为一部记忆之书，作者在创作时对此就有鲜明的表示，并通过一系列的意象体系将之贯穿到全书的每个角落。曹雪芹以前所未有的赤诚情感书写了过往生活的美好与冷酷，从而将中国文学对记忆的理解提高到人类生存本体的高度。如镜花水月般清晰的过往生活只能在回忆中存在，曹雪芹通过自己的真情体验和艺术之笔将之实录下来，赋予其碎片化的意象存在方式，不断启发后来者对日常生活中多重而矛盾的意义进行体验、追寻和领悟，并生成了《红楼梦》独特的精神意蕴。

一、记忆的力量：往事并不如烟

《红楼梦》是一部关于往事的著作，记忆是其艺术精神和审美特质生成的基始性因素。《红楼梦》的长期创作形成了曹雪芹以记忆为核心的生存方式，也形成了《红楼梦》审美意蕴生成的独特的意象运作机制。其中，"顽石""往事""旧物"等意象在这一体系中占有重要位置：以永恒性为特质的顽石在书中幻化为各种形象，时刻提醒读者不要忘记《红楼梦》所记的人和事既真实存在又已成为过去；《红楼梦》中的碎片化往事呈现具有巨大的精神想象空间，使当时当境的往事片段获得了恒新恒异的艺术再生能力，体现出诗的本质特征；点缀全书的旧物也在不断提醒我们《红楼梦》所写为真实而不可不把握的过往之事，并使全书弥漫着一种清晰、真切而又无奈的凄怆情绪。人们常说"中国文化是记忆的文化"，《红楼梦》何尝不是？《红楼梦》是关于往事的著作，因而也是关于记忆的著作；同时，《红楼梦》又是关于衰败的著作，因此其中的记忆力量也就比其他著作更为突出，这一点作者在开篇"作者自云"的道白中即已说明。

脂砚斋，这位曾"亲闻亲历"《红楼梦》中诸多事件的最早评点家，也屡次在他的批语中用"真有是语""真有是事"之类的话语提醒读者注意该书所写多为实事。因此，我们不能将这种以往事再现为内核的记忆书写作为外在化、对象化的叙事策略加以分析。即使这种写作方式在客观上可以作为叙事学理论的某些注脚，但这与作者当初创作此书时的情感状态仍有不小的距离。我们应将这种沉溺于往事的写作方式看作是作者当时当地的生存方式：对于当时的作者来说，创作《红楼梦》是他在日常生活中获得诗意和力量的源泉所在；"花柳繁华地，温柔富贵乡"中的过往生活也从未成为过去，而是一直鲜活地存在心间。于是，对以往生活的描写从而演变为对"现在生活"的记述，虽然这种现在只是虚幻的存在。

记忆具有生理和心理的双重属性，其持久性影响使主体从来都不能摆脱记忆的束缚。或者说，无论是作为整体存在的集体，还是作为个体存在的个人，我们的生存从未离开过记忆。由此，记忆便成为主体生存的本质属性之一。我们不仅在记忆中获得人生的归属感和家园感，而且还在记忆中建构我们的现实生活。一些凝固于记忆中的鲜活意象不断提醒着我们要回忆过去，因而它们具有超越时空的属性。在《红楼梦》中，那块大荒山无稽崖下的顽石正是这样的意象之一。

也正因如此，曹雪芹对旧物的痴迷程度是令人吃惊的。无论这种痴迷是出于写作的需要，还是作者性格本就如此，它都足以引起我们的注意。无可置疑，《红楼梦》所写的诸人、诸事、诸物，仅存在于记忆中，因此都属于旧人、旧事、旧物。

在我们的生命体验和文化传统中，旧物从来都不是它自身，时间的侵蚀使它成为各种关系和情感的集合体。《红楼梦》中充满了各种旧物，古画、古诗、古玩、已死了的古人，等等。这里，我们以衣物为视点讨论曹雪芹对旧物的迷恋和《红楼梦》的记忆特质。古人常说："茕茕白兔，东走西顾。衣不如新，人不如故。"但在《红楼梦》中，作者却十分专注于描写"半旧的""半新不旧的"衣物。需要注意，从黄帝"垂衣裳而天下治"开始，衣物就脱离其物理意义而成为礼制的象征。在此基础上《礼记》等书又进一步将之礼仪化，衣物又成为子孙与父辈祖先进行情感交流的纽带。

从这个角度看，《红楼梦》中那些或"半旧"或"半新"的衣物就颇耐人寻味。这些"半新不旧"的衣物不时在书中出现，虽如惊鸿却令人印象深刻，仿佛作者是借这些一闪而逝的半旧之物提醒我们书中所写的乃为过往之事，以免我们因沉浸在"花柳繁华地，温柔富贵乡"中而忘却了事件本身。林黛玉，这位以聪明敏感著称的少女，在她刚进入贾府时，所见到的荣禧堂中却全是"半旧"的陈设："半旧的青缎靠背引枕""半旧的青缎靠背坐褥""半旧的弹墨椅袱"（第三回）。

这些触目皆是的半旧陈设不只向我们展示黛玉的敏感心理和敏锐观察力，同时还向我们展示出贾府中处处弥漫的陈腐气息，同时也似乎向我们暗示黛玉离开家乡后所产生的浓厚的怀旧情绪。可以设想，在这样的环境里，如果没有情感和想象的滋润，黛玉的生活将是何等枯燥与单调！在我们的阅读中，林黛玉对宝玉所赠送的两方"半新不旧"的手帕所产生的情感体验让我们记忆深刻。

挨打后的宝玉行动不便，只能遣知心的晴雯在晚间给黛玉送去这两方旧帕以表心意。与常人一样，黛玉起初以为这两方手帕应是宝玉新得的，因而不以为意、想要推辞。当晴雯说"不是新的，就是家常旧的"之后，黛玉"着实细心搜求"；在"体贴出手帕子的意思来"后，"不觉神魂驰荡"并起床写下了堪称绝唱的《题帕三绝》。晴雯对此却"一路盘算，不解何意"，这正是黛玉和晴雯的差别。晴雯不解其意与晴雯无关，因为这两方手帕曾在第二十九回出现过，晴雯对那个激动人心的场景或许有所耳闻，但不能切身体会两人那时那地的情感纠葛。两位玉儿因为张道士的提亲事件而吵架哭泣，他们就是用这两方手帕擦拭眼泪的。

　　我们还应记得，小红和贾芸的爱情故事也是从小红遗失的一块手帕开始的。虽然递到小红手中的手帕已不是她的手帕，但她也坦然受之，以示她接受了贾芸的情意。为了突出这两方旧帕的重要性，作者写晴雯一进潇湘馆就看见"春纤正在栏杆上晾手帕子"。不仅当时已是入夜时分，晾晒衣物几乎已不可能；而且在我们的印象中，春纤——这位在书中仅出现两次的小丫头也仅做过在晚间晾晒手帕这样一件奇妙之事。即使如此，作者还是设下了此处细节，以至于脂砚斋不得不批道："送的是手帕，晾的是手帕。妙文！"在此情感背景中，"半新不旧"的并不是手帕，而是两人所曾经拥有的过去，那些纠结不清、彼此折磨的日子由此具有了其他情感所不能替代的价值。

　　无独有偶，在当日晚饭过后，当宝玉完全沉浸在对黛玉宛若天人的容貌的欣赏中时，黛玉所看到的宝玉却首先是"穿着银红撒花半旧大袄"的样子，然后才是他如满月般的面孔。在这"半旧大袄"的衬托下，宝玉的模样永远新鲜依旧，定格在黛玉此后的精神世界里；以至于在两人心意相通之后的雨夜中，黛玉在灯下打量来访的宝玉时，首先看到的仍然是"里面只穿半旧红绫短袄"（第四十五回）。在我们的印象中，宝玉好像从未穿过新衣服，袭人在雪天中还曾给宝玉送过"半旧的狐腋褂"（第五十回）。仅有的一次是，他所穿的贾母新给的雀金裘也因失误而被火炭烧了一个洞，在晴雯冒死补救后，这件华丽的衣裳在一天之内迅速由新变旧。

在《红楼梦》中，对半旧衣物的细致打量不是黛玉的专利，宝玉及他人对旧物的关注也相当引人注意，这正可说明曹雪芹对旧物（尤其是旧衣物）的偏爱。当作者通过宝玉的眼睛第一次对薛宝钗的容貌进行描摹时，宝钗也是以身着"半新不旧"的衣服的样子出现的。在险些丧命后养病的日子里，宝玉身着家常旧衣接见了借投机取巧而到大观园中工作的贾芸；也是在此状态下，宝玉第一次认识了小红。

当时的场景耐人寻味：怡红院中除了宝玉之外空无一人，小红在这样的机会中为宝玉倒了生平的第一次茶，虽然茶在中国古代文化中的象征含义与小红和宝玉无关；也在此时宝玉"一面吃茶，一面仔细打量那丫头"，谁知这丫头也"穿着几件半新不旧的衣裳"（第二十四回）。不仅如此，在贾赦想纳鸳鸯为侍妾、邢夫人去试图说服鸳鸯而"浑身打量"鸳鸯时，也见鸳鸯

"穿着半新的藕合色的绫袄，青缎掐牙背心，下面水绿裙子"，正是这身"半新"的衣服让鸳鸯显示出不同寻常的韵味。湘云女扮男装，身穿"半新的""小袖掩衿银鼠短袄"（第四十九回）的俊爽可爱的身姿同样让我们印象深刻。尤二姐去世后所留下的"素习所穿的""几件半新不旧的绸绢衣裳"（第六十九回）也让贾琏和平儿伤感不已，并加深了他们对二姐的怀念和痛惜。这样的描写让我们想到《牡丹亭》——这部被《红楼梦》大量引用的戏剧——中的类似景象：杜丽娘因不能得见梦中人郁郁而终，在她死后的周年忌日里，春香——这位与她一同长大的儿时伙伴和类似姐妹的丫鬟看到她所赠送的罗裙后也忍不住泪如雨下。值得注意的是，汤显祖这位至情至性的作家，在填下此情节中"赏春香还是旧罗裙"（《牡丹亭·忆女》）一句唱词后，情不能禁，一个人躲在柴草堆里恸哭不已，直到家人发现才得以结束。

可见，《红楼梦》中如此众多的关于旧衣物的描写，无疑是一种情感投射，所反映的正是作者对过往生活不断回忆的迫切愿望，也正是这些旧衣物在不断提醒读者注意《红楼梦》本就是一部记忆之书。如此众多的半旧衣物出现在《红楼梦》中显然不是偶然的，而应是作者的故意设置。在某种程度上，唯有这些旧物才能彰显书中人物的情感和心理体验；亦或许，在曹雪芹创作《红楼梦》的日子里，那些曾经带给他或欢乐或痛苦的情感体验的旧物诱发了他的无限回忆，并滋养了《红楼梦》的创作。

二、追求永恒：刻在石头上的故事

在《红楼梦》中，顽石以其永恒存在的物理属性和超越一切的神圣属性成为全书的起源和最后根源。于是"永恒存在"和"超越一切"即成为作者以女娲补天神话开始的隐喻，顽石也成为这样一种象征符号：顽石是一切事件的见证者或亲历者，当所有过往生活如烟雾般消散时，顽石却可成为这些事件的抹不掉的痕迹而存在。于是，那些如烟雾般消散的往事在这永恒性的痕迹的诱发下又如烟雾般重新聚拢，形成一个新的生活世界，这就像我们在陈旧的书橱或杂乱的书摊上与古书相遇而发现了留存于某页之上的一缕墨迹或一点血痕一样。这墨迹或血痕会让我们重回消失已久的当时当境，或者引起我们对此书拥有者的遐想：是一位极通文墨的瘦弱书生，又或是一位在冷雨幽窗之下苦吟的闺中少女？曾经的墨迹或血痕既是他们过往生活的一缕见证，又或许如桃花扇面上的鲜红？

与此相同，具有超越一切和永恒存在性质的顽石也在告诉我们：本书所记的一切虽已幻灭但仍如顽石一样，具有超越一切和永恒存在之性质，因而也值得我们对之玩味、品鉴。因此，顽石是书中一个关于永恒记忆的意象符号，不但出现在全书的开始和结尾，而且还以各种幻化的形象点缀其间。余国藩在《重读石头记》中这样评价大荒山的这块顽石："弃石的故事，同时也在不断强调荒唐的表象之下，其实蕴藏有无限的真实。历来的文学撰述，总是把叙述时间再度铭刻在宇宙的时间之中，亦即将之铭刻在和宇宙的'历史'并行的时序之中，而《红楼梦》开书所谓小说中的故事'无朝代年纪可考'，显然和上述观念殊途二辙。"① 作者认为《红楼梦》中的顽石设计强调的是该书"虚构性"的"存在的模式"而与前述观念"殊途二辙"，显然不符合全书开篇的宇宙洪荒精神及其所蕴含的永恒性之价值。

　　作为记忆的象征符号，这块顽石具有极为吊诡的性质：一方面，它不断通过各种方式告诉读者，它见证了书中所有事件，这里所有一切都真实发生过，即所谓"俱是按迹寻踪，不敢稍加穿凿"（第一回）；另一方面，它又不断提醒读者书中所写的都是过往之事，万不可以现实眼光对之观照、玩味。每当读者沉浸书中境界而将之作为"正在发生"之事看待时，它就以一种全知全能的姿态出现，指点江山，提点读者，从而打断读者，让读者从对"眼前之事"的迷恋中惊醒，这似乎在告诉我们万不可"以假当真"。虽然作者早已强调此书是一部"将真事隐去"的游戏之作，但正是这种欲盖弥彰的方式，反而在时时提醒读者，不可忘记书中所写原为"真人真事"，石头正是与此种叙事方式密切相关的"点醒物"。与这块来自神话时空中的顽石一样，书中间或出现的历史中的旧人或旧物，也往往起到提点读者的作用，如第五回出现的"安禄山掷过伤了太真乳的木瓜"之类。

　　顽石的吊诡性质在"憨湘云醉眠芍药裀"一节中有更耐人寻味的描写。对石头有着特殊爱好的曹雪芹既让全书以石开篇，

_____

① 　余国藩：《重读石头记》，（台北）麦田出版社 2004 年版，第 172 页。

又让湘云在石上醉卧：

> 湘云卧于山石僻处一个石凳子上，业经香梦沉酣，四面
> 芍药花飞了一身，满头脸衣襟上皆是红香散乱，手中的扇子
> 在地下，也半被落花埋了，一群蜂蝶闹穰穰的围着他，又用
> 鲛帕包了一包芍药花瓣枕着。①

正像有的学者所评述的一样："在如此娇憨脱俗的画面面前，谁
还会感觉到时间的流逝？"②作者让如此美丽的场景在"山石僻处
一个石凳子上"上演，或许有其不言而喻的意味：在繁花落尽、
水逝湘江且大观园诸芳流散后，存在于大观园之中的却唯有沉
默不语的"山石"或"石凳"，一如青埂峰下的顽石。顽石的永
恒性，又一次让红尘事件显得极其短暂。即使如余英时等人所
设想的那样，大观园的存在形成了《红楼梦》中的两个世界，《红
楼梦》中所有美好事物似乎都凝固在这个与世隔绝的世界里，它
的美好似乎也具有抗拒时间流逝的力量，但超越时空的顽石却
"幻化"为大观园入口处的"一带翠嶂"。虽然这"一带翠嶂"被
敏感的张新之认为是大荒山所幻化，但大荒山的核心精神却仍
在青埂峰下的顽石身上，而且我们又如何证明这里的"山石"或
"石凳"就不是青埂峰下的那块顽石所化呢？

---

① 曹雪芹：《红楼梦》，人民文学出版社 2008 年版，第 855 页。
② 单世联：《记忆的力量——〈红楼梦〉意义述论》，载《红楼梦学刊》2005 年
　　第 4 辑。

　　这块顽石是超越时空的，时间对它来说失去了能够带走一切的力量，它只能成为时间流逝的见证者，而不能被时间所侵蚀。在这种自由存在中，它可以幻化为各种形象，或为书中意象，或为书中人物；即使在它什么也不是的情况下，贾宝玉所佩戴之物仍活跃在书中，并制约着诸多事件的形成和发展。在第一回，石头"口吐人言"，从它与"一僧一道"的侃侃相谈中，我们可以看到其自豪之情溢于言表。在书中人物或化为烟尘或沉没于时间深潭后，只有它——具有永恒性的顽石，还留存在没有时空限制的荒山深崖之下。显然，正是对全部事件的"亲睹亲闻"使顽石获得了充分自信。它记住并洞晓一切情缘、孽缘，知道过去、未来，因而也有资格向红尘中的世人重叙此事。

　　往事具有真理的性质：迫切而不可把握。这种性质，其实也是诗的性质。现实生活固然可喜，但同时也具有琐碎、平庸和单调的性质，有时人生中的坎坷境遇还会让我们产生世事无常的虚幻感，从而否定现实生活的存在价值。在这个意义上，往事所具有的永恒魅力是现实生活所无法比拟的。现实生活只有成为往事，它才能战胜时间迁流的瞬间性和流动性而获得永恒性。于是，往事具有了他物所不能具有的双重性质：它既是主体的生命历程，但又不被主体占有。鲜活而不能把握，是往事获得永恒性审美价值的根源所在，《红楼梦》作为记忆之书的魅力亦在此。

　　如前所言，《红楼梦》是一部关于往事的著作。在这部书中不存在未来，也无须存在未来，因为未来总存在于过去之中。不知为何，我们对自己当下生活中的诸多因素抱有一种天然的排斥心理，除非我们能自由自在地生活。然而后者在日常生活中显得相对奢侈而难得，因而我们总会在有意无意间将当下生活中诸多生活细节遗忘，虽然这些细节与留存在记忆中的永恒意象相比具有同样的诗性价值。

就像李商隐的诗："此情可待成追忆，只是当时已惘然。"当下的日常生活往往只有在成为往事时其审美价值才得以充分彰显，而处于当时当境的我们却往往注意不到。正因如此，一切文学作品，包括抒情意味浓厚的诗歌和散文，都喜爱以呈现往事的方式出现。它首先就告诉读者这是一件已成过去的事件，或者说此情此意也是过往云烟。无数作品中的那些如《红楼梦》中"作者自云"的真情告白更多是一种独白，虽然他们都在试图让读者进入这种回忆的情境。从这个角度说，文学不需要未来生活予以憧憬，过往生活才是它永恒的根底。因此，我们可以这样认为，在《红楼梦》的艺术世界里不需要未来，因为一切未来已蕴含在这如许的"温柔富贵乡"之中。作者似乎在告诉读者：无论未来多么美好，它都不能超越过去。作为一位沉浸在往事回忆中不能自拔的作者，曹雪芹当下的日常生活是寂寥的同时也是诗意的，是失意的同时也是快乐的，等等。这具有多种性质的生活是他独特的回忆式生存方式所决定的。陪伴他走向未来的正是纠结于心间的往事，以及随之产生的无限惘然的情绪。

《红楼梦》中的往事是碎片化的，它的完整性由读者建构而成。这种碎片化的往事呈现具有某种程度上的必然性：作为人类心理和生理的双重反映，记忆总是以现实意象的方式存在，记忆中的往事自然也只能以意象化或碎片化的方式存在。存在于时间中的我们的日常生活从来没有中断过，即使在沉睡中，我们的生活仍以沉睡的方式继续前进。

与此不同，存在于记忆中的过往生活却已经过了选择：那些能够在我们的记忆中不断浮现的场景、人物和事件等，只能以碎片化的方式出现，其他与我们生命或切己或无紧密关联的往事将永远消失；同时，我们的心理或生理机制也在不时地或无意或有意地将某些事件遗忘。因此，《红楼梦》的作者在对以往生活进行重构时只能以碎片的方式加以呈现，这是由记忆的本质属性决定的。好多作者不懂这个道理，往往力求全面展现自己描写的事件以求其完整性，这恰恰忽略了记忆的文化心理特质，因而其作品也失去很多意蕴。《红楼梦》这种将过往生活以片段化方式呈现给读者的做法，不能排除含有作者故意为之的成分。作为一位在记忆中生存的作者，曹雪芹十分懂得碎片化事件所具有的不可替代的魅力。因为，事件的完整性带有极强的封闭性，因而也带有排他性。在一件从头至尾都完整无缺的生活事件面前，无论观者具有怎样的想象力和主体介入意识，他都无法深入此事并生发自己的想象，主体精神的再生产能力也随之消减。

碎片化的事件与此不同，正因为它以碎片化的方式存在，所以它具有无限的精神再生能力：它给不同的观者以不同的想象空间，从而与不同的活的现实生活形成不同的互动关系，并再生出不同的审美情境。而且，《红楼梦》中的碎片化生活事件已经过作者的筛选和剪裁，因而也具有更多的个性和普遍性，其中的人生体验会引起更多读者的共鸣。这正是诗的本质，也是《红楼梦》中碎片化生活的普遍性审美特质。

宇文所安，这位深谙中国古典诗歌艺术精神的美国学者，在他的论著中也说："任何文学作品自身并不是真正完整的，它更多地根植在超出作品之外的生活中和继承得来的世界里。"[①]应该说，曹雪芹深刻懂得碎片化事件在作品中所能达成的这种审美效果。为此，他使用了诸多的写作技巧，比如：在全书的阅读过程中，我们常看到作者使用的"一语未了"；但下一章节开始后却并未与上回的"未了"之事相关，而且上回的"未了"之事从此不再出现。当然，这种情况的大量存在并非全是技巧上的需要，《红楼梦》特殊的成书过程也造成这些"未了"之事的存在。虽然俞平伯述及此事只是为了说明《红楼梦》一书在写作艺术和精神意境等方面是他人绝难安叙的佳作，但同时也说明该书中的碎片化生活事件所具有的完整性力量。碎片化的事件总让我们想起这件事情中的人和物，而不是这件事后来到底如何，碎片化使其中的人与物获得了个别性和独特性。相反，整体性事件中的人与物因为事件的完整性反而丧失了自己的个别性和独特性。因此，将过往生活以碎片化的方式呈现，是《红楼梦》

① 宇文所安：《追忆——中国古典文学中的往事再现》，郑学勤译，生活·读书·新知三联书店 2004 年版，第 77 页。

中记忆意蕴生成的重要方式之一。

因此，《红楼梦》中的碎片化往事呈现是让过往的人与事重获个体性生命的重要手段。孔子"逝者如斯夫，不舍昼夜"的喟叹，蕴含着无限的无奈和寂寞，因为无情而永恒的时间之流让存在其间的所有独特的人与事在消逝之后变成一般，就像具有鲜活生命个性的主体在死后化为泥土一样：这里的"泥土"虽是生命所化，但与世界上其他各处的泥土并无本质差别；只有那不肯逝去的青丝或骨骸或许还向它的观者诉说着曾经存在的"这一个"，然而这只是徒劳的。这种力求以碎片化的往事获得永恒性存在的艺术努力，最终融化、沉淀为《红楼梦》不可或缺的艺术灵魂和精神特质。

三、仙境与仙女：大观园与金陵十二钗

对日常生活的回忆，本质上是一种乐园的建构，因为人们往往把过往生活看作是完美的、值得回忆的。与这种方式并行的，是人们对未来生活世界的建构。这种未来建构带有乌托邦的性质，在中国文化中就是仙境乐园的建构。建构仙境乐园，神仙信仰是其核心的思想基础。《红楼梦》里的大观园和太虚幻境则都是仙境乐园。一直以来，《红楼梦》中的神话系统和仙话系统都没有被研究者区别开来，而是笼统地称之为神话系统，这不符合《红楼梦》文本的实际情况。据笔者统计，《红楼梦》前

八十回中共使用"仙"字127次，其中包括使用"神仙"一词的17次。在书中使用"仙"字的地方，除了用在"凤仙花""临江仙"等专门性名词上的4次外，其余皆与神仙有关。

此外，书中诗句、情节和意境等受到神仙思想和仙话文学典故影响的例子也不胜枚举。因此，《红楼梦》中所蕴含的神仙思想和仙话成分是自成系统的，其表现形式具有多样性和综合性的特点。主要有以下表现形式：

首先，书中的主要人物如贾宝玉、林黛玉等皆来自仙境，而且红楼儿女死后也都要回归仙界，永享神仙乐趣。书中写贾宝玉的前身那块顽石，虽无缘补苍天，却落得逍遥自在，整日各处游玩，并与警幻等仙人相交游，这块顽石无疑是一位在仙境自在逍遥的神仙。警幻仙子知它有些来历，便给了他一个"神瑛侍者"的称号。生于凡世的贾宝玉，风清骨俊，飘逸潇洒，也是神仙一流人物。对于林黛玉的前身绛珠仙草，作者明确用"仙子"呼之，所谓"世外仙姝寂寞林"。处于凡世的林黛玉，有着似娇花照水、清丽端雅的仙姿，如弱柳扶风、轻盈飘逸的仙步，才华出众、灵动聪颖的仙才以及高超清逸、清新脱俗的仙笔，所以贾宝玉第一次见到林黛玉就称其为"神仙似的妹妹"。可以说，林黛玉完全是一个人间仙子的角色。

同时，《红楼梦》中的众女子也都是仙界中的人物，并最终复归仙界，所以作者称人间女子的卧房为"仙闺"。林黛玉去世时，"只听得远远一阵音乐之声"，这与中国传统仙话写世俗之人修炼成仙飞升时的状态是一致的。曹雪芹在晴雯死后借晴雯之口说道:"我不是死,如今天上少了一位花神,玉皇敕命我去司主。……我这如今是有天上的神仙来召请。"①晴雯死后被火化而成为太虚幻境的仙子,也在某种程度上体现出火葬与神仙思想之间的联系,甄士隐、柳湘莲等人的结局安排也可视为"隐化成仙"的例子。可见,《红楼梦》中的诸多人物形象都有被神仙思想渗透的痕迹。

其次,《红楼梦》中的诸多细节均来自传统神仙思想及其信仰中的象征性文化要素,它们成为全书的有益组成部分。《红楼梦》第二回称人死为"仙逝",秦可卿停灵之处亦名为"登仙阁"。石头称一僧一道为"二仙师",作者也反复称二人为"二仙",并称道人为"跛仙",可知僧道二人在《红楼梦》中被作者赋予了仙人身份。作为神仙人物的警幻仙子、僧道二仙贯穿了全书的始终,成为故事情节展开之枢纽。太虚幻境本身就是仙境,其中所有物件均是仙界之物:"群芳髓"是仙香,"千红一窟"是仙茗,"万艳同杯"是仙酒,《红楼梦十二支》是仙曲。"仙香""仙茗"和"仙曲"等名称都是作者所明确使用的。此外,《红楼梦》里写了很多丸药,如"人参养荣丸""冷香丸"等,而丸药是仙药最主要的形式,所以脂砚斋在第五回眉批上说:"群芳髓可对冷香丸。"冷香丸的制作方法与"群芳髓""千红一窟""万艳同杯"等众仙女日常生活用品的制作方法基本上也是一致的,比如"群芳髓"是由"名山胜境内初生异卉之精,合各种宝林珠树之

---

① 曹雪芹:《红楼梦》,人民文学出版社 2008 年版,第 1097 页。

油所制"而成，"千红一窟"是"以仙花灵叶上所带之宿露"烹制而成，"万艳同杯"乃"以百花之蕊、万木之汁，加以麟髓之醅、凤乳之曲"（第五回）酿造而成。而且，《红楼梦》中的日常生活描写很多场合都渗透着神仙思想及其信仰的象征性细节，这在下文的论述中可以见到。脂砚斋说，"此书中异物太多，有人生之未闻未见者"，究其实也与这些"异物"多来自神秘仙境有关。

最后，"木石前盟"与"金玉良缘"的文化设计也有着原始神话和仙话的基础。而且"金玉良缘"极可能来自神仙观念，因为贾宝玉所佩之宝玉与薛宝钗的金项圈上所刻的"莫失莫忘，仙寿恒昌"和"不离不弃，芳龄永继"，即取"永锡难老"（《诗经·鲁颂·泮水》）之意，以祈求长生为主要目的，而神仙之道以长生为本。金和玉一向被认为是难得的仙药，《抱朴子·金丹》专门叙述了服食黄金能"炼人身体""令人不老不死"[1]的特点，而且服食金丹成仙后则"长生不死，万害百毒，不能伤之，可以畜妻子，居官秩，任意所欲，无所禁也"[2]。

据《史记·孝武本纪》，汉武帝时的方士李少君也说用黄金器皿盛放饮食则可以益寿，达到与"海中蓬莱仙者"相媲美的程度。由此可见"金"对于凡人成仙的重要性，所以修仙服食的丹药被称为"金丹"，《云笈七签》以十一卷内容专门论述了仙家金丹术的各方面问题。《红楼梦》第六十三回有"死金丹独艳理

---

[1] 葛洪著，王明校释：《抱朴子内篇校释》，中华书局1986年版，第83页。

[2] 司马迁撰，裴骃集解，司马贞索隐，张守节正义：《史记》，中华书局1982年版，第455页。

亲丧"的描写，说明当时修仙仍以服食金丹为上。"玉"同样也是仙药中的珍品，葛洪《抱朴子·仙药》："玉亦仙药，但难得耳。《玉经》曰：'服金者寿如金，服玉者寿如玉也。'又曰：'服玄真者，其命不及。'玄真者，玉之别名也。"[①]这里，"金""玉"对举，突出了两者与成仙之间的密切关系。《列仙拾遗》记周穆王南巡，"造昆仑时"，"食玉树之实"，与居于"群玉之山"的西王母"相与升云而去"，是食玉成仙的典型。曹雪芹也曾用"金门玉户"来指称神仙府第。

　　我们不能在书中找到明确言论来证明"金玉良缘"的设计与作为仙药的金玉之间有必然联系，但如果说两者之间没有一点联系，则也是武断的，因为作为"金玉良缘"的金玉与作为仙药的金玉都取自于金玉所具有的高贵、珍奇、长久和祥瑞等象征意义。这一点是不容否定的。

　　《红楼梦》不仅在主要人物塑造和诸多细节设计上借用了神仙思想和仙话文学的元素，形成了《红楼梦》中的神仙世界；而且在叙事结构和思想意蕴上也借鉴了中国传统仙话的成分，由此形成了全书独特的神仙氛围：体现出曹雪芹"尚古"的原始主义思想倾向。《红楼梦》中很多情节设计都来自神仙思想和仙话文学传统，主要有：

　　1. 大荒山来自中国原始仙话，是全书情节展开的基础；
　　2."金玉良缘"与"木石前盟"的结构设计既受到了神仙思想的

---

① 　葛洪著，王明校释：《抱朴子内篇校释》，中华书局1986年版，第204页。

影响，也是曹雪芹对原始神话的仙话化改造；3. 以警幻仙子、僧道二仙贯穿全书的叙事结构；4. 根据脂砚斋的批语和书中的诸多细节，可知大观园是太虚幻境在人间的投影，是红楼儿女们生活的乐园，两者之间形成了互动的结构关系；5. 第五回"贾宝玉魂游太虚幻境"的情节，借鉴了仙话中的"游仙"母题，成为全书结构之枢纽；6. "黛玉葬花"亦有仙话基础，这有黛玉所说的"仙杖香挑芍药花"（第四十回）的诗句为证。这里主要讨论1、4、5三个方面：

　　首先，《红楼梦》继承了中国原始仙话中的仙山模式，为全书情节的展开奠定了基础，也奠定了全书的情感基调和思想意蕴。《红楼梦》开篇即说女娲在大荒山无稽崖炼石补天之事，而大荒山乃是在时间和空间上均无可稽考之山，是《红楼梦》故事发生的整体环境，作者因此亦用"荒唐言"敷衍出"荒唐事"。"大荒山"来自《山海经·大荒西经》："大荒之中，有山名曰大荒之山，日月所入。有人焉三面，是颛顼之子，三面一臂，三面之人不死，是谓大荒之野。"[1] 可见，大荒山是日月所入之地，在这里居住着三面一臂的不死仙人。因此，大荒山是一座典型的仙山。正是大荒山这种荒远奇异、长生永存的意象世界寄寓着《红楼梦》中人物行事的价值观念和全书的思想意蕴，是全书情节展开的基础。随后，《红楼梦》以女娲补天有石头遗存作为全书情节展开的楔子，但作者随之又叙述顽石"自经锻炼之后，灵性已

---

[1] 袁珂：《山海经校注》，北京联合出版公司2014年版，第348页。

通"（第一回），这个小转折完成了《红楼梦》由神话向仙话的过渡，也完成了全书从神话世界向仙话世界的过渡。紧接其后，作者又叙述了"骨格不凡，丰神迥别"的僧道二仙在青埂峰下"说些云山雾海、神仙玄幻之事"而引起顽石动心，后又叙述了空空道人"访道求仙"路经此地与顽石相遇的事情。在第十七回，大荒山又幻化为大观园入口处的"一带翠嶂"，因此张新之对此处景点评道："便是大荒山，所谓又向荒唐演大荒。"可见，大荒山给全书笼罩上了浓厚的仙话色彩，并成为《红楼梦》全书情节展开的基础和最终归宿。从这个角度看，《红楼梦》开篇选择大荒山作为叙事的起点，与仙山崇拜无疑有着密切联系。

其次，《红楼梦》借鉴了原始乐园仙话作为组织结构的基本元素，创建了太虚幻境和大观园相互写照的二元转化结构，构成了全书叙事结构的基本框架。与原始仙山仙话一样，原始乐园仙话也是一种乌托邦化、理想化的世界，这个世界超越了个体生存中的种种劳苦和折磨，也超越了时间和空间的限制。这与《山海经》中"诸夭之野""沃之野"等文化心理设计一脉相承："此诸夭之野，鸾鸟自歌，凤鸟自舞；凤皇卵，民食之；甘露，民饮之，所欲自从也。百兽相与群居"[1]，"沃之野，凤鸟之卵是食，甘露是饮。凡其所欲，其味尽存。……鸾凤自歌，凤鸟自舞，爰有百兽，相群是处，是谓沃之野"[2]。在这个世界里，有

---

① 　袁珂：《山海经校注》，北京联合出版公司 2014 年版，第 202 页。
② 　袁珂：《山海经校注》，北京联合出版公司 2014 年版，第 335 页。

"爱歌舞之鸟"，而且"百兽爰处""百谷所聚"，人民可以"不绩不经，服也；不稼不穑，食也"。《庄子》《列子》中的"藐姑射山"也是典型的仙国乐园。在这个神秘的乐园内，人们的物质生活和精神生活都很丰富，与天堂类似。由此人们幻想世间定也存在这样一个地方，以作为人间天堂的映射，将现实世界与彼岸世界建构成一个可以相互交流、转化的良性关系。这种观念表现在《红楼梦》中，就是大观园与太虚幻境之间的关系，生活于其中的红楼儿女由此成为仙凡两界的神仙人物，大观园由此具有了神秘性和神圣性。《红楼梦》中以贾宝玉和林黛玉为核心的一干主要人物死后都要回归到太虚幻境，她们全都成为仙境中永远年轻美丽的神仙，自在逍遥，无忧无虑，永远享受着自由的乐趣。但与《山海经》中"以衣食为中心，追求生命的恒久、充实和幸福"为目的的乐园不同，《红楼梦》所创造的乐园更侧重其精神性。

最后，《红楼梦》借鉴了中国传统神仙思想和仙话文学中的游仙模式，并以此组织情节，严密结构，深化了全书的思想意蕴。这一点突出表现在第五回和第七十八回。《红楼梦》第五回写贾宝玉梦游太虚幻境的情节来自黄帝"昼寝而梦，游于华胥氏之国"（《列子·黄帝》）的仙话传说，曹雪芹在本回的标题诗中也指明了这一点。梦稿本《红楼梦》第五回标题诗云："春困葳蕤拥绣衾，恍随仙子别红尘。问谁幻入华胥境，千古风流造业人。""幻入华胥境"点出了本回情节设计的渊源，这个情节规定了全书故事发展的方向。贾宝玉在看册子时，"那仙姑知他天分高明，性情颖慧，恐把仙机泄漏，遂掩了卷册”①。“仙机”即指红楼儿女们未来的命运，统摄着全书的叙事结构和情节发展。从审美的角度看，所谓“游仙”，就是要把自我的生命寄托于自然，与天地万物相亲相依，自我心灵完全复归于一个放任自在、充满自然意趣的状态，是主体精神和情感自由遨游的状态。

　　《红楼梦》第七十八回是典型的例子。在《芙蓉女儿诔》之后，作者用一段乱词叙写了与屈原《离骚》《远游》和《淮南子·道应》等篇章颇为相似的游仙情节：

> 天何如是之苍苍兮，乘玉虬以游乎穹窿耶？
> 地何如是之茫茫兮，驾瑶象以降乎泉壤耶？
> 望繖盖之陆离兮，抑箕尾之光耶？
> 列羽葆而为前导兮，卫危虚于旁耶？
> 驱丰隆以为比从兮，望舒月以离耶？
> 听车轨而伊轧兮，御鸾鹥以征耶？ ②

在苍茫无垠的宇宙中，诗人乘玉虬、驾瑶象，上下求索伊人而不见。这其中有珍禽献彩、异卉馥郁，有列仙前导、陆离星辰，但并不见所寻伊人之踪影。这一切难道都是天运变化的结果吗？在这窈窕冥漠、恍有所闻的世界里，诗人仍心存慨然，郁郁不

---

① 曹雪芹:《红楼梦》，人民文学出版社 2008 年版，第 79 页。
② 曹雪芹:《红楼梦》，人民文学出版社 2008 年版，第 1112 页。

乐，心中的压抑和痛苦并没有因为这神奇的仙人世界而稍微减轻，反而因为伊人不见而更加怅然若失。于是作者又反复哀叹道："余犹桎梏而悬附兮，灵格余以嗟来耶！来兮止兮，君其来耶？"（第七十八回）

可见，中国传统的神仙思想和仙话文学传统在《红楼梦》的叙事结构中占有极为重要的地位。中国传统的神仙思想不仅奠定了《红楼梦》全书的叙事框架，形成了独特的情感氛围和审美情境，贯穿了全书的始终；而且在关键性的情节设置方面，《红楼梦》也借神仙思想完成了具有全局性的结构设置，赋予其浓烈的文学性、精神性和审美意味。

正如神仙思想在中国古代现实生活中的多样性表现一样，《红楼梦》中神仙思想的表现形式也是多样的，从中体现出曹雪芹对神仙思想的辩证态度和情感指向。受世俗观念和宗教观念的影响，神仙思想及其信仰体现出荒诞性、虚假性和欺骗性等特点，与现实生活形成巨大反差，人们祈求永生和享乐的理想往往以失败告终。作为具有理性思考精神的曹雪芹，对此颇为清楚，这使他在书中对神仙思想进行了一系列的嘲讽和批判。

此外，作为"生于繁华，终于沦落"的曹雪芹，生活境况的巨大反差及其所形成的充满矛盾和苦闷的内心世界，使他极容易与神仙思想结缘，由此形成了他对神仙世界的矛盾态度：他既对充分享受世俗乐趣的神仙世界向往不已，其内心的折磨和苦难又易于与神仙思想所形成的自由的精神世界相吻合，这两方面内容构成了曹雪芹对中国传统神仙思想的复杂态度。曹雪芹对神仙思想及其信仰中所有蕴含的消极因素有着很鲜明的批判态度,《好了歌》中反复咏叹的"世人都晓神仙好"与人生价值的背离体现出曹雪芹对神仙思想消极方面的否定态度。曹雪芹又假借冷子兴之口说贾敬"一味好道,只爱烧丹炼汞,余者一概不在心上",并"不肯回原籍来,只在都中城外和道士们胡羼"(第二回),表达了他对修道成仙荒诞性的批判。

《红楼梦》第十一回写宁国府上下给贾敬过生日,贾敬不肯回家,凤姐说道:"大老爷原是好养静的,已经修炼成了,也算得是神仙了。太太们这么一说,这就叫作'心到神知'了。"凤姐的话引得"满屋里的人都笑起来了"。在第六十三回,曹雪芹又借贾敬服食金丹中毒而死的描写,批判了中国传统神仙信仰中的荒谬成分。这些内容也表达了曹雪芹对修炼成仙荒谬性的嘲讽和批判:曹雪芹不仅批判了神仙思想的虚妄和荒诞,而且还从其对社会生活影响的方面批判了一些宗教信徒借此所进行的坑蒙拐骗、谋财害命的活动。这些人不仅熟谙世事人情,而且贪财害命。为此,曹雪芹专门塑造了道士王一贴、静虚和马道婆等形象,以揭露其虚伪和无耻。静虚在金钱的刺激下诱使王熙凤拆散、害死了一对有情人。马道婆在贾府上下极力腾挪,左右逢源,时刻想着诈骗钱财;为了骗取钱财,她可以谋害自己的干儿子贾宝玉。

《红楼梦》第二十五回还专门描写了马道婆等人骗取钱财的范围几乎遍布了当时社会的各个阶层,而这一切都是借着佛道的名义来进行的。《红楼梦》写抄检大观园之后,王夫人令学戏的女孩子一概不许留在园内，芳官等人便执意要作姑子去。恰巧水月庵的智通和地藏庵的圆信在此，听得此言，就以佛道名义编造了一番话，乘机拐了几个女孩子回去使唤。这是曹雪芹对当时包括神仙思想在内的宗教信仰的批判。

四、《芙蓉女儿诔》:《红楼梦》对仙话文学的提升

作为具有独立自由精神的文学家和思想家，曹雪芹对以想象性和自由性为核心的仙人世界充满了向往之情，而且其少年时期的繁华富贵经历又使他对充满世俗享乐精神的神仙信仰具有某种程度上的肯定。为此，曹雪芹在书中多次写到红楼儿女对神仙世界的向往之情，表现出他的价值取向和情感判断。可以说，除了对神仙思想及其信仰的荒诞性等特点进行批判外，曹雪芹对神仙世界基本持肯定态度，并表现在他的创作中。这一点可以从下面三个方面来看：

首先，曹雪芹把华丽富贵、文采风流而典雅幽静的自然环境和人文环境比作神仙的居所，体现了他的审美情趣和生命追求。《红楼梦》写贾宝玉到秦可卿卧房中后，看到了秦可卿卧房的布置，很喜欢这里，秦可卿说："我这屋子大约神仙也可以住得了。"（第五回）写林黛玉的潇湘馆是"凤尾森森，龙吟细细"，"一缕幽香从碧纱窗中暗暗透出"（第二十五回）。第五十一回写宝玉谈论"药香"道："药气比一切的花香、果子香都雅。神仙采

药烧药，再者高人逸士采药治药，最妙的一件东西。这屋里我正
想各色都齐了，就只少药香，如今恰好全了。"《红楼梦》第十八
回写大观园：

> 便见琳宫绰约，桂殿巍峨。石牌坊上明显"天仙宝境"
> 四字……于是进入行宫。但见庭燎烧空，香屑布地，火树琪
> 花，金窗玉槛。说不尽帘卷虾须，毯铺鱼獭，鼎飘麝脑之
> 香，屏列雉尾之扇。真是：金门玉户神仙府，桂殿兰宫妃
> 子家。①

大观园的自然环境和人文环境，与世间常见的园林设计具有较
大差别："庭燎烧空""香屑布地""金窗玉槛"以及"麝脑之香""雉
尾之扇"等景观设计，具有鲜明的神仙府邸的特点，所以作者明
言大观园是"神仙府"。针对大观园的仙境质量，林黛玉直接以
"世外仙源"为题，赋"仙境别红尘"之诗；李纨也写诗盛赞大
观园是"风流文采胜蓬莱"的人间仙境，只供瑶台的神仙游赏玩
乐，而"未许凡人到此来"（第十八回）。这是红楼儿女对大观园
绝妙的自然环境和人文环境所唱的赞歌。这样一个"仙境"是太
虚幻境在人世的投影，也是红楼儿女生命、情感和理想的栖息
之地。《红楼梦》所写的自然人文环境，清幽而无寒酸气，富贵
而无世俗气，与其中所蕴含的"仙气"有关。

---

①　曹雪芹:《红楼梦》，人民文学出版社 2008 年版，第 238—239 页。

其次，曹雪芹不仅对美丽高雅、有着奇香异趣的神仙居住环境高度向往，而且在人物设计方面，他还重视人物风清骨俊、飘逸潇洒的外在仪表，认为这样才是神仙一流人物。他也是这样来设计自己笔下的人物的：《红楼梦》第三回写凤姐打扮与众姊妹不同，"彩绣辉煌，恍若神妃仙子"；写贾宝玉见到林黛玉，惊叹于黛玉的仙姿逸才、幽雅灵动，就把黛玉比作"神仙似的妹妹"，在第二十一回又称宝钗为"仙姿"；第四十回写刘姥姥见到惜春后说，"我的姑娘，你这么大年纪儿，又这么个好模样，还有这个能干，别是神仙托生的罢"①。可见，曹雪芹把他笔下的人物均赋予了神仙色彩，表达了他对这些人物的珍爱，这一点与《世说新语》倒颇为相似。《世说新语·容止》："王右军见杜弘治，叹曰：'面如凝脂，眼如点漆，此神仙中人。'"②同书卷十六又写道："孟昶未达时，家在京口，尝见王恭乘高舆，被鹤氅裘。于时微雪，昶于篱间窥之，叹曰：'此真神仙中人。'"③这样有着脱俗飘逸的容貌和外在丰神的神仙似的人物形象一直是中国知识分子心目中的理想形象。

更重要的是，曹雪芹高度赞赏了与世无争、高雅飘逸而幽远自在的神仙似的生存方式和精神世界。这一点继承了《楚辞》和《庄子》中的神仙思想和意蕴，与中国仙话文学传统一脉相承。曹雪芹认为自由自在、与世无争且无意于功名富贵的生存

① 曹雪芹：《红楼梦》，人民文学出版社 2008 年版，第 531 页。
② 徐震堮：《世说新语校笺》，中华书局 1984 年版，第 340 页。
③ 徐震堮：《世说新语校笺》，中华书局 1984 年版，第 347 页。

状态是最好的，这就是神仙似的生活。例如，在第一回，作者写甄士隐道："姓甄，名费，字士隐。嫡妻封氏，情性贤淑，深明礼义。家中虽不甚富贵，然本地便也推他为望族了。因这甄士隐禀性恬淡，不以功名为念，每日只以观花修竹、酌酒吟诗为乐，倒是神仙一流人品。"① 此外，曹雪芹还认为神仙一流人物应有高超奇异的文思和才华，能够欣赏和创作艺术，有着高雅的精神追求。这亦可称之为"仙人"，比如曹雪芹称妙玉为"才华馥比仙"，在第十八回中薛宝钗称赞元春有"睿藻仙才盈彩笔"之句等。即使是在做灯谜这样日常生活的游戏中，她们也常引入仙话典故，林黛玉就曾在她的谜语中使用了"鳌背三山"的仙话典故。

更值得注意的是，在凝缩着红楼儿女们高雅情趣和寂寞精神的诗作中，"羽化登仙"母题出现得最为频繁。在《咏白海棠》的诗作中，探春写道："莫谓缟仙能羽化，多情伴我咏黄昏。"② 湘云在她的两首诗作中，甚至认为白海棠就来自仙界，而且还两次把自己无处可发的幽情向月中仙子嫦娥倾诉。黛玉亦有"月窟仙人缝缟袂，秋闺怨女拭啼痕"③ 之句；在《菊梦》（第三十八回）的诗作中，黛玉还把自在逍遥而寂寞高傲的仙人形象与陶渊明的人格精神相提并论。在《咏红梅花》的诗作中，邢岫烟、李纹和薛宝琴等三人都把游仙思想写入自己的诗作，以表达她们郁结心中的情感体验：

① 曹雪芹：《红楼梦》，人民文学出版社 2008 年版，第 7 页。
② 曹雪芹：《红楼梦》，人民文学出版社 2008 年版，第 491 页。
③ 曹雪芹：《红楼梦》，人民文学出版社 2008 年版，第 493 页。

绿萼添妆融宝炬，缟仙扶醉跨残虹。[①]（邢岫烟）

误吞丹药移真骨，偷下瑶池脱仙胎。[②]（李纹）

幽梦冷随红袖笛，游仙香泛绛河槎。[③]（薛宝琴）

贾宝玉的《咏红梅花》也是一首借神仙事表自我情的诗作："酒未开樽句未裁，寻春问腊到蓬莱。不求大士瓶中露，为乞嫦娥槛外梅。入世冷挑红雪去，离尘香割紫云来。槎枒谁惜诗肩瘦，衣上犹沾佛院苔。"[④]宝玉在晴雯去世后写的诔文中说，"仙云既散，芳趾难寻。洲迷聚窟，何来却死之香？海失灵槎，不获回生之药"[⑤]，表达了宝玉沉痛的心情。因此，中国传统的神仙思想在《红楼梦》中有着重要的精神价值，在全书形成了一种独特的精神意蕴和情感氛围。如果抽离了其中的神仙思想，对于《红楼梦》的解读和书中人物的理解，都是不完整的。作为文学家和思想家，曹雪芹对神仙思想中所蕴含的独立自由精神高度赞扬，充分吸收了其中的优质成分，对之进行现实化、文学化和系统化的加工创造，形成了崭新的具有审美意味的创作思想，并将

---

① 曹雪芹：《红楼梦》，人民文学出版社 2008 年版，第 676 页。
② 曹雪芹：《红楼梦》，人民文学出版社 2008 年版，第 677 页。
③ 曹雪芹：《红楼梦》，人民文学出版社 2008 年版，第 677 页。
④ 曹雪芹：《红楼梦》，人民文学出版社 2008 年版，第 678 页。
⑤ 曹雪芹：《红楼梦》，人民文学出版社 2008 年版，第 1109 页。

之贯穿到自己的文学实践中去。

借鉴神仙思想，曹雪芹不仅创造了具有高度自然价值和人文价值的文学情境，塑造了具有高雅脱俗、自由独立思想的人物形象；而且多次以"羽化登仙"为主题，深化了她们的精神世界，丰富了她们的审美理想，形成了典型丰厚的艺术空间和思想空间。中国传统仙话文学的审美价值和精神价值，受宗教信仰和伦理道德等现实因素的影响，一直处于潜伏状态，伴有比较浓厚的宗教气息和伦理教化的色彩。曹雪芹在创作《红楼梦》的过程中，既批判了神仙思想及其信仰的不足之处，又深入发掘和提升了神仙思想和仙话文学中所蕴含的文学价值和审美价值，具有重要意义，值得深入探讨。总体来看，《红楼梦》中的神仙元素经过了曹雪芹的创造性、想象性和情感性加工，形成了独立自足的结构体系。这些神仙元素既有原始神话的基础，又有曹雪芹对之所进行的创造性的仙话化改造，形成了新的仙话体系。《红楼梦》中的仙话体系使中国仙话文学脱离了浓厚的宗教气味而获得了更为深厚的审美意蕴和更高的精神价值。

首先，《红楼梦》借助中国传统仙话的元素进行结构设计，使其成为全书不可或缺的艺术因子，具有高度的叙述功能和结构功能。中国的神仙思想最初来源于原始仙话中的不死观念，后来与阴阳五行、五德终始说等政治、哲学和宗教思想联系在一起，契合了人们畏死乐生的情感渴望，形成了系统的思想体系；并伴随着伦理道德观念和宗教信仰观念渗透到民众日常生活的各个方面，以至于宣传神仙思想和求仙问道的人众在秦汉时期就已达到"不可胜数"的地步。鲁迅说："中国本信巫，秦汉以来，神仙之说盛行，汉末又大畅巫风，而鬼道愈炽；会小乘佛教亦入中土，渐见流传。凡此，皆张皇鬼神，称道灵异。"① "而对长生的追求，势必使道教沉浸在浓厚的生活气息中，因为求生本身意味着对世间生活的留恋"②，这样世俗生活的乐趣和求道长生的追求就可以统一在一起，反映在人们的日常生活中，就形成了人们享受现实生活的种种价值观念和人生观念。中国仙话文学中的某些作品也着重强调了世俗生活本身所具有的乐趣，也正是因为这一点，仙话和神仙思想才为各阶层人士所接受；葛洪《神仙传》的流传使人们更加相信，"崇高的社会地位并不是成仙的必要条件，有不少仙人在成仙之前都是来自社会下层阶级，然无碍于他们的得道"③。

　　《红楼梦》开篇就写到那块顽石听僧道二仙谈论"云山雾海、神仙玄幻之事"，以及"红尘中荣华富贵"便"不觉打动凡心"，因向二仙请求，想到"那富贵场中、温柔乡里享受几年"（第一回）。这一思想与神仙思想是一致的，成为《红楼梦》开篇结构之枢纽，并以多样性的形式在全书的情节发展过程起到重要作用。而且，中国仙话文学中的叙事作品本身就具有结构巧妙、想象神奇的特点，《红楼梦》充分吸收了仙话的叙事艺术，却以世

① 鲁迅：《中国小说史略》，人民文学出版社 2006 年版，第 43 页。
② 严耀中：《中国宗教与生存哲学》，学林出版社 1991 年版，第 122 页。
③ 蒲慕州：《追寻一己之福：中国古代的信仰世界》，上海古籍出版社 2007 年版，第 172 页。

俗生活的审美性消解了仙话文学的虚幻性，在精神意蕴上具有虚实相生、美善相乐的审美价值。

其次，《红楼梦》的仙话体系改造了中国传统的神仙思想及其与文学的关系。后者的各种因素在《红楼梦》的艺术世界里获得了前所未有的发展，呈现出多样性和复杂性特点，体现出较高的人性美、人情美和意蕴美。在文学方面，神仙思想与知识分子追求主观精神自由自在、潇洒自如的思想颇为接近，由此形成了中国游仙文学传统。神仙思想也被赋予了文学色彩和审美价值，但其往往与世俗社会的价值观念结合在一起，起着伦理道德的评判作用，并维系着既成的价值道德体系，如八仙等济世仙话。

还有一些作品，如庄子、屈原所开创的游仙文学，其所蕴含的自由思想和所塑造的具有独立自由的人格精神的抒情主人公形象，影响了此后中国所有的文学样式，一直承传不衰。刘勰曾用"正始明道，诗杂仙心""仙诗缓歌，雅有新声"（《文心雕龙·明诗》）的话概括了神仙思想对魏晋时期诗歌创作的影响，这一点在曹氏父子、嵇康、阮籍、郭璞等人的诗作中都有着鲜明的体现。《红楼梦》的艺术构思和精神价值与这个传统一脉相承，并取得了创造性的发展。《红楼梦》写贾宝玉为写祭奠晴雯的诔文，有过一番构思：

　　我又不希罕那功名，不为世人观阅称赞，何必不远师楚人之《大言》《招魂》《离骚》《九辩》《枯树》《问难》《秋水》《大人先生传》等法……辞达意尽为止，何必若世俗之拘拘于方寸之间哉。①

贾宝玉所提到的这些作品是否尽为楚人之作尚可商榷，如《大言》和《枯树》，但有两点是可以明确的：1. 春秋战国时期的楚地神仙思想兴盛，确实有很多文学作品受其影响，并在文学史上产生了深远影响；2. 贾宝玉所举《招魂》《离骚》《大人先生传》等作品确实是中国仙话文学中的精品，与魏晋时期的志怪小说有着密切的精神联系，而且开启了魏晋至隋唐时期游仙诗的先河。贾宝玉《芙蓉女儿诔》确实借鉴了很多神仙思想和仙话题材，尤其是诔文后的乱词，可与屈原《离骚》《远游》等篇章相媲美，而且具有更为浓厚的人情美和意蕴美。

因此，对于中国传统神仙世界中的诸多元素，曹雪芹不是机械的挪用，而是加入了更多主观性、创造性的想象和创作，比如顽石通灵、仙草化人等情节就是曹雪芹在原始神话和仙话的基础上所进行的再创造。针对这种情况，方克强教授说："这些神话，有的是作者在远古神话基础上的伸发，更多的则是作者私人性的创造。它们的共同特点是，活动在神话中的主角都是女性神仙人物。"② 这个论断指出了《红楼梦》中神话人物与仙话人物之间的关系，也道出了《红楼梦》中神话系统与仙话系统之间的复杂关系。

---

① 曹雪芹:《红楼梦》，人民文学出版社 2008 年版，第 1107 页。
② 方克强:《文学人类学批评》，上海社会科学院出版社 1992 年版，第 145 页。

最后,《红楼梦》中的仙话体系为作者曹雪芹心灵的解放和
舒展提供一个自由而广阔的空间,以超越日常生活中伦理道德
规范等各种先验理性规则的束缚,达到了现实世界与理想世界
互相融合的完美境界。

《红楼梦》的神仙思想多与书中日常生活细节相结合,形成
了一种独特的精神氛围。日本学者小南一郎曾这样论述神仙世
界:"神仙的存在完全是从美学观点来把握的,而神仙传记中出
现的神仙世界又具有过分华丽、如梦如幻的倾向,从而在感觉
上它被赋予和现实全然不同的另一世界的印象。这样,神仙世
界是超现实的,它只在美学观点上才与现实相重合。"①可见,神
仙世界既是超现实的,又与现实生活相融合,形成了独特的审
美价值。中国原始仙话以"不死"观念为核心,以"乐园"情结
为纽带,往往会契合主体追求精神自由的愿望,所以曹雪芹借
贾宝玉所写的乱词表达了自己对这一境界的向往:"素女约于桂
岩,宓妃迎于兰渚。弄玉吹笙,寒簧击敔。征嵩岳之妃,启骊山
之姥。龟呈洛浦之灵,兽作咸池之舞。潜赤水兮龙吟,集珠林兮
凤翥。"②在审美的意义上,神仙世界即是一个自由的精神世界,
这个世界能"使人精神专一,动合无形,赡足万物"。主体的自
我精神可以顺阴阳之道,与时迁移,应物变化,逍遥自适,日
常生活中压抑不得屈伸的心胸获得释放,自我性灵得到了伸展,

---

① 小南一郎:《中国的神话传说与古小说》,孙昌武译,中华书局 2006 年版,第
    243—244 页。
② 曹雪芹:《红楼梦》,人民文学出版社 2008 年版,第 1113—1114 页。

凡世夙愿也可在这个世界里得到满足而永存。《楚辞》和《庄子》等文所描述的仙人、真人、至人等形象是这种精神境界的典型代表。红楼儿女几乎都有以仙子形象自比的诗句，这与她们"一年三百六十日，风刀霜剑严相逼"（第二十七回）的现实生活中有太多的压抑和束缚有关，也反映了她们的精神追求。

可见，《红楼梦》中的仙话体系具有多样的价值。一方面，中国传统的神仙思想及其文化元素为《红楼梦》叙事结构和精神意蕴等方面的形成和深化提供了重要资源，形成了相对系统的仙话体系和思想空间；另一方面，《红楼梦》中的仙话体系是曹雪芹经过创造性、私人化的再加工之后的产物，其所具有的艺术性和审美属性也拓展了中国传统仙话的审美维度，提升了中国传统仙话的思想高度和精神意蕴。

结　语
尊重《红楼梦》

不尊重《红楼梦》的历史由来久矣!

自《红楼梦》流传以来,虽有"开口不谈《红楼梦》,读尽诗书也枉然"的说法,但大多数人只是借谈《红楼梦》而宣泄自我罢了。从茶客为钗黛优劣之辩而几挥老拳,到"经学家看见易,道学家看见淫,才子看见缠绵,革命家看见排满,流言家看见宫闱秘事"(鲁迅《〈绛洞花主〉小引》),等等,这些都是不尊重《红楼梦》的表现。如果这样,即使人人谈、时时谈、处处谈,对于《红楼梦》本身来说又有何意义呢?

这种情况的出现固然与《红楼梦》本身思想的复杂性、主题的多样性和内容的丰富性有关,但更多地折射出不同的谈论者所蕴藏的不同心态。按照接受美学的观点,出现这种情况也是正常的现象,就像清代学者王夫之《姜斋诗话》所说:"作者用一致之思,读者各以其情而自得。"而且,不少读者似乎都认同这样的观点:对于一部作品来说,能够让人常读常新,这更可证明这部作品所具有的非凡的艺术价值和深刻的思想价值,更可证明这部作品的经典性。但往深里去想，这里反而潜藏着重大的危机。我们不禁要问：各美其美，美在何处？

对于《红楼梦》来说，用严谨整饬的学术论文来讨论其中的问题，往往会遗失很多重要的细节，所以历来有很多精彩有趣的尺寸短书常给人以有益的启迪。余英时说："从前的人开口就谈《红楼梦》，正是因为谈言微中，足以自喜，而听者也觉得津津有味。偶尔写几条'笔记'、'索隐'之类的谈红文字，也依然不失其轻松。但是一旦把《红楼梦》拉进学术研究的范围，如王国维的《红楼梦评论》或胡适的《红楼梦考证》，那就不免要板起面孔，作一本正经状，毫无轻松趣味可言了。我自己读《红楼梦》本身从趣味的观点出发，现在莫名其妙地写起严肃的红学论文来，实在觉得可笑。"[1]

那么，在中国传统文化背景的基础上来解读和阐释《红楼梦》，是否就能做到在客观上尊重《红楼梦》呢？纵观《红楼梦》接受史，可以发现，这种以自我先见为主导性视野来解读、阐释《红楼梦》的情况，在红学史上一直占据着主导地位。早期的评点派、索隐派和新红学等，无不如此。以历史索隐派为例来看，情况更为明显，但其做法反而更符合中国小说的历史传统。我们知道，在小说情节中穿插史实是中国小说的一贯手法，因为史传文学本身即为中国小说的起源之一。小说被称为"稗官野

① 余英时：《红楼梦的两个世界·自序》，上海社会科学院出版社2006年版，第1页。

史"，就留有史传的影子。宋代话本小说中还专有"讲史"一科，这从《三国演义》《昭妃艳史》《西游记》《株林野史》《聊斋志异》《儒林外史》等作品的名称就可看出，它们不同程度地以某些史实作为情节的基础。我们也不应忘记，《红楼梦》的本名即为《石头记》，这些记在象征着永恒性的石头上的文字，也多含有历史的影子。因此，索隐派从《红楼梦》中探寻历史，是有其学理依据的，但正是这种依据造成了最不尊重《红楼梦》的现象出现。

　　因此，是否尊重《红楼梦》，回归具体的历史传统和原初的文化情境只是前提之一，最关键的还要看研究主体的意趣所在。如何在尊重《红楼梦》文本实际和表现研究者自我思想两者之间寻找一个合适的平衡点，是每个《红楼梦》研究者和读者应该深思的问题。

　　倡导尊重《红楼梦》，还有一个重要原因，就是《红楼梦》本身是丰富而复杂的。面对这样一个丰富而复杂的文本及其所构成的艺术世界和精神世界，我们必须谨慎行事，稍有不慎就会落入圈套，从而引起曹公的"咳且笑"。在《红楼梦》的艺术精神世界里，不存在截然相反或对立的人物、事理、观点，等等。正像作者开篇所说的那样，"俱是按迹寻踪，不敢稍加穿凿"。正是这种实录精神化解了梦幻与现实、真与假、好与坏、有与无之间的对立，也使性质截然不同的事理人情在同一事件或者同一人物身上获得了良好统一。在现实生活中，我们也确实不能单以一种眼光和标准对一事一物进行道德的和价值的评判。落实在《红楼梦》里，我们几乎就找不到任何一个问题，可以对之进行一劳永逸的判断，哪怕这种判断是完全立足于《红楼梦》本身的。正像俞平伯晚年所说的那样，对于《红楼梦》真是"求深反惑"；或者亦如张新之所说的那样——"旋得旋失"。适才我们认为还颇有心得的想法，从反面转而一想，不对啊，曹雪芹不还表达了相反的意思嘛！常读《红楼梦》而深思者，大约都有过这样的体会。因此，面对这样一个辩证性思维无处不在的艺术世界和精神世界，研究者想要对其中的某一问题得出确定性的结论是不可行的，确定性对于《红楼梦》来说是根本不适应的。

　　《红楼梦》诞生二百多年，红学史也走过了一百多年的历程，但实际上积累的东西还很少，还需要大家一起静下心来做更多踏踏实实的对《红楼梦》有益的工作。有所得者可以自喜，但不必自夸；无所得者亦可以在读书过程会心一笑，权作消遣。往大处说，在当今杂吵的时代环境下，尊重《红楼梦》，在某种程度上也就是对以《红楼梦》为代表的中国文化的尊重。研究者和读者葆有尊重之心，自然就会呵护她、敬畏她，以自己的诚心善待她，从而陶养出一种对待学术和文化的崇高心灵——这正是今天我们所需要的一种精神。当代青年人文精神的养成，或许也应从这里开始。

图书在版编目（CIP）数据

诗艺情缘：《红楼梦》导引 / 王怀义著. —北京：
商务印书馆，2024
（珞珈博雅文库. 经典导引系列）
ISBN 978-7-100-23340-8

Ⅰ.①诗…　Ⅱ.①王…　Ⅲ.①《红楼梦》-古典诗歌
-诗歌欣赏　Ⅳ.①I207.411

中国国家版本馆CIP数据核字（2024）第009868号

诗艺情缘

《红楼梦》导引

王怀义　著

商　务　印　书　馆　出　版
（北京王府井大街36号　邮政编码100710）
商　务　印　书　馆　发　行
苏州市越洋印刷有限公司印刷
ISBN　978-7-100-23340-8

2024年3月第1版　　　开本890×1240　1/32
2024年3月第1次印刷　　印张　8⅞

定价：78.00元